新潮文庫

最初の人間

カミュ
大久保敏彦訳

新潮社版

9576

最初の人間◆目次

最初の人間

ALBERT CAMUS

À toi qui ne pourras jamais lire ce livre

Au dessus de la carriole qui roulait sur une route caillouteuse, de gros et épais nuages filaient vers l'Est dans le crépuscule. Trois jours auparavant, ils s'étaient gonflés au dessus de l'Atlantique, avaient attendu le vent d'Ouest, puis s'étaient ébranlés, [illegible]

[illegible]

編者の注

我々は今ここに『最初の人間』を公表することにした。これはアルベール・カミュが亡くなったとき手掛けていた作品である。原稿は一九六〇年一月四日に彼の鞄の中から見つかった。筆の流れるままに書かれていて、ところどころ句読点もなく、走り書きした、解読のむずかしいもので、カミュが書いた後で手を入れた形跡はない（中扉裏の複写が示す通り）。

我々はこのテキストを手書原稿と、フランシーヌ・カミュが作成した最初のタイプ原稿から確定した。この物語がよく理解されるように、句読点は我々の手で復元した。読みの不確かな部分は［ ］の中に入れた。解読できなかった文字や章句は空白の［ ］の中に入れた。行間の❖印は、同時に書かれていたヴァリアントを、アルフアベットは欄外の加筆を、また数字は編者の注を表す。

補遺のノート（我々はそれにI〜Vまで番号をつけた）の一部は原稿の間（ノートIは4の前に、ノートIIは6乙の前）に挟まれており、他のノート（ノートIII、IV、V）は原稿の最後に挟んであった。

『最初の人間』と題された手帳（覚書と筋書）は螺旋状の針金で綴じた、線の入った小さな手帳で、作者がこの作品に与えようとしていた発展を読者が垣間見られるように、本文の後に組み入れた。

『最初の人間』を一読して頂ければ、アルベール・カミュがノーベル賞を受賞した翌日、小学校時代の恩師ルイ・ジェルマンに宛てた手紙と、ルイ・ジェルマンが彼に書いた最後の手紙を、我々が補遺として、採録したことを理解して頂けるだろう。

最後に我々にたいして変わらぬ、温かい友情を捧げてくれたオデット・ディアーニュ・クレアッシュ氏と、ロジェ・グルニエ氏とロベール・ガリマール氏にお礼を申し述べたい。

カトリーヌ・カミュ

第一部　父親の探索

二輪馬車の上で……

この本[*a]を決して読むことができないであろう、あなたに
仲介者：カミュ未亡人

砂利道を走る覆いつき二輪馬車の上空で、大きな厚い雲が夕空を東の方に飛んでいた。三日前、雲は大西洋の上空で脹らみ始め、西風を待ってから、動きだし、初めはゆっくりと、その後はスピードをあげて、秋の燐光を発する海原の上を飛び、真っ直ぐに大陸へ向かってきた。一度モロッコの山の頂きで散り散りになった雲は、アルジェリアの高原地方[*b]でふたたび群れを作り、今やチュニジアとの国境に近づくと、チレニア海の方に抜けて、そこで姿を消そうとしていた。北側を沸き立つ海で、南側をじっと動かぬ波状の砂で守られた、この一種の巨大な島の上を何千キロも旅をした後、何千年もの間にさまざまな帝国や民族が次々に姿を消していったのよりほんのわずかに早く飛びながら、この名もなき地方にさしかかると、そのうちのいくつかは勢いが

衰えて、もう大粒の雨となって、四人の旅行者の上のシートの幌を間遠に叩き始めた。

馬車はかなりくっきりと浮き出てはいるが、少々沈下した道を、車体を軋ませながら進んでいった。ときどき鉄製の車輪のリムや馬の蹄の下から火花が散り、燧石が車体の木材の部分をこするかと思うと、反対に柔らかい溝の土をこする静かな音がした。それでも二頭の小さな馬は、ときどきよろめき、胸先を前に出して、家財道具を積んだ重い馬車を引っ張り、絶えず道路に不揃いな足跡を残しはするものの、真っ直ぐに進んでいった。一頭はときどき勢いよく鼻から息を吐き出し、そうすると足並が乱れた。そんなときは手綱を取っていたアラブ人が使い古した✢手綱で背中をぴしりと打つと、馬は健気にも、もとの足取りを取り戻すのであった。

御者の近くの前の座席に座っている男は、三十前後のフランス人で、目の前で二つの尻が動くのを、険しい顔で眺めていた。中肉中背のずんぐりした体格で、面長な顔の額は四角く禿げあがり、いかにも精力的な顎と明るい目をもつこの男は、季節外れの、当時流行*dっていた三つボタンで喉までしまる狩猟服を着て*c、短く刈り上げた頭にハンチングを被っていた。雨水が頭上の防水シートの上を転がり始めたとき、彼は馬車の中の方に振り向いて、「大丈夫か」と叫んだ。前の座席と古いトランクや家具の山に挟まれた奥の座席から、貧しい服装をしているが、大きなウールのショールに身を包んだ妻が力なく微笑んだ。彼女は小さな身振りで何かを詫びるような仕種をしながら「ええ、ええ」と言った。四歳の男の子が彼女にもたれかかるようにして眠っていた。スペイン人のように縮れた黒い髪をした彼女は端正なおとなしい顔つきだったが、小さな鼻すじは真っ直ぐに通り、きれいな熱っぽい茶色の目をしていた。しかしその顔にはどこかしら人の心を打つものがあった。それは単なる疲労とか、それに類するものが、一時的に顔に表れたのとは違っていた。そうではなくて、むしろある種の無垢な人間が常に漂わすような虚脱状態、楽しげな放心状態であり、それがここでは一時的に美しい顔に漂っていた。はなはだ善良そうなその目に、ときどきいわれのない恐怖の色が浮かぶこともあったが、それもすぐに消えてしまった。すでに仕事のために傷んで、やや節くれだったその手のひらで、彼女は夫の背中を軽く叩いて、「大丈夫よ、大丈夫よ」と言った。それからすぐに微笑を止めて、すでに行く手に出来つつあった水溜りの仄かな光をシートの下から見つめていた。

男は、細い黄色のターバンを巻いて落ち着き払ったアラブ人の方に振り向いた。その体は、お尻のところがキュロットのように膨らんでふくらはぎの上で止まっている衣装のせいで、太って見えた。「まだ遠いのか？」アラブ人はびっしりと生えた白い髭の中から微笑んだ。「八キロで、着きまさあ。」男は振り向いて、微笑を浮かべることもなく、ただ注意深げに妻の方を振り向いた。彼女は、道路から目を逸(そ)らさなかった。「手綱を貸してくれ」と男が言った。「好きなようになせえ」とアラブ人が言った。年寄りのアラブ人は手綱を渡すと、男が彼を跨(また)ぐ隙(すき)に、脚の間を滑っていって、男がどいたばかりの場所に身を落ち着けた。二回ほど手綱で打つと、男は馬を自分のものにし、馬は足取りもしっかりと、突然に前より真っ直ぐに走り始めた。「お前さんは馬を知っているな」とアラブ人が言った。男はにこりともせず、ただ「ああ」とだけ言った。

明かりが消え、あたりが急に暗くなった。アラブ人は左側に置いてあった角灯を金具で引き寄せ、それを傾けて、太いマッチ棒を何本も使って、中の蠟燭(ろうそく)に火をつけた。それから角灯を元の位置に戻した。今や雨は穏やかだが、小止(こや)みなく降っていた。雨は弱々しい角灯の光を受けて光りながら、穏やかな雨音を真(ま)っ暗闇(くらやみ)の中に響かせていた。ときどき馬車は茨(いばら)の茂みや、数秒間弱々しく照らし出される丈の低い樹木に沿って進んだ。しかしそうでないときには、闇のために大きく見える道の真ん中を走って行った。ただ焼草の匂(にお)いと、肥料の匂いが突然漂ってくると、開墾地の傍を走っていることが知れた。男の後ろから妻が話し掛けると、男は手綱を弛(ゆる)めて、後ろにかがみ込んだ。「誰もいないのね」と妻が繰り返した。「怖いのかい？」——「何ですって?」男はこの問いを何回も繰り返したが、今度は叫ぶように言った。「いいえ、いいえ、あなたと一緒なら。」それでも彼女は不安気だった。「痛むかい」と男が言った。「ええ、少しばかり。」彼は馬に拍車をかけた、すると車輪が轍(わだち)をつける大きな音と、道路を叩く八つの蹄の音とがふたたび夜の静寂に響き渡った。

それは一九一三年秋の夜のことだった。旅行者たちは二時間前ボーヌの駅を出発したところで、その前は三等の固い座席の上でアルジェから一昼夜の旅をしてきたのであった。彼らは駅で、二十キロ近くも奥地の小さな村にある領地に一家を連れていってくれることになっているアラブ人を探した。男はそこの領地の管理人に就任するところであった。その後トランクや家財道具を積むのに手間が掛かったし、道の悪さが彼らの到着を遅らせていた。アラブ人は相手の不安を見透かすかのように、「怖がらなくてもいいでさ。ここらは山賊はでませんよ」と言った。「山賊なんてどこにでもいるさ」と男が言った。「でもおれは必要なものはもっているよ。」そう言って男は小さなポケットを叩いた。「そりゃそうだな、おかしな奴(やつ)なんてどこにでもいるわな」とアラブ人が言った。このとき妻が夫を呼んだ。「アンリ、痛むわ。」男は糞(くそ)と吐き捨て、いっそう馬に拍車をかけた。*「もう着くぞ」と彼が言った。しばらくして、彼はまた妻の方を見た。「まだ痛むかい?」彼女は奇妙な放心状態のまま彼に微笑を振り向けたが、さして苦しいようにも見えなかった。「ええ、とっても。」彼は真面目な表情を崩さず彼女を眺めた。彼女はまた詫びを言った。「なんでもないわ、きっと汽車のせいよ。」――「見なせい、村だ」とアラブ人が言った。はたして、少し先の道路の左手に、雨にけぶるソルフェリノ村の明かりが見えてきた。「でも右に曲がってくだせえ」とアラブ人が言った。男は躊躇して、妻の方を見た。「家に行こうか、それとも村に行こうか？」と彼が聞いた。「お願い、家に行って、その方がいいでしょ。」その少し先で、馬車は右手に曲がり、彼らを待っている未知の家の方に進んだ。「あと一キロだ」とアラブ人が言った。「着いたぞ」と男は妻の方に向かって言った。彼女は体を二つに折って、両手で顔を覆っていた。「リュシイ」と男が言った。彼女は動かなかった。男は手で彼女に触れた。彼女は声をたてずに泣いていた。彼は一語一語はっきりと、身振りを加えて、叫ぶように言った。「お前は寝ていなさい。私は医者を探して来る。」――「わかったわ、お医者さまを呼んできて頂戴。その方がよいもの。」アラブ人は驚いて二人を眺めていた。「妻は子供を産むんだ。村に医者はいるか」と男が言った。「いるさ、もしなんなら呼んできやしょうか？」――「いや、お前は家に残って、面倒をみてやってくれ。すぐ行ってくるからな。医者は馬車か馬をもっているか？」――「馬車をもってやすよ。」それからアラブ人は彼女に向かって言った。「きっと男の子ですぜ。可愛い子ですよ。」彼女はわかった様子もなく微笑んだ。「妻は耳が悪いんだ」と男が言った。「家の中では怒鳴るか、身振りをしてやってくれ。」

馬車は突然音もなく走り出した。道は前よりも細くなり凝灰岩に覆われていた。道は瓦ぶきの小さな上屋に沿って進み、その屋根の向こうには葡萄畑の端が見えた。葡萄の搾り汁の強烈な匂いが漂ってきた。一段高い屋根の大きな建物を過ぎると、樹木のない、中庭のようなところに入り、車輪は石炭殻を砕いていった。アラブ人は黙って手綱を取り手前に引いた。馬は立ち止まり、うちの一頭が荒い鼻息を吐き出した。*f アラブ人は石灰を塗った小さな家を指差した。小さく低いドアには葡萄の蔓が一本這い上がり、ドアのまわりは硫酸剤溶液で青く塗られていた。男は地面に飛び降り、雨の中を家の方に駆け出した。彼はドアを開けた。ドアは火の消えた暖炉の匂いのする真っ暗な小さい部屋に通じていた。後からついてきたアラブ人は、暗がりの中を暖炉のところまで行き、燃えさしを搔き起こし、部屋の中央の丸テーブルの上に吊ってある石油ランプに火をつけに行った。男は赤いタイル張りの流しのついた石灰を塗られた台所や古ぼけた食器棚や壁の湿っぽいカレンダーに目をやっている暇はなかった。同じように赤いタイルを張った階段が二階に通じていた。「火を起こしてくれ」と言って、彼は馬車に戻った。(彼は小さい男の子を抱き上げたのであろうか?) 彼女はなにも言わずに待っていた。彼は両手で彼女を抱え降ろし、しばらく抱き締めてから、顔をあげさせて言った。「歩けるかい。」——「ええ」と彼女は言い、節くれだった手で彼の腕を撫ぜた。彼は妻を家の方に連れて行った。「待っていなさい」と彼は言った。アラブ人はすでに火を起こし、葡萄の枝を慣れた手つきで巧みに焚いていた。彼女は両手で腹を押さえたままテーブルの近くにいたが、ランプの光の方に振り向いたその顔には、今や短い波長でやってくる苦痛が表れていた。湿気にも、手入れのしていないこの貧しさの匂いにも気がつかないようだった。男は二階の部屋で忙しく立ち働いていた。それから二階の階段の踊り場に姿を現した。「ここの部屋には暖炉はないのか。」——「ありやせん、もう一つの方にもありやせん」とアラブ人が言った。「来てくれ」と男が言った。アラブ人は男のところに行った。それからマットレスを持ったアラブ人の背中が浮き上がった。もう一方の端は男が持っていた。彼らはマットレスを暖炉の傍に置いた。男がテーブルを端に引き寄せている間に、アラブ人はふたたび二階に昇って、枕と毛布を持ってきた。「ここに横になりなさい」と男が妻に言って、マットレスの方に連れていった。彼女は躊躇した。マットレスからは湿った馬の毛の匂いが漂ってきた。「着替えができないわ」と彼女は、あたかもこの場所に初めて気がついたかのように、周囲を見回しながら言った……。「下に着ているものだけでも脱ぎなさい」と男は言った。「下着を脱ぐんだよ」と男が繰り返した。それからアラブ人に言った。「すまんが馬を一頭外してくれ。村まで乗って行くから。」アラブ人は外に出ていった。女の方は夫に背を向けて身づくろいをしていたが、夫の方も目を背けていた。それから女は横になったが、毛布を掛けて横たわるやいなや、それまで溜まっていた苦しみをいちどきに吐き出してしまいたいかのように、ただ一度だけ大きく口を開けて長々と叫んだ。男はマットレスの傍に立ったまま、叫ぶのに任せていたが、彼女が黙ると、帽子を脱ぎ、床に膝をついて、閉じられた瞳の上の形のよい額にキスをした。彼は帽子を被ると、雨の中を外に出ていった。軛を外された馬は、前足を石炭殻の中に入れながら、すでにひとりでぐるぐるまわっていた。「鞍を探してきやしょう」とアラブ人が言った。「いや必要ない、手綱だけ残しておいてくれ。おれはこうやって乗って行くさ。トランクや家財道具は台所に入れておいてくれないか。君は奥さんがいるのかね?」——「死んじまったさ。年を取ってたもんでね。」——「娘さんは?」——「それがいないのさ。今じゃ息子の嫁だけよ。」——「それじゃその嫁さんにきてもらってくれ。」——「来るように言うよ。心配しなさんな。」じっと動かず、小糠雨に濡れた髭の下から笑いかけてくるこのアラブの老人を、男はじっと見つめた。彼の方はあいかわらずにこりともしなかったが、明るい、注意深げな目でアラブ人を眺めていた。それから片手を差し出すと、相手はアラブ流に指の先でそれをつかみ口元にもっていった。男は石炭殻をきしませながら後ろを向き、馬の方に行って、鞍なしで馬に乗り、重苦しい蹄の音を立てながら遠ざかっていった。

領地を過ぎると、男は最初に村の明かりを見つけたあの十字路に出た。雨が上がっていたので、村の明かりはいちだんと明るみを増し、葡萄畑を抜けて真っ直ぐに右手の村に通じる道は、ところどころ畑にめぐらせた針金が光っていた。半道を来たところで、馬は自らスピードを緩め、並足になった。長方形の掘っ建て小屋に近づいたのであった。その一部は石造りで一つの部屋をなし、もう一つのもっと大きい部屋は板張りで、大きな庇の下には台のようなものが突き出ていた。石造りの部屋に戸が嵌め込まれており、そこには「マダム・ジャック農協食堂」とあった。戸の下から明かりが洩れていた。男は戸のごく近くに馬を止め、馬から降りずに戸を叩いた。直ちによく通るしっかりした声が中からたずねた。「何のご用ですか？」――「私はサン＝タポートル農園の新任の管理人です。妻が産気づいていて、助けが必要なんですが。」誰も答える者がいなかった。しばらくたつと錠前が外され、抜かれた閂が引きずられる音がして、戸が半開きになった。ヨーロッパ女性の黒く縮れた髪と丸い頬、それに分厚い唇の上のややぺしゃんこの鼻が見えた。「私はアンリ・コルムリイと言います。妻のところに来てもらえないでしょうか？　医者を探しているんですが。」彼女は人間たちとその不運を推し量るのに長けたような目で、相手をしげしげと眺めた。彼の方も相手をじっと見続けていたが、何も説明を加えなかった。「行くわ。早く戻ってきてね」と彼女は言った。彼は礼を言い、踵で馬を蹴った。しばらくすると、土塁のような乾いた土の間を抜けて、村に近づいた。もちろん道は一本で、同じような平屋の小さい家がところどころにあった。その中を凝灰岩に覆われた広場まで行くと、思いがけないことに、金属製の骨組みをもつ音楽堂が建っていた。広場は、道路と同様に、人気がなかった。コルムリイは馬をめぐらせて、もう一軒の家の方に進んでいった。くすんだ色のぼろの頭巾つき外套をきた一人のアラブ人が暗闇からぬーっと現れ、彼の方に歩いてきた。「医者の家は」とコルムリイは即座に尋ねた。相手はこの騎手をじろじろと眺めた。観察が終わると「来な」と言った。二人はもと来た道を引き返した。石灰を塗った石段のついた一段高い一階の部屋に行くと、「自由、平等、博愛」と書いてあった。粗塗りの壁に囲まれた小さな庭が隣にあり、その奥に家があった。アラブ人はそれを指差して「あそこだ」と言った。コルムリイは馬から飛び降り、いささかも疲れを感じさせない足取りで、庭を横切ったが、丁度その真ん中に植わっている乾いた葉と腐った幹をもつ小型のナツメヤシしか目に入らなかった。彼は戸を叩(たた)いた。誰も答えなかった。*g 彼は振り向いた。アラブ人は静かに待っていた。男はもう一度叩いた。足音が中から聞こえ、戸の裏側で止まった。しかし戸は開かれなかった。コルムリイはもう一度叩いて、こう言った。「私は医者を探しているんです。」すぐに錠前が外され、戸が開かれた。丸顔で若く見えるが、髪はほぼ真っ白、足にゲートルを巻き、背が高く、がっしりした体で、狩猟服のような服を着た男が現れた。「これはまたどこから来なさった？」と彼は笑いながら言った。「お会いしたことはありませんな。」男は事情を説明した。「ああ、そうですか、市長から聞いていました。でも、いいですか、こんな片田舎じゃ、お産には向いておりませんな。」相手は男が着任するのはもっと後のことだと考えていたので、当然のことながら別の人が来たのだと思ってしまったと言った。「いいですよ、こんなことは誰にでも起こることなんだから。さあ私はマタドールに鞍をつけて、お供しましょう。」

帰り道も半分来たところで、ふたたび降り出した雨の下で、葦毛(あしげ)の馬に乗った医師は、今やずぶ濡れだったが、農場のどっしりした馬にしゃんと乗っているコルムリイに追いついた。「変わったご到着ですな」と医師が叫んだ。「でもきっとわかりますよ。この土地がいいところがあるってことがね。蠅(はえ)と田舎の山賊は別としてね。」医師は相手と肩を並べていた。「いいですか、蠅については春まで心配はいりません。山賊の方は……。」医師は笑った。だが相手の男は一言も言わずに馬を進ませていた。医師は興味深げに男を眺めた。「何も心配はいりませんよ。万事うまくいきますから。」コルムリイは医師の方に澄んだ目を向け、穏やかに見つめ、真心のこもった口調で言った。「心配はしてません。逆境には慣れてますから。」――「初めてのお子さんですか？」――「いいえ、四歳になる息子をアルジェの義母の家に置いてきました。[*1]」二人は十字路に着き、領地への道を曲がった。まもなく馬の足元から石炭殻が飛び散った。馬が足を止めたとき、ふたたび沈黙が訪れた。家の中から大きな叫び声が聞こえてきた。二人の男は馬を降りた。

ぽたぽたと雫（しずく）の落ちる葡萄の木の下で雨宿りをしながら、一つの人影が待っていた。近寄ってみると、それは頭巾をかぶった例の年寄りのアラブ人であることがわかった。「今晩は、カドゥール」と医師が言った。「具合はどうだ。」――「わからない。とくにあっしは女の家には入らないことにしてますもんで」と老人が言った。「好（よ）い心掛けだ、とくに女が叫んでいる場合にはな」と医師が言った。しかしそれ以上いかなる叫び声も中からは聞こえてこなかった。医師は戸を開けて中に入った。コルムリイもそれに続いた。

彼らの前の暖炉には葡萄の蔓が盛大に燃やされ、天井の真ん中に吊るされた銅の枠と飾り玉のついた石油ランプよりはっきりと部屋を照らし出していた。右手の流し台には金属の水差しやタオルが雑然と押し込まれていた。左手のぐらぐらする白木の小さな食器棚の前には、真ん中にあったテーブルが押しつけてあった。今やその上は旅行鞄(かばん)と帽子を入れるボール箱やさまざまな小包でいっぱいだった。四隅には古ぼけた鞄――なかの一つは大きな柳行李(やなぎごうり)だったが――が置かれており、火にほど近い真ん中にほんのわずかなスペースが残されているだけだった。そのスペースの暖炉と直角に敷かれたマットレスの上に、カバーのない枕に少し取り乱した顔をのせて、女が横たわっていた。髪は乱れていた。毛布はもうマットレスの半分を覆っているだけだった。マットレスの左手に、食堂の女主人が跪(ひざまず)いていたので、剝(む)き出しになったマットレスの部分は見えなかった。彼女は洗面器に赤い血が滴(したた)るタオルを搾っていた。右手には、一人のアラブの女が、ヴェールを外し、あぐらをかいたまま、両の手で、まるで捧(ささ)げ物をもつように、湯気の立つ、少し剝(は)げたエナメル塗りのもう一つの洗面器を差し上げていた。二人の女が、産婦の下の撓(たわ)んだ毛布の両端を引っ張っていた。壁の上、荷物の上を、影と暖炉の光が行きつ戻りつしていた。そしてもっと近くでは、二人の看護人と毛布の下に体を縮めている産婦の顔を赤々と照らしていた。

二人の男が入っていくと、アラブ人の女はちらっとそちらを見て、小さな笑い声を立て、瘦せた褐色の腕で、あいかわらず洗面器を捧げ持ったまま、火の方に顔を逸らせた。食堂の女主人は二人を見て、楽しげに叫んだ。「いらっしゃる必要はなかったんですよ、先生。ひとりでにうまくいきました。」彼女は立ち上がった。すると産婦の傍に、動きにならないような動きの中でほとんど聞き取れない地鳴りのような絶え間のない音を発しているまだ形の整わない、[*h]血だらけの何かが見えた。「そうは言っても」と医師が言った。「へその緒には触らなかったろうな。」――「ええ」と相手は笑いながら言った。「先生にも何か残しておいてあげなければいけませんからね。」彼女は立ち上がって医師に席を譲った。そのために、帽子を脱いで戸口のところにいたコルムリイにはまた赤ん坊が見えなくなった。医師はうずくまって、診察鞄を開け、アラブ人の女の手から洗面器を受け取った。女はただちに光の届かぬところまでさがり、暖炉の隅の暗闇に姿を消した。医師は手を洗い、あいかわらず戸口に背を向けたまま、両手に葡萄の搾り滓のような匂いのするアルコールを振り掛けたので、その匂いはたちまち部屋中に漂った。このとき産婦は頭をあげ、夫を見た。素晴らしい微笑がやつれた美しい顔をいちだんと引き立てた。コルムリイはマットレスの方に進んだ。「生まれたわ」と彼女は苦しい息の下から言って、片手を赤ん坊の方に伸ばした。「そうだね、でも静かにしていなさい」と医師が言った。女は何かを尋ねるような顔を振り向けた。コルムリイはマットレスの足元に佇み、静かにという合図を送った。「寝ていなさい。」彼女は横たわった。この瞬間、雨がまた古い瓦の屋根を叩き始めた。医師は毛布の下で忙がしそうにしていた。それから立ち上がり、目の前で何かを振っているように見えた。小さな笑い声が響いた。「男の子です」と医師が言った。「それも立派なお子だ。」——「引っ越しの最中に生まれるなんて幸先がいいわね」と食堂の女主人が言った。隅の方にいたアラブ人の女が笑い、二回両手を叩いた。コルムリイが彼女の方を見ると、当惑して目を逸らした。「さて、しばらく私たち二人きりにして頂きましょうかね」と医師が言った。コルムリイは妻の方を見た。しかし顔は仰向いたままだった。粗末な毛布の上にゆったりと置かれた両手だけが、先ほどこのみすぼらしい部屋を美しく変容させたあの微笑をまた思い起こさせた。彼は帽子を被り、戸口の方に進んだ。「何て名前をつけるんです?」と食堂の女主人が大きな声で言った。「わからない、まだそこまで考えていなかった。」彼は赤ん坊を眺めた。「ジャックという名前にしよう、だってあなたがきてくれたんですからね。」相手は吹き出した。コルムリイは外に出た。葡萄の木の下で、アラブ人があいかわらず粗末な服に身をくるんで彼を待っていた。彼はコルムリイの方を見たが、コルムリイは何も言わなかった。「さあ」とアラブ人は言って、外套の端を差し出した。コルムリイはそれで雨を避けた。彼はアラブ人の老人の肩の温かみと、衣服に染み込んだ煙草の匂いと、頭から被った二人の外套に落ちかかる雨を感じていた。「男の子だったよ」と彼は相手の顔を見ずに言った。「そりゃよかった」とアラブ人は言った。「これであんたも一家の長だ。」何千キロも遠くからやってきた水が、彼らの前の石炭殻を掘って水溜りを作り、その先の葡萄畑に小止みなく降り続いていた。葡萄を支える針金はあいかわらず水滴で光っていた。この雨は東の海に達することはできないだろう。それは今では国中を、川に近い湿地帯を、近くの山々を、ほとんど人気のない広大な地域を水浸しにしていた。その強烈な土の匂いが、ときどき背後で弱々しい叫び声がする中で、同じ外套の下で身を寄せあう二人の男のところまで漂ってきた。

夜遅く、コルムリイは股引と肌着をつけたまま、妻の傍らに敷いたもう一つのマットレスの上に横たわり、天井に踊る炎の影を眺めていた。今や部屋の中はほぼ片づけが済んでいた。妻の向こう側には下着の籠が置いてあり、その中で赤ん坊はときどきごろごろいうような音を立てるほか、静かに眠っていた。妻も顔を夫の方に向けて、少し口を開けたまま眠っていた。雨はすでにあがっていた。明日は仕事に掛からねばならないだろう。彼の傍の、すでに擦り切れて、木の皮のようになってしまった妻の手が、彼にまたその仕事を告げていた。彼は自分の手を静かに産婦の手の上に重ね、仰向けになって目を閉じた。

サン＝ブリウー

四十年後、一人の男が、サン＝ブリウー行きの列車の通路で、春の午後の弱い陽光を浴びながら、次々に現れる汚らしい家や村の立ち並ぶパリとイギリス海峡の間の狭く平らなこの地方の風景を不満気に眺めていた。[*a] 何世紀も前から隅々まで耕された畑と牧場が、彼の前に次から次へと現れた。帽子を被(かぶ)らず、髪を短く刈りあげ、面長で端正な顔立ちの、背が高く、相手を真(ま)っ直(す)ぐに見つめてくる青い目をもったこの男は、四十代にもかかわらず、レインコートを着ているせいで、まだ細身に見えた。両手でしっかりと支え棒をつかみ、片方の腰で支え棒に寄り掛かり、胸を大きく開いた彼は、屈託のない、精力的な印象を与えていた。このとき列車はスピードを落とし、見すぼらしい小駅に止まった。しばらくして、一人のかなり優雅な若い娘が、男の立っているドアの下を通った。彼女は旅行鞄を片方の手からもう一方の手に持ち替えようとして立ち止まり、そのときこの旅行者に気がついた。彼は彼女を見て微笑んだので、彼女の方も微笑を返さずにはいられなかった。彼はドアのガラスを下ろした。しかし列車はもう発車してしまった。「残念だな」と彼は言った。若い娘はあいかわらず彼に向かって微笑んでいた。

旅行者は三等の車室に座りに行った。席は窓際だった。前には残り少ない髪をポマードでなでつけた、まん丸い赤ら顔から判断して彼よりは年下の男が座っていたが、その男は体を縮め、両目を閉じて、明らかに消化不良に悩まされているらしく、荒い息遣いをして、ときどきちらりと前に座っている彼を見ていた。通路側の同じ座席には蠟細工の葡萄の房の飾りのある奇妙な帽子を被った晴れ着姿の百姓女が、弱々しく生気のない赤毛の子供の鼻をかんでやっていた。旅行者の微笑は消えた。彼はポケットから雑誌を取り出して、退屈しのぎに読んだが、その記事はあくびを催させるばかりだった。

その少し後、列車は停車した。そしてゆっくりと〈サン＝ブリウー〉と書かれた小さな標識が、ドアのガラスに映った。旅行者はすぐに立ち上がると、頭上の網棚からまちのある鞄を軽々と下ろし、同乗者たちに挨拶をし、彼らが驚いた顔で返事をすると、足早に車室を出て、車両の三段のタラップを駆け降りた。ホームに降りると、今しがた離した銅の手摺りについていた煤で汚れている左手を見て、ハンカチを取り出して、丹念に拭いた。それから出口の方に行くと、地味な色彩の服を着込んだ旅行者のグループに少しずつ近づいて行った。彼は小さな柱に支えられた庇の下で、切符を渡すときを辛抱強く待った。そしてさらに無口な駅員が切符を返してくれるのを待って、剝き出しの汚らしい壁のある待合室を通り抜けた。壁には古ぼけたポスターが貼ってあるだけだったが、そこではコート・ダジュールさえも煤けた色合いをもっていた。そして彼は、午後の斜めの光を浴びながら、駅から町にいたる道を足早に下っていった。

　ホテルで彼は予約しておいた部屋を尋ね、ジャガイモのような顔をしたメイドが彼の荷物を運ぼうとするのを制止したが、それでも彼女が部屋に案内するとチップを渡した。彼女は驚き、好意の気持ちを顔に現した。それから彼はまた手を洗い、部屋に鍵をかけずに、あいかわらずの早足で下に降りていった。ホールで先のメイドと会うと、彼は墓地はどこかと尋ねた。必要以上の説明だったが、愛想よく聞き終わってから、教えられた方角に進んでいった。今や彼は醜悪な赤い瓦をふいた平凡な家々が立ち並ぶ、狭く陰気な通りを通り抜けていった。ところどころ、剝き出しになった梁をもつ古い家が傾いたスレートを見せていた。たまに通る通行人も、ガラス細工や、プラスチックとナイロンの傑作や、現代ヨーロッパのどの町にもあるような趣味の悪い皿を飾ったショーウインドーの前で足を止めようともしなかった。ただ食料品店だけが豊富な品を並べていた。墓地はうんざりするような高い塀に囲まれていた。入口の傍には貧相な花が植えられ、石屋が店を出していた。一軒の石屋の前で彼は足を止めて、利発そうな子供が、片隅のまだ字の彫られていない平墓石の上で宿題をしているのを眺めた。それから墓地の中に入って、管理人の家の方に行った。管理人は留守だった。旅行者が貧相な家具しかない管理人室で待ちながら、地図を見つけて場所を特定しようとしているところに、管理人が入ってきた。管理人は痩せてごつごつした背の高い男で、鼻が高く、立ち襟の粗末な上着の下から汗の臭いがした。旅行者は一九一四年の戦死者の地区を尋ねた。「ええ、それはスーヴニール・フランセ地区と呼ばれています」と管理人が言った。「お探しの方のお名前は?」――「アンリ・コルムリイです」と旅行者が答えた。

管理人は包装紙で包んだ大きな台帳を開き、土で汚れた指で名簿を辿った。指が止まった。「コルムリイ、アンリ」と彼は言った。「マルヌの会戦で致命傷を負い、一九一四年十月十一日に、サン＝ブリウーで死去。」――「その通りです」と旅行者が答えた。管理人は台帳を閉じた。「こちらへ」と彼は言った。そして旅行者に先立って墓の第一列の方に歩いていったが、あるものは質素で、あるものは凝りすぎていて醜悪で、そのどれもこれもがこの世のどんな場所をも台無しにしてしまうような大理石や真珠などのがらくたに覆われていた。「お身内の方ですか」と管理人がうわの空で尋ねた。「父です。」――「それはご愁傷様」と相手が言った。「いえ、いえ、父が死んだとき、私は一歳にもなっていませんでした。ですから、おわかりでしょう。」――「ええ」と管理人が言った。「そうは言ってもね。死人が多過ぎます。」ジャック・コルムリイは何も答えなかった。確かに、死人は多過ぎたが、父親にたいして、彼は感じてもいない哀悼の気持ちを作り出す訳にもいかなかった。フランスで暮らすようになってから、彼はアルジェリアに残してきた母親がずっと前から彼に頼んでいたことを果たそうと心に決めていた。それは彼女自身は一度も目にしたことのない墓に詣でることであった。彼はこの墓参にはなんの意味もないと見なしていた。彼はまず父親を知らず、どんな人物であったかについてもほとんどわからずじまいで、慣習的な仕種や振る舞いを嫌っていたし、母親もまた故人のことを決して話さず、彼の墓参について何一つ想像できないのだから。しかし昔の恩師がサン＝ブリウーに引きこもり、再会する機会が訪れたから、この見知らぬ死者を訪れてみる決心をしたのであった。そして心の重荷を取り去るために、恩師と再会する前にどうしても墓参を済ませておこうとしたのであった。「ここです」と管理人が言った。彼らは黒く塗られた太い鎖でつながっている小さな灰色の小石柱に囲まれた一画の前に着いた。墓石は数が多く、みな同じ作りで、ただ名前を彫り込んだ簡素な四角い石が、規則正しく何列にも並んでいた。すべての墓石には小さなみずみずしい花束が供えられていた。「四十年前から、〈スーヴニール・フランセ〉が世話を引き受けています。ほら、あの墓がそうです。」管理人は第一列の中の墓石を指差した。ジャック・コルムリイはその墓石から少し離れたところに立ち止まった。「私はこれで」と管理人が言った。コルムリイは墓石に近づいて、ぼんやりとそれを眺めた。そう、確かにそれは父親の名前だった。彼は目をあげた。先ほどより明るくなった空を、白と灰色の小さな雲がゆっくりと流れて行き、空からは明るい光と暗い光とが交互に落ちてきた。周囲の広大な墓場には沈黙が立ち込めていた。ただ高い塀越しに、重苦しい町のざわめきが聞こえてきた。ときおり黒い人影が遠くの墓の間を通り過ぎた。ジャック・コルムリイは雲が空をゆっくりとよぎっていくのを見上げ、濡れた花の香りを通して、いま遠くの凪いだ海から漂ってくる潮の香りを嗅ぎ分けようとしていた。とそのとき墓石の大理石にぶつかるバケツの音が彼を現実に連れ戻した。この瞬間、彼は墓石に書かれた父親の誕生日を読んだ。そしてそれを機に、自分が今までそれを知らなかったことに気づいた。彼は二つの日付を読んだ。〈一八八五〜一九一四年〉。そして機械的に計算をした。二十九歳。突然ある考えが彼を襲い、全身を揺すられるような気がした。彼は四十歳だった。この墓石の下に埋葬されている男、彼の父親であったこの男は、彼よりも若かったのだ*b。

突然潮のように彼の心に湧（わ）き上がってきた愛情と哀れみの気持ちは、息子を死んだ父親の追憶に追いやるような心の動きではなく、不当に暗殺された子供にたいして大人の男が感じる動転した哀れみの情であった——ここにはなにかしら自然の秩序を越えるものがあった。本当を言えば、秩序はなくて、ただ息子が父親より年上であるという狂気と混沌（こんとん）だけがあった。それに続く時間そのものが、もはや見ていない墓石の間で身じろぎもしない彼の周囲で砕けていった。そして年月は河口に向かって流れる大河のような秩序をもつことを止めてしまった。それは砕ける波、引き波、渦巻きでしかなく、その中でジャック・コルムリイは今や不安と哀れみの情に捕われてもがいているのであった*c。彼はその区画の他の墓石のプレートを眺め、その日付から、この土地が、現在生きていることを実感している白髪混じりの男たちの父親であった若い故人たちによって埋めつくされていることを悟った。なぜなら彼自身生きていることを信じていたし、自分一人で物事を知り、己の力と精力を認識し、物事に立ち向かい、自制心を身につけたのであったから。しかし現在のこの奇妙な眩暈の中では、どんな人間も最後には作り出さずにはいられない、年月の火で焼き固める銅像、人びとがそこに逃げ込んで、最後にぼろぼろに砕けるのをひたすら待っている銅像は急速に亀裂を生じ、すでに崩れ落ちようとしていた。今では不安に駆られ、貪欲に生きようとし、四十年間付き纏ってきた世界の死の秩序にたいする反抗心しかなかったし、またつねに同じ精力を傾けて自分と生の秘密とを隔てている壁と戦い、もっと先まで、あの世までいこう、そして知ろう、死ぬ前に知ろう、ただ一度、ただ一瞬でもよいから、永遠に存在しようと願う心しかなかった。

　彼は、常軌を逸した、勇敢であると同時に卑劣で頑固な、そしてつねに自分ではわからない目的に向かって張り詰めてきたこれまでの人生を思い返していた。そして事実、その人生はすべて、彼にこの世の生を与えた直後に、海の向こうの見知らぬ土地で死んでしまった人間が何者であるのかを、想像する努力もせずに過ぎていったのであった。二十九歳のときには、彼自身傷つきやすく、悩みを抱えてはいたが、張り詰め、意欲的で、官能的で、夢見がちで、シニックで、それでいて勇敢であったのではなかったか。そうだ、まったくその通りだった。そして他の何にもまして、彼は生きていた、つまり一人の人間であった。とはいえ、彼は決してここに眠っている人間を生者として考えたことはなく、かつて彼が生まれた土地を通り過ぎた見知らぬ人間として、母親が、彼に似ており、名誉の戦死を遂げたと語った人間として考えてきたのであった。しかしながら、彼がこれまで書物や人間たちを通して貪欲に知ろうと努めてきたこと、つまりこの秘密は、父親がどんな人間であったか、また父親がどうなったのかということを含めて、この故人、次男であった父親に、固く結びついているように今や彼には思われるのであった。また彼自身、時間と血において彼のすぐ傍にいたものを、遠くに探し求めていたようにも思われた。本当のことを言えば、これまで彼は誰かに助けられたことはなかった。ほとんど話をせず、本を読んだりものを書いたりしたこともなく、不幸で、ぼんやりした母親をもつ家族の中で、いったい誰が、この若くかわいそうな父親について、彼に何かを教えてくれただろうか？　母親以外に誰も彼のことを知らず、その母親すらも忘れてしまっていたのだ。もっともその点については確かだった。とにかく父親は彼が束の間に訪れたこの土地で、見知らぬ人間として人知れずに死んでいたのである。おそらく父親について手掛かりを探したり、人に尋ねてみるというようなことは彼の役目であったのだろう。しかし彼のように、何一つ所有するものがないのに、全世界を得たいと願う者は、知識を得たり、世界を征服したり、理解したりするための充分なエネルギーをもっていない。でも最終的にまだ遅過ぎるということもなかった。彼は今や世界中のどんな人間よりも近いと思われるこの人間について探索を重ね、どんな人間であったのかを知ることはできるのだ。彼にはそれができた……。

今や午後も終わろうとしていた。傍で聞こえた黒い人影のスカートの衣擦れ(きぬず)れの音が、彼を墓石の光景とそれに被さる空に引き戻した。もう帰らなければならなかった。これ以上ここで何もすることはなかった。しかしこの名前と日付に無関心になることはできなかった。この平墓石の下には灰と塵(ちり)があるだけだった。しかし彼にとって父親は再生し、もの言わぬ奇妙な生を生きていた。そして彼には自分が父親をふたたび見捨てて、父親が放り込まれやがて忘れられてしまった果てしない孤独な夜を、今夜もまた、過ごさせてしまうような気がしていた。雲一つない空から突然大きな爆音が響いた。目に見えない飛行機が音速の壁を破ったところであった。墓石に背を向け、ジャック・コルムリイは父親を見捨てた。

3　サン＝ブリウーとマラン（J・G）[*a]

夜、夕食のとき、J・Cは、彼の老いた友人が一種の飽くなき貪欲さをもって、二切れ目の羊の腿肉に取り掛かるのを眺めていた。吹き始めた風が、海岸通りにほど近い町外れにあるこの小さな家のまわりで、微かな音を立てていた。J・Cは、ここに来たとき、歩道の縁の水のない溝の中に、乾いた海草の切れ端を見つけたが、その塩の匂いはそれだけで海が近いことを思わせた。税務署の役人を勤めあげたヴィクトール・マランはこの小さな町に隠棲したのであった。彼は自分でここを選択したのではなかったが、結局、彼の孤独な瞑想を邪魔するものは何もないし、また美し過ぎることもなく、かといって汚な過ぎることもなく、どうしようもない孤独もないと言って、この選択を正当化していた。行政のさまざまな仕事や人間の管理は彼に多くのことを教えてくれたが、それは何よりも、人間はおそらくほんの少しのことしか知らないということであった。とはいえ彼の教養はたいそう深いものだったので、J・Cは手放しで彼を尊敬していた。というのも、マランははなはだ凡庸な人物が優れた人物とされている時代にあって、事情が許す限り、個人的な思想をもちうる唯一の人間であったからである。またどんな場合でも、見かけだけ妥協的に見せておいて、実際には確固とした独自性と結びついたたいそう自由な判断力をもっていたからであった。

「そうだよ、君」とマランが言った。「君はお母さんに会いに行こうとしているのだから、お父さんについても何か知ろうと努力してごらん。そして戻ってきたら、そのことをすぐに私に報告しにきてくれたまえ。笑える機会はそうあるものじゃないからね。」

「ええ、これは滑稽ですね。でもこうした好奇心が湧いてきた以上、少なくとも私は取るに足りない情報なら拾い集めることができるでしょう。これまで私がまったく関心をもたなかったのは、やや病理的ですね。」

「とんでもない、これは英知の問題だよ。私は君も知っているマルトと三十年間結婚生活を送った。あれは完全な女性で、私は今日もまだ懐かしく思い出している。私はつねに、彼女は自分の家を愛していたと考えているよ[*1]。」

「君の言うことは多分正しいのだろう」と目を逸らしながらマランが続けた。そしてコルムリイは、何かに賛成した後必ずやってくることがわかっている反論を待ち受けていた。

「しかし」とマランは言葉を継いだ。「きっとこの私の方が間違っているのだろう。私は人生が教えてくれるもの以上に何かを知ろうと努めることを控えてきたのかもしれない。だが私はこの点に関しては悪い例ではないだろうか。要するに、間違いなく私は自分の欠点ゆえに何も率先してやろうとしなかったのだ。その点、君は（と言って彼の目はある種の悪意のようなもので燃え立った）行動の人間だ。」

マランはその丸顔と、ややひしゃげた鼻と、ほとんどないに等しい眉毛と、ベレー帽を被ったような髪型と、厚く官能的な唇を覆うには不足している口髭とによって、中国人のように見えた。またその体型自体、ぽってりとして丸みを帯び、やや太くて短い指をもつ分厚いその手も、走るのが苦手な清朝期の高級官吏を思わせた。彼が旺盛な食欲をみせてものを食べながら、目を半眼に閉じているときは、絹のローブを着て、指で箸をつかんでいる姿を否応なく想像してしまうのであった。しかしその視線を見ればそのような趣は一変してしまった。あたかも知性が的確な地点で素早く働くかのように、濃い茶色で熱っぽく、不安気でありながら急に見据えてくる目は強い感受性と深い教養をもつ西洋人の目であった。

年を取った女中がチーズをもってくると、マランはそれを盗み見た。「私はある人を知っていたが」と彼は言った。「その男は三十年間妻と暮らした後……」コルムリイは今まで以上に注意深くなった。マランが「私はかくかくしかじかの人を、あるいは友人を……、あるいは私と一緒に旅をしたイギリス人を知っていた」等々と言い始めるときは、決まって彼自身のことなのであった。「……その人は菓子を好まず、妻もまた決して食べなかった。ところが、二十年も共同生活を送った後、彼は妻が菓子屋にいるところを目撃してしまった。そして彼女を観察しているうち、彼女が週に何回もコーヒークリーム入りのエクレアをたらふく食べていることに気がついた。そう、彼は妻が甘いものは嫌いだと思っていたのに、現実には彼女はコーヒークリーム入りのエクレアが大好きだったんだ。」

「すると」とコルムリイは言った。「人は誰もわからないですね。」

「そう思いたければそれでもいい。しかしこう言う方がたぶん正確なような気がするように思えるんだがね。いずれにしても私の言い方の方が的確だと思うよ。でも何一つ断言することができない点は非難してくれてもいい。そう、こう言えば充分だろうよ。もし二十年間の共同生活が一人の人間を知るのに充分でないとするなら、一人の人間が死んでから四十年たったいま、当然のことながら表面だけのものになる調査が君にもたらすものは、限られた意味の情報でしかないという危険性がある。そうだ、その人間に関しては限られているということができるだろう。とはいえ、別の意味からすれば……」

彼は諦めたようにナイフをもった手をあげ、山羊のチーズの上に振り降ろした。

「ごめんなさいよ。チーズはどうかね。いらないって？　あいかわらず質素だな。誰にでも好かれるっていうのは大変なことだ。」

半眼に閉じた瞼からふたたび冷やかすような眼光が洩れた。コルムリイが彼の老いた友人と知り合ってからもう二十年にもなった（ここでなぜ、どのようにして知り合ったのかを書き加えること）。そして彼は友の皮肉を機嫌よく受け入れてきた。

「これは好かれるためにしているのではない。あまり食べ過ぎると体が重くなって、沈んでしまう。」

「そうです。あなたはもはや他人の上を滑空してはいませんね。」

コルムリイは石灰で白く塗られた梁のある、天井の低い食堂を塞ぐ、田舎風の立派な家具を眺めていた。

「ねえあなた」と彼は言った。「あなたは私が尊大だといつも考えてきたんですね。

私は尊大でした。しかしいつもそうで、また誰にたいしてもそうであったわけではありません。例えばあなたにたいしては、尊大であることはできません。」

マランは目を逸らせた。彼の場合、それは心を動かされた印であった。

「わかっているよ」と彼は言った。「でもなぜだろうか？」

「私があなたを好きだからでしょう」と冷静にコルムリイが言った。

マランは冷えた果物が入ったサラダボールを自分の方に引き寄せ、何も答えなかった。

「というのも」とコルムリイが続けた。「私が若くて、たいそう愚かで、しかもたいそう孤独であったとき（アルジェでのことを覚えていらっしゃるでしょう？）、あなたは私の方を向き、そんな様子も見せずに、この世で私が好きなすべてのもののドアを開いてくれたからです。」

「ああ！　君には才能があった。」

「確かにそうです。でもどんなに優れた者でも、手引きをする者を必要としています。いつの日か人生の途上であなたと歩みを共にする者、その人はいつまでも愛され、尊敬されるはずです。たとえその人からでたことではないにしても。私はそう確信しています！」

「そうだ、そうだ」とマランは猫をかぶったような顔で言った。

「疑っていられるのでしょう、わかりますよ。いいですか、あなたにたいする私の愛着は盲目的なものではないことをわかってください。あなたは大きな、とても大きな欠点をおもちです。少なくとも私の目からすれば。」

　マランは分厚い唇を嘗（な）めていたが、急に興味深げな顔になった。

「どんな？」

「例えば、あなたは、なんというか、節約家です。といっても吝嗇からではなく、パニックから、不足するのが怖いから等々からですが。とはいえ、それは大きな欠点でして、私がたいていは好まぬことです。しかしとくに、あなたは他人の底意というものを疑わざるをえない方です。本能的に、あなたは無私の感情というものを信じることができないのです。」

「言いたければ言うがよい」と最後の葡萄酒（ぶどうしゅ）を飲み干しながらマランが言った。「私はコーヒーは飲むまい。といっても……」

　しかしコルムリイは冷静さを失わなかった。[*b]

「例えば、もしあなたから小さなものを要求されれば、私は全財産を投げ出すだろうと申し上げても、あなたは私の言うことを信じられないでしょう。」

マランは躊躇し、今度は友をじっと眺めた。

「ああ、わかっているさ。君は寛大だからな。」

「いいえ、私は寛大ではありません。私は自分の時間と努力と疲労に関しては吝嗇なのです。それは私をぞっとさせます。しかし今言ったのは本当のことです。それなのにあなたは私を信じてくれません。あなたは優れた人間であるにもかかわらず、これはあなたの欠点であり、正真正銘の無能力なのです。というのも、あなたは間違っているからです。ひとこと言って頂ければ、その瞬間から、私の財産はすべてあなたのものです。今のあなたにはそんな財産は必要ありません。これはあくまでも一つの例に過ぎないのです。とはいっても、これは任意に選択された例ではありません。本当に、私の全財産はあなたのものなのですから。」

「心から、礼を言うよ」とマランは目を半眼に閉じて言った。「たいそう感動した。」

「それならそれで結構です。またあなたは誰かが物事をあまりにもはっきりと述べることもお嫌いでしょう。ただ言っておきたいのは、私が欠点も含めてあなたを好いているということです。私は他人を好きになることも、敬うことも滅多にありません。その他のことについては、自分の無関心さを恥じるばかりです。しかし自分が愛する人たちについては、私自身のうちにしろ、とくに彼ら自身のうちにしろ、私が彼らを愛するのを止めさせるようなものは何一つありはしません。このことを学ぶにはずいぶんと時間が掛かりました。今では私はそれを知っています。それはそれとして、私たちの話に戻りましょう。私が父に関する情報を集めようと努力することに不賛成のご様子ですので。」

「つまり、私が賛成しないというのは、ただ君ががっかりするような結果を恐れたからだよ。一人の娘にご執心で、彼女と結婚したいと願っている私の友は、彼女に関する情報を集めようとして失敗した。」

「俗物ですね」とコルムリイが言った。

「そうだ」とマランは言った。「それは私だった。」

二人は声をあげて笑った。

「私は若かった。あまりにも食い違う意見を集めたおかげで、自分自身の見解が乱れてしまったというわけだ。私は彼女を愛しているのか、あるいは愛していないのか迷ってしまった。結局、他の女性と結婚することになったよ。」

「私は第二の父親を見つけるわけにはいきません。」

「そうとも、幸運にもね。私の経験によれば、一人で充分だ。」

「それはそれとして」とコルムリイが言った。「とにかく私は数週間のうちに母に会いに行かなければなりません。よい機会ですから。こんなことをお話したのも、さっきは私の方が父より年上だということに心が乱れてしまったからなのです。そうです、私の方が年上なのです。」

「ああ、わかったよ。」

彼はマランを眺めた。

「お父さんは年を取らなかったと考えたまえ。彼は老いという苦痛を免れたのだとね。この苦痛は長く続くものだよ。」

「いろんな喜びだってあるでしょう。」

「そうだ、君は人生を愛している。そうでなければいけない。君は人生しか信じていないわけだね。」

マランはクレトンを張った安楽椅子にどすんと座った。すると突然、筆舌につくしがたい憂愁が表情に現れ、顔つきが変わった。

「君の言う通りだろうな。この私も人生を愛してきた。今でも貪欲に愛している。しかし同時に、人生は私には恐ろしいものに、近づき難いものにまで見えてしまうのだ。私が懐疑主義にとらわれてしまうのはそのためなのだよ。そうだ、私は信じたい、生きたい、といつでも思っているのだが。」

コルムリイは黙っていた。

「六十五歳にもなるとね、毎年が一つの猶予(ゆうよ)となるのさ。私は静かに死にたい、だが死ぬのは恐ろしい。だから私は何もしなかった。」

「世界を正当化し、存在するだけで生きる助けとなるような人たちもいますよ。」

「そりゃそうだ、だが彼らも死ぬのさ。」

二人が黙っている間に、家の周りでは、風が少し強く吹き出した。

「君の言う通りだ、ジャック」とマランが言った。「情報を集めに行きたまえ。君にはもう父親は必要なかろう。君は一人で大きくなったんだから。今となっては、君が知っている愛し方で、お父さんを愛することができるだろう。しかし……」と言って、彼は言い淀(よど)んだ。「また私に会いに来てくれたまえ。もうあまり時間が残っていないのだからね。許しておくれ……」

「あなたを許すですって？」とコルムリイは言った。「私はすべてをあなたに負っていますのに。」

「そうではない、君が私に負っているものはたいしたことではないのだよ。ただときどき君の愛情に応(こた)えられないことを許して欲しいのだ……」

マランはテーブルの上に吊(つ)ってある昔風の大きな吊りランプを眺めた。そして彼の声はうちにこもったようになった。しばらくしてコルムリイは、人気のない町の中で、独り風に吹かれながら、自分のなかで、老いた友の言葉が休みなく繰り返されるのを聞いていた。

「私のなかには恐ろしい虚無が、私を苦しめる無関心がある……」*c

4 子供の遊び

軽く短いうねりが、七月の暑さの中で、船に横揺れを与えていた。ジャック・コルムリイは、船室の中で上半身裸のまま、水面に反射した陽光が細かい光となって丸窓の銅の縁に踊るのを眺めていた。彼は一息に起き上がって、汗が上半身に流れ始める前に毛穴の汗を乾かしてしまう扇風機のスイッチを切った。汗をかく方がよかったのだ。それから彼はいつも固くて狭いベッドが好きだったので、そんな簡易ベッドに寝そべった。するとすぐに、船底の方から、大きな軍隊が絶えず行進を続けているような機械の鈍い音が、弱い振動となって聞こえてきた。彼はまた、まわりの広大な海がどこを見ても同じような広がりを与えている一方で、昼夜を問わず聞こえてくるこうした大きな客船の音や、火山の上を歩いているような感覚が好きだった。しかしデッキの上は暑過ぎた。昼食の後、乗客たちはまずい食事に頭がぼうっとしたまま、屋根つきデッキに置いてあるデッキチェアに倒れこむか、あるいは昼寝の時間には通路に避難してきた。ジャックは昼寝が嫌いだった。「よくお休み」、彼は忌ま忌ましげに思い返した。それは祖母の奇妙な表現で、アルジェでまだ子供の頃に、祖母が無理やり一緒に昼寝をさせようとするときに使っていた。アルジェの下町の小さなアパートの三つの部屋は、丹念に閉められたブラインドから縞模様に光の入る暗がりの中に漬かっていた。*a 外では、熱が埃っぽい乾いた道路を焼いていた。そして部屋の薄暗がりの中では、一、二匹の大きな蠅が、根気よく出口を探しながら、飛行機のようにブンブン唸りをあげていた。通りに降りて行って仲間と合流するには暑過ぎた。それに彼らもまた無理やり家に引き止められていた。「レ・パルダイヤン」とか「ラントレピッド」*b を読むにも暑過ぎた。滅多にないことだが、祖母がいないとか、隣人とお喋りをしているときには、彼は道路に面した食堂のブラインドに鼻を突っ込んでいた。歩道には人影がなかった。向かいの靴屋と小間物屋の前には赤と黄色のカーテンが下ろされていたし、煙草屋の入口も真珠のように多彩に光るカーテンで隠されていた。ジャンの家であるカフェの中には人影がなく、ただおが屑でいっぱいの床と埃っぽい歩道の境界のところに、まるで死んだように猫が眠っていた。

すると子供は石灰を塗ったほとんど何もない部屋に戻るのであった。家具といえば、真ん中の四角いテーブル、壁に沿って置かれた食器棚、傷だらけでインクの染みのついた小さな机、半分唖者の叔父が夜になると寝る床にじかに置かれた毛布の掛かったマットレス台、それに五脚の椅子くらいであった*。上部だけに大理石を張った片隅の暖炉の上には、どこの定期市でも見られるような、花模様のある、首の細い小さな花瓶がのっていた。子供は太陽と暗がりの二つの砂漠に挟まれて、一定の早足で、休みなくテーブルの周りをぐるぐる回りながら、「退屈だ、退屈だ！」とまるでお祈りのように繰り返すのであった。彼は退屈していたのだが、しかし同時にその退屈の中には遊びが、喜びが、ある種の楽しみがあった。というのも、ついに帰ってきた祖母が「よくお休み」と言うのを聞くと、怒りが湧き上がってきたからである。しかし彼の抗議も何の役にも立たなかった。片田舎で九人の子供を育てあげた祖母は、教育については一家言をもっていた。子供はたちまちのうちに寝室に追いやられてしまった。それは中庭に面した二つの部屋の一つであった。一つの部屋にはベッドが二つあった。母のベッドと彼自身が兄と一緒に眠るベッドである。祖母は一人で一つの部屋を使う権利をもっていた。しかしその高く大きな木製ベッドに、彼女はしばしば、夜、子供を寝かせていたし、昼寝のときは毎日そうしていた。彼はサンダルを脱いで、ベッドの上に這い上がった。彼はある日祖母が寝ている間に、ベッドから滑り降りて、例のお祈りを呟きながらテーブルの周りをぐるぐる回り始めたとき以来、壁際の場所に寝なければならなくなった。ベッドの奥に横たわるや、彼は祖母が服を脱いで、ごわごわした生地の下着を下ろすのを眺めていた。その下着の上部にはリボン状の紐通しがついており、祖母はそれを弛めるのであった。それから今度は自分がベッドに上がってきた。子供はすぐ傍に年寄りの肉体の匂いを嗅ぎながら、老いの兆候である染みと太い青筋を眺めていた。それは祖母の足を醜く見せていた。「さあ、よくお休み」と祖母は繰り返した。それから、子供が両目を見開いて、根気のよい蠅が行ったり来たりするのを追っているのにも構わず、祖母はすぐに眠りこんでしまうのであった。

そう、彼は何年もの間それを毛嫌いしていた。そしてさらにもっと後で、大人になってからもそうだった。そして重病にかかるまでは、昼食の後の酷い暑さの中でも、横になる気にはなれなかった。それでもうとうとしてしまうことはあったが、そんなときは寝覚めが悪く、実際に嘔吐感があった。ただほんの少し前から、つまり不眠症に悩まされたときから、昼間の間、三十分ほど眠って、はつらつとした、爽快な目覚めを初めて得ることができた。よくお休み……。

太陽に蹴散らされて、風は静まったに違いなかった。船の軽い横揺れはなくなって、今や真っ直ぐな道路に沿って進んで行くかのように思われた。モーターがフル回転し、スクリューが深い水を真っ直ぐに切り裂いていくうち、ピストンの音はついにたいそう規則正しくなったので、それは洋上に降り注ぐ太陽の重苦しく絶え間のない叫び声と一体になってしまった。アルジェと下町の貧しい小さな家に再会できると考えると、ジャックはある種の喜びの入り雑じった不安に胸を締めつけられながらも、うとうとしてしまった。パリを離れてアフリカにやってくる度にそうだった。そこには重苦しい歓喜があり、心をなごませ、楽しい逃避に成功し、管理人の顔を思い出すだけで笑い出す人間の満足感があった。同様に、陸路と汽車を使ってパリに帰る度に、樹木や水の境界もなく、知らぬ間に近づいてしまう郊外の最初の民家を見るときにも彼の胸は締めつけられるのであった。それはあたかも、少しずつ外からきた人間を呑み込んで、町の中心部に導く、惨めで醜いリンパ腺を並べたてた不幸な癌のようなものであったが、それでもそこにはときどき、昼夜を分かたず彼を捕らえて不眠症に陥らせるまで繁殖していく、セメントと鉄の森を忘れさせてくれる、素晴らしい背景もあった。しかし彼は脱出してきたのであり、海の広い背の上でほっと一息つき、波に身を任せ、大きく揺れ動く太陽の下で呼吸をしていた。彼はついに眠りに落ち、決して癒されることのない子供時代へ、光と、彼が生き、そしてすべてを征服する助けとなった温かい貧困へと、立ち戻ることができた。今や丸窓の銅の縁でほとんど動かない屈折した光は、祖母が眠っていた薄暗い部屋の中で、ブラインドの表面全体に思いっきり照りつけ、取れてしまった木の節がブラインドの合わせ目に残した唯一の裂け目から、暗がりの中にただ一条のたいそう細い剣のような光を投げ掛けていた太陽と同じ太陽からやってくるものであった。蠅はいなかった。ブンブンいいながら、彼のまどろみを満たし、助けていたのは蠅ではなかった。海上には蠅はいない。なによりも、騒がしい音を立てるがゆえに、暑さのクロロホルムのかかった世界で、彼だけを別にしてすべての人間と動物が横腹を見せながらぐったりしている世界の、唯一の生き物であるがゆえに子供が好きだった蠅は死んでしまっていた。確かに彼だけは別で、ベッドの上の壁と祖母の間の狭い空間で寝返りをうち、自分もまた生きたいと願っていた。そしてそんな彼には、眠りの時間は、人生と彼の遊びから奪い取られたもののような気がしていた。夕方になると、水をかけられているかどうかは別として、いたるところに生えているスイカズラの匂いの漂う小さな公園沿いの散水に湿ったプレヴォ＝パラドール通りで、間違いなく仲間は彼を待っていた。祖母が目覚めるやいなや、彼は大急ぎでまだ人影のないリヨン通りの無花果の並木を下っていき、プレヴォ＝パラドール通りの片隅にある噴水のところまで走って行った。そして噴水の上にある鋳物の大きなハンドルを力いっぱい回して、頭を蛇口の下に差し出して、水がどっと吹き出すのを受け止めた。水は彼の鼻穴や耳を満たし、開襟シャツの襟から腹まで、また半ズボンの下から脚に沿ってサンダルまで流れ落ちた。それから、足の裏とサンダルの底の間で水が泡立つのを嬉しく感じながら、彼はあはあ言いながら、通りで唯一の三階建ての家の廊下の入口に座って、間もなく青い木製のラケットを使ってカネット・ヴァンガ[*1]をするのに使う棒切れの先を尖らせているピエール[*d]や他の仲間に合流した。

人数が揃うと、彼らは家々の庭の錆びた鉄柵に沿ってラケットを滑らせながら出発した。その騒々しい音は界隈の住民たちの目を覚まさせ、埃っぽい藤の木の下で眠っている猫を飛び上がらせた。彼らは走り、通りを渡り、すでに汗びっしょりで、追いかけっこをしながら、つねに同じ方角、つまり学校にほど近く、通りを四、五本隔てたところにある〈野原〉の方に向かっていった。しかしかなり大きな広場にあるいわゆる噴水と呼ばれるもののところにくると必ず停止しなければならなかった。それは三段になった大きな丸い泉水であったが水は流れていなかった。しかしずっと前から水の止まっているその泉水盤は、ときどきこの国特有の大雨がくると、縁まで水で一杯になるのであった。そうすると水は淀んで、太陽がそれを吸い上げるか市役所が重い腰を上げてポンプで吸い上げる決定を下すかするまで、くすんだ色の苔やメロンの皮やオレンジの皮やあらゆる種類の塵をたくさん浮かべていた。水がなくなると底に溜った乾いた泥が、ひび割れで汚らしく、長い間残っていた。そして太陽が努力を続け、それを埃に変え、風か清掃人の帚が広場を取り囲む無花果のつやつやした葉に振り掛けるまでそのままであった。いずれにしても、夏は、泉水は干上がって、その黒っぽい色の石でできた大きな縁を露わにしていた。それは何千人もの手や半ズボンの尻でつやつやと光り、滑りやすくなっていた。ジャックやピエールや他の仲間はそこで鞍馬をして遊んでいた。持ち堪えられずに小便と太陽の匂いのするさして深くない泉水の中に落ちてしまうまで、尻を軸にしてぐるぐると体を回していた。

それから、あいかわらず走りながら、彼らの足とサンダルを一様に灰色の層で覆ってしまう暑さと埃の中を、野原の方に飛んでいった。それは樽工場の裏の空き地のような所で、錆びた鉄のたがや古びて腐った樽底が散らばっており、凝灰岩のプレートの間から弱々しい草が生えていた。大声をあげながら、彼らは凝灰岩の上に輪を描いた。一人がラケットをもってその輪の中に立つと、他のものはめいめい順番に棒切れを輪の中に投げた。棒切れが輪の中に落ちると、今度は投げ手がラケットをもって、輪を守るのであった。もっとも巧みな者たちは*棒切れを空中で捕え、それをたいそう遠くに投げ返した。その場合、彼らは棒切れが落ちた場所に行く権利があり、棒の端をラケットの縁で叩くと、棒は空中に跳ね上がるので、今度はみんなでそれを捕まえてさらに遠くに投げるという具合に続いていった。そしてヘマをするか、他の者が空中で棒切れを捕えるまで、彼らは相手が素早く巧みに打ち返してくる棒切れからふたたび輪を守るために、敏速にバックをしたりした。もっと複雑な規則がいくつかあるこの貧者のテニスは午後いっぱい続いた。ピエールは一番巧みであった。彼はジャックより痩せていて、背も低く、華奢と言えるほどで、茶色に近いブロンドの髪をし、眉毛の間からじっと見据える青い目まで弱々しく、やや傷つけられたように、びくびくしており、不器用そうに見えたが、いざ行動に移るとなるとつねに正確な巧みさを発揮するのであった。ジャックの方は、難しい防御に成功することはあったが、簡単なバックハンドをミスしていた。一番になったり、仲間の賞賛の的となるうまいプレーをしたりすると、彼は自分が一番上手だという気になって、しばしばそれを自慢した。実際には、ピエールはいつも彼を負かしていたが、それについては何も言わなかった。ゲームが終わると、ピエールはありったけ背を伸ばして、微笑みながら、黙って仲間の話を聞いていた。*f

天候が悪いときや気分が乗らないときには、通りや空き地を走り回る代わりに、彼らは先ずジャックの家の廊下に集まった。そこから奥のドアを通ると、三軒の家の壁に囲まれ一段下がった小さな中庭に出た。四番目の面は庭との境の壁だったが、壁越しに大きなオレンジの木が枝を伸ばしており、花を咲かせる頃は、芳香が貧相な家に沿って立ち上がり、廊下から家の中に入ってきたり、小さな石の階段から入る中庭に下りてきたりした。一番目の面と二番目の面の半分を直角に占める家には、通りに面した店をもつスペイン人の床屋と、かみさんがときどき夜コーヒーの豆を煎り(い)に中庭に出てくるアラブ人の夫婦*gが住んでいた。三番目の面には、住民たちが金網と木で作った丈の高い粗末な小屋に鶏を飼っていた。最後の四番目の面には、階段の両側に、暗がりに大きな口をぽっかりと開けているこの建物の地下室があった。それは入口も、明かりもない洞穴で、地面にじかに掘られ、何の障壁もなく、じわじわと湿気が滲み出ていた。下に降りるには緑色の腐植土で覆われた四段の階段を降りて行くのだが、そこには住民たちが余分なもの、つまりほとんど何の価値もないものを雑然と積み上げていた。そこで腐っている古い袋、木箱の破片、錆びて穴のあいた洗面器などは、要するにどこの空き地にもあり、どんな貧乏な者でも使いものにならないようなものであった。子供たちが集まったのはそうした地下室の一つであった。スペイン人の床屋の二人の息子、ジャンとジョゼフはそこで遊ぶのが習慣であった。それは彼らのあばら屋の近くにある、自分たちのための庭であった。丸っこく、悪戯(いたずら)なジョゼフはいつもにこにこしていて、もっているものは何でも人にやっていた。ジャンは小柄で、痩せていて、どんなに小さな釘（くぎ）やねじが落ちていても必ずそれを拾い集めていて、彼らのお気に入りの遊びの一つ*hに欠かせない杏（あんず）の種とかビー玉に関してはきわめて吝嗇（けち）であった。いつも一緒にいるこの兄弟以上に対照的なものは想像もつかなかった。ピエールとジャックと最後に仲間に加わったマックスは、悪臭を放つ、じめじめした地下室にもぐり込んだ。彼らはモルモットと呼んでいた節目のある甲殻をもった灰色の小さなごきぶりを追い払ってから、錆びた鉄の屋台の上に、地面の上で腐っていたぼろぼろの袋を広げた。この見すぼらしいテントの下にいると、やっと自分の家にいるような気になった（専用の部屋やベッドを決して持っていなかった）。小さな火を焚（た）いたが、この湿って淀んだ空気の中では、火は消えかかって煙となり、彼らを巣から追い出した。するとみんなは中庭で搔（か）き集めた湿った土をもってきて火に被（かぶ）せるのであった。それからちびのジャンと言い争いをしながら、大粒のハッカ入りキャンデーとかピーナッツとか乾燥して塩気のあるヒヨコ豆とか、ラード入りの菓子（トラムース）と呼んでいるハウチ豆とか、近くの映画館の入口でアラブ人が、ボールベアリングの上にのった簡単な木箱からなる物売台で売っている、蠅の一杯たかったけばけばしい色の大麦糖を分かちあった。土砂降りの日には、湿っぽい中庭が水浸しになって、余分な雨水が地下室の内部に流れ込んだ。規則正しいこの洪水の日には、彼らは古い箱にのって澄んだ空や海風から遠く離れて、自分たちの貧しい王国*のなかで、意気揚々としてロビンソン遊びに興ずるのであった。

しかしもっとも楽しい日は、よい季節に、何とかかんとか口実を設け、立派な嘘をついて、昼寝を免れることができたときだった。というのも、そのとき彼らは市電に乗るお金がなかったので、下町の黄色っぽい灰色の通りをいくつも横切って、厩舎や会社か個人の持ち物である大きな倉庫の立ち並ぶ一郭を抜けて、エッセ公園まで長々と歩くことができたからである。それらの通りは荷馬車によって内陸部とつながっていた。それから滑り金具のついた大きな扉に沿って行くと、扉の向こうから馬の足踏みの音や、唐突に荒い息を吐いて馬が唇をピチャピチャさせる音や、首輪の代わりをしている鉄の鎖が木の給餌器にぶつかる音が聞こえてきた。その間ジャックが寝る前にいつも思い返す、この進入禁止の場所から漂ってくる馬糞と藁と汗の匂いを、彼らは嬉々として吸い込んでいた。扉の開いた厩舎の前で足を止め、フランスからやってきた脚の太い馬が包帯を巻いてもらうのを長々と眺めていた。その馬は追放者のような目をして、暑さと蠅に辟易していた。それから荷馬車の御者に突き飛ばされると、類稀な種類の樹木を育てているとてつもなく大きな庭園の方に走って行った。海までドックや花の景色が一望できる大きな道に出ると、一同は番人の疑い深い視線を浴びながら、無関心で、教養のある散策者を気取った。しかし最初の横断道路にくると、たいそう密生しているためにほとんど夜のように暗い巨大なマングローブの並木を横切って、庭園の東側の、垂れ下がった枝が多数の根と見分けがつかなくなり、下の枝が地面についている大きなゴムの木[*j]の方に、それからもっと先の、彼らの探検の本当の目的である大きなココヤシに向かって走って行った。ココヤシはてっぺんにオレンジ色の小さく丸い密集したヤシの房をつけており、彼らはそれをココーズと呼んでいた。そこにくると、彼らはまず四方に偵察を出し、近くに番人がいないかどうか確かめなければならなかった。それが済むと弾薬拾い、すなわち石ころ集めが始まった。みんながポケットを膨らませて戻ってくると、めいめい代わる代わる房に向かって石を投げたが、房は他のすべての樹木の上から首を出して、ゆらゆらと静かに空中で揺れていた。石が命中するといくつか実が落ちてきたが、それは幸運な投げ手のものとなった。他の者は彼が獲物(えもの)を拾い上げるまで、石を投げるのを差し控えなければならなかった。ジャックはこの遊びが上手で、ピエールと肩を並べていた。しかし二人は運のなかった者たちに獲物を分けてやった。いちばん下手くそだったのは、眼鏡をかけ、目がよく見えないマックスだった。ずんぐりして、頑丈な彼は、それでもみなの目の前で喧嘩をした日以来、尊敬を集めていた。彼らはしばしば自分たちが参加するストリート・ファイトには慣れっこになっており、とくにジャックは怒りと暴力を抑えることができなくて、できるだけ早く相手をこっぴどくやっつけるために、強烈なカウンターパンチを食らうことになるのも意に介さず、飛び掛かっていった。一方ゲルマン系の響きのある名前をもつマックスは、ジゴというあだ名の肉屋のでぶの息子から〈ドイツ野郎〉呼ばわりをされた日には、落ち着いて眼鏡を外し、それをジョゼフに預けてから、新聞で見かけるボクサーのように身構えて、相手にもう一度罵ってみろと言った。それからカッとすることなく、ジゴの攻撃をすべてかわし、自分はパンチを受けずに、相手を何回も殴りつけ、とうとうかなり幸運なことに、圧勝を意味する青痣を相手の目のまわりにつけることに成功した。この日以来、マックスの人気はこの小さなグループに定着することになった。ポケットと手を果肉でべとべとにして、彼らは庭園の外の海の方に飛んで行った。この聖域から出るや、彼らは汚いハンカチの上にココーズを積み上げて、繊維質で、甘く、胸が悪くなるほど脂ぎってはいるが、勝利のように軽やかで、味わい深い漿果を嬉々として貪った。その後は海岸に向かって駆けて行った。

海に行くには、アルジェの東にあるメゾン・カレ市場からやってくるか、そこに向から羊の群れがしばしば通るので、羊の道と呼ばれている通りを横切らなければならなかった。実際には、それは軍用道路で、古代ローマの円形劇場のように丘の上に出来ている町が描き出すアーチ状の輪と海とを隔てていた。通りと海の間には、製作所と煉瓦製造工場とガス会社があり、それらは粘土の板か石灰の粉末で覆われた砂場からなる空間によって隔てられており、そこでは木や鉄の屑が白く見えた。この不毛の地を横切ると、サブレットの浜に出た。ここの砂はやや黒ずんでおり、岸辺の波は必ずしも透明ではなかった。右手には海の家が脱衣場を並べており、祭日には、杭の上にのったその木造の大きなホールがダンス場となった。シーズンには、毎日揚げ物屋が竈の火を煽っていた。たいていの場合、この小グループは円錐形の包みを一つ*k買う金さえもっていなかった。もしたまたま彼らの中の誰かがそれを買えるだけの金をもっていると、彼は包みを一つ買い、丁重な仲間の行列を従えて、重々しく海岸の方に進んで行った。そして海の前の、古ぼけた廃船の陰で、砂の中に足を突っ込み、片手で包みを真っ直ぐに保ちながら尻を滑らして座り、パリパリ音を立てる大きな揚げ物を一つもこぼすまいとしてもう一方の手を添えた。彼は仲間のめいめいに揚げ物を一つずつ分けてやるのが習慣だった。すると彼らはたった一つのご馳走を恭しく味わうのであった。それは温かく、口の中に油のよい匂いが残った。それからみんなはこの幸運な仲間が、重々しく残りの揚げ物を一つ一つ味わうのを眺めていた。包みの底にはいつも揚げ物のかけらが残った。みんなはたらふく食べたその仲間に、それを分けてくれるよう頼みこんだ。するとジャンの場合は別として、たいていの場合、彼は筒状の油紙を開いて揚げ物のかけらを並べ、めいめい交代で一つ食べることを許すのであった。ただ誰が一番始めに食べるか、したがって一番大きなかけらを食べることができるかを決めるためには簡単な〈籤引〉が行われた。宴会が終わると、みんな喜びや欲求不満をたちまち忘れて、きつい太陽の下を、浜辺の西の端の方の半分壊れた組石のところまで走って行った。これは今ではなくなった狂人用の独房に使われたものに違いなく、その後ろで服を脱ぐことができた。みんなまたたくまに裸になり、一瞬後には海の中にいて、力強く、不器用に、大声をあげながら泳いでいた。[*1] そして涎をたらしたり、海水を吐き出したりしながら、素潜りに挑戦し、誰が一番長く水の中にいられるかを競ったりした。海は穏やかで、生暖かく、濡れた頭の上の太陽も今や軽く感じられた。そして輝かしい光がこの若い肉体を歓喜で満たし、彼らに絶えず大声をあげさせていた。彼らは生活と海を支配しており、世界が与えることのできるもっとも豪華なものを受け取っていた。そしてそれを、まるでびくともしない自分の財産を確信している領主のように、惜しげもなく使っていた。

　彼らは砂浜から海へと駆け回り、べとべとする塩水を砂の上で乾かし、それから海に入ってべっとり体についた砂を洗い流しながら、時間さえ忘れてしまった。彼らが走り回っているうちに、せかせか鳴く雨燕（あまつばめ）がずっと低く舞い降りて、製作所や浜辺を飛びまわり始めた。昼間のほてりのなくなった空はさらに澄んで、それから緑色になった。光は穏やかになり、湾の対岸では、それまで一種の霧のようなものの中に溺（おぼ）れていた家々や町の曲線がよりはっきりと見えるようになった。まだ明るかったが、アフリカの夕暮れが素早く訪れるのを見越して、すでに明かりが灯っていた。ふつう最初に「もう遅いよ」と合図をするのはピエールだった。するとたちまち敗走が始まり、素早く別れが告げられた。ジャックは、他の仲間のことは気にせずに、ジョゼフとジャンと一緒に家の方に走って行った。彼らは息が切れるまで走った。ジョゼフの母親は手が早かった。ジャックの祖母はどうかというと……。彼らは点灯されたガス灯や目の前を走り去る市電の明かりに気が動転し、よりスピードをあげて走り出し、すでに夜になっているのに愕然（がくぜん）としながら、いつも全速力で下りてくる宵闇（よいやみ）の中を走って行った。そしてさようならさえ言わずに、戸口のところで別れるのであった。そうした夕暮れにジャックは暗く悪臭の漂う階段の途中で足を止め、闇の中で壁に寄り掛かりながら、激しい心臓の鼓動が収まるのを待ち受けていた。しかし待つことができなかった。そしてそれを知っていることがいちだんと心臓をどきどきさせた。大股で階段を三回上がると踊り場に出た。それから踊り場のトイレのドアの前を通って、自分の家のドアを開けた。廊下の突き当りの食堂には明かりがついていて、ぞっとすることに、皿にあたるスプーンの音が聞こえてきた。彼は中に入った。石油ランプの丸い光の下で、食卓を囲んで、半ば唖者の叔父*が騒々しくスープを啜っていた。ふさふさとした茶色の髪のまだ若い彼の母親は優しそうな綺麗な目で彼を眺めた。「わかっているわね……」と彼女が口を切った。しかし黒い服の下で背筋をぴんと伸ばし、口を固く結んで、明るいが厳しい視線を投げかけながら、後ろ姿しか見えない祖母が娘の言葉を遮って、「どこに行っていたんだい」と言った。――「ピエールが算数の宿題を見せてくれたんだよ。」祖母は立ち上がって、彼に近づいた。彼女は彼の髪の毛の匂いを嗅ぎ、まだ砂がいっぱいついている踝を手で触った。「海岸に行っていたんじゃないか。」「それじゃ、おまえは嘘つきだぞ」と叔父がたどたどしく言った。しかし祖母は彼の後ろに回り、食堂のドアの後ろに掛けてある牛の腱で作った乗馬用の鞭を取って、彼の脚と尻を三、四回強く叩いた。それは声をあげるほど痛かった。その少し後、口と喉に涙をいっぱい溜めながら、かわいそうに思った叔父がくれたスープ皿を前に、彼は涙を溢れ出させまいとしてすっかり緊張していた。すると母親が、素早く祖母の方に視線を送ってから、彼の大好きな顔を彼の方に向けて、「スープをおあがり、もうお終いよ、お終いよ」と言った。すると彼は泣き出すのだった。

ジャック・コルムリイは目を覚ました。丸窓の銅に光はもう反射していなかった。太陽は水平線まで沈んで、今や彼の正面の水の壁を照らしていた。彼は服を着て、上甲板に昇った。夜が明ければ、アルジェが見られるだろう。

5　父親・その死　戦争・テロ

まるで体があいかわらず階段の高さを正確に覚えているかのように、一段も外すことなく、確実に三段飛ばしで一気に階段を昇って、まだ息を切らせたまま、彼は入口のところで、もう母親を両の手で抱き締めていた。暑くなってきて靄（もや）に変わり始めた[*a]朝方の散水がところどころまだ光っているが、すでにたいそう人通りが多くなっていた通りでタクシーを下りた彼は、床屋の庇（ひさし）の上の二つの部屋に挟まれた狭い唯一（ゆいいつ）のバルコニーの、昔と同じ場所にいる彼女を見つけた——しかしその床屋はもはやジャンとジョゼフの父親ではなかった。彼は結核で死んでしまっていた。職業がいけなかったのよ、と彼の妻が言った。しょっちゅう髪を吸い込んでいたからね——そのなまこ板の屋根にはあいかわらず無花果（いちじく）の漿果（しょうか）やくしゃくしゃの紙や古い煙草（たばこ）の吸いさしがのっていた。母はあいかわらずふさふさとしているが、何年か前から白くなった髪をして、そこにいた。彼女は七十二歳でありながらまだ矍鑠としており、その極端に瘦せた体と傍目にもはっきりとしている元気のよさとによって、年よりも十歳は若く見えたことだろう。彼の家族は誰もがそうであり、ものぐさのように見える瘦せの一族に属していたが、そのエネルギーは弛むことなく、老いも手が出せないように見えた。唖者に近い、五十歳のエミール叔父*1は青年のように見えた。祖母はしゃんと顔をあげながら死んだ。そして今彼がその方に駆け出していった母親はどうかといえば、その穏やかな仕種の裏に潜む強靱さは何一つ失われていないように見えた。というのも、何十年間もきつい労働に従事してきながら、子供の頃のコルムリイが注意深い視線で見ほれていた若い女性の姿が彼女のうちにそっくり残っていたからであった。

ドアの前にくると、母親はドアを開けて、彼の両腕の中に身を投げかけてきた。そして二人が再会するときはいつもそうであるように、彼女は二、三回キスをして、ありったけの力で彼を抱き締めた。すると両腕に彼女の肋骨と少し震えている両肩の固く尖った骨を感じていたが、その一方彼は二本の腱に挟まれた喉仏の下の肌の甘い匂いを嗅ぎながら例の場所を思い出していた。それは今ではもう思い切ってキスすることはできない場所であったものの、子供の頃の彼が好んで匂いを嗅いだり、愛撫(あいぶ)をしていたところであった。滅多にないことだったが、母が彼を膝(ひざ)の上にのせてくれたとき、彼は子供の頃の生活の中であまりにも少なかった愛情の香りを嗅ぐために、鼻をその小さな窪(くぼ)みに押しつけて、眠った振りをしていた。母は彼にキスをし、それから一度体を離してから、彼を眺め、もう一度キスをするために抱き締めた。それはまるで彼にたいして抱く愛、彼に向かって表現しうるありったけの愛を彼女自身の中に推し量ろうとしているかのようだったが、自分にはまだその能力が欠けているとあらかじめ決めつけてしまっていた。「ねえ、お前、お前は遠くにいるんだね[*b]」と彼女は言った。その後すぐに体を回してアパートの方に振り向き、通りに面した食堂に座りに行った。もはや彼のことを考えていないようだった。といって他のことを考えていた訳でもなかった。ときどき彼を奇妙な表情で眺めることもあった。まるでそれは今や彼が余計者で、彼女がひとりで動き回っている狭く、空虚で、閉ざされた世界に闖入(ちんにゅう)したかのようであったし、少なくとも彼にはそのように思われた。おまけにその日、傍に彼が座った後は、彼女はある種の不安に取りつかれているように見え、ときどきこっそりとその暗く、熱っぽい、美しい視線で通りを眺めていた。しかしその後ジャックの方に戻ってきたその視線は和らいでいた。

通りはさっきより騒がしく、人通りも多くなり、屑鉄の大きな音や、赤い市電の重たげな音が聞こえてきた。コルムリイは、白い襟でアクセントをつけた灰色の小さなブラウスを着て、窓の前の座り心地の悪い椅子［*2］に座って横顔を見せている母を眺めていた。老齢のために少し背が丸くなってはいるが、背もたれに寄り掛かろうともせず、いつでもそこにいた。小さなハンカチを両手でつかみ、ときどき不器用な手で丸め、洋服の窪みにそれを落としたままじっと手を動かさずに、顔を少し通りの方に向けていた。三十年前と変わっていなかった。そして皺の奥に彼はあいかわらず奇跡的に若い顔を見出していた。額に溶け込んでいるような、滑らかで、光沢のある眉弓、真っ直ぐに通った小さな鼻筋、義歯の周りの唇の一角が痙攣してはいるものの、まだたいそう形のよい口。すぐに老化してしまう頸でさえ、腱が節くれだって、顎が少し弛んではいるものの、まだもとの形を保っていた。「美容院に行ってきたのかい」とジャックが言った。彼女は過ちを見つけられた小娘のように微笑んだ。「そうだよ、だってお前が来るんだもの。」ほとんど目につかないけれど、彼女はいつも彼女なりにお洒落であった。確かにひどく質素な服を着てはいたが、ジャックには母が汚い服を着ていたという記憶はなかった。今でもまだ、彼女が着ている灰色と黒の服は入念に選ばれたものだった。それこそ、つねに悲惨であるか、貧乏であった一族の好みであった。それはまたときとして、多少は生活が楽な何人かの従兄弟たちのものでもあった。しかしみんな、とくに男たちは、すべての地中海人がそうであるように、白いシャツと線がついたズボンに執着しており、洋服簞笥の数の少なさから考えて、この欠かすことのできない手入れ作業が、女たち、母親や嫁の仕事に付け加わるのもやむを得ないと思っているのであった。彼の母親はどうかと言えば、彼女はいつも下着を洗ったり、家政婦をしたりするだけでは充分ではないと考えていた。そしてジャックははるか昔の記憶の底に、後年彼が家を出て、洗濯もアイロン掛けもしない女たちの方に遠ざかっていくまで、母親が兄と彼自身の一本しかないズボンにアイロンを掛け続ける姿を留めていた。「あの床屋はイタリア人だね」と彼女は言った。「よく働くよ。」——「そうだね」とジャックが言った。彼は「おかあさんはとても綺麗だよ」と言おうとしたが、思い止まった。彼はいつも母親についてはそう考えていたのだが、それを口に出して言う勇気がなかった。母親に不愉快な思いをさせてはいけないと考えたのでもなければ、そのようなお世辞が彼女を喜ばせることはできまいと考えたからでもなかった。そうではなくてそんなことをすれば、これまでの生涯において彼女がその後ろに隠れていた目に見えない柵を乗り越えてしまうからであった——優しく、礼儀正しく、妥協的で、受け身でさえありながら、それでいて何にも、誰にも征服されることなく、半ば聾で、言葉も不自由な世界の中に孤立し、確かに美しいが、ほとんど近寄り難い彼女が、いつもよりにこやかでいると、彼の心はなおいっそう彼女の方に飛んでいくのであった――そう、これまでの人生において、彼女は同じような心配気で、従順な顔をしてはいた。しかしながら、その眼差しにはよそよそしさが漂い、三十年前、彼女の母親がジャックを鞭で叩きのめしているのを眺めていたときと同じであった。何ものにも決して心を動かされたこともなく、本気で子供たちを叱ったこともなかった彼女、こうしたお仕置きが彼女の心を傷つけたことには疑いがなかったが、疲労から、上手い言葉が出てこないことから、また母親にたいする遠慮から、介入することを差し控えていた彼女は、母親のするがままに任せていたが、何日も何年もの間、耐えていたのであった。子供たちにたいするお仕置きを、まるで彼女自身が他人のための辛い労働の日々を耐えていたのと同じように、耐えていたのであった。彼女は跪いて寄木張りの床を洗い、男っ気もなく、他人の汚れた下着と食べ残しの真ん中にあって慰めもない人生を、次から次へと続く辛く長い日々を耐えていた。それは生きるためのものではあったが、希望を奪われているために、恨みがましいところは一切なく、ただひたすら繰り返され、他人の苦労も自分の苦労もひっくるめてあらゆる苦労に耐えていく人生となっていた。疲れたとか、多量の洗濯をした後、腰が痛いという他に、彼は母が愚痴をこぼすのを一度も聞いたことがなかった。また母の姉妹や叔母の誰かが彼女にたいして親切でないとか、〈鼻が高い〉とか言う以外に、他人の悪口を言うのをかつて聞いたことがなかった。しかしその反面、彼は母が心から笑うのを聞いたこともなかった。子供たちが彼女の生活費を出せるようになり、もう働く必要のなくなったいま、彼女は以前より少しは笑うことが多くなった。ジャックはこれもまた以前とまったく変わらぬ部屋を眺めた。彼女は住み慣れたこのアパートを、なんでも造作なくできるこの界隈を離れたがらなかった。他に行けばもっと快適であっても、すべてが彼女には難しくなってしまったろう。そう、それは同じ部屋であった。家具は代えられて、今ではしかるべきものになって、もはや見すぼらしい感じはなかった。しかしそれらはあいかわらず飾り気がなく、壁際に押しつけられていた。「お前は詮索好きだね」と母が言った。そう、彼があれほど説得したにもかかわらず、あいかわらず必要最小限度のものしか入ってない食器棚を、彼は開けてみずにはいられなかった。もっともその飾り気のなさは彼が大いに気に入っているものではあったが。彼はまた食器台の引き出しを開けてみた。そこには二、三枚の新聞紙の間に挟まった、この家では充分な二、三服の薬と、紐の切れ端と、半端物のボタンがいっぱい入った小さなボール箱と、身分証明書用の古い写真が入っていた。ここでは余分のものすら貧相なものであった。というのも余分なものは決して使われたことがなかったからだ。ジャックは自分の家のようにものがたくさんある普通の住居に住んでも、母はまさに必要最小限度のものしか決して使わないだろうということを充分心得ていた。小さな洋服箪笥と、幅の狭いベッドと、木製の鏡台と麦藁(むぎわら)の入った椅子に加えて、たった一つの窓に鉤(かぎ)で釣ったカーテンがある隣の母の部屋には、ときどき白木の鏡台の上に丸めておいてあるハンカチ以外に、まさしく何も置いてないということが彼にはわかっていた。

仲間やリセの同級生の家にしろ、また後にもっと裕福な人たちの家を発見したとき、彼をまさに驚かせたのは、部屋を占領している花瓶や杯や小さな銅像や絵の数の多さであった。彼の家では、〈暖炉の上の花瓶〉と言っていたし、壺(つぼ)とか深皿とかそこらにある何かは名前をもっていなかった。反対に、彼の叔父の家では、ヴォージュ産の炉器を鑑賞したり、キャンペールのセットで食事をしたりしていた。彼はつねに死と同じくらい飾り気のない貧困のなかで、つまり普通名詞の中で成長してきたのにたいし、叔父の家では固有名詞を発見したのであった。そして今日もまた、洗われたばかりのタイルを張った部屋の中の簡素でてかてか光る家具の上には、彼の来訪に備えて、食器台の上の銅の打ち出しのアラブ式の灰皿と、壁に掛けた郵便局のカレンダーを除いて、何もなかった。ここには見るべきものも、語るべきものも何もなかった。それゆえ、彼は自分の母親をまったく知らなかった。ただ彼が自分自身で知っていることを除いては。それはまた父親についても同様であった。

「お父さんはねえ」彼女は息子を見つめ、注意深げになった。*d

「なに。」

「お父さんはアンリって名前だったけど、その後の名前は何といったの？」

「知らないよ。」

「他に名前はなかったの？」

「あったと思うけど、忘れてしまったね。」

突然彼女はぼんやりしてしまい、今や太陽が全力をあげて打ちのめしている通りの方を眺めた。

「お父さんはぼくに似ていた？」

「ああ、お前とそっくりだったよ。あの人は明るい目をしていた。それに額のところがお前にそっくりなのさ。」

「何年生まれなの？」

「わからないね。私はお父さんより四つ年上だったよ。」

「それじゃ、お母さんは何年に生まれたの？」

「わからないねえ。家族手帳を見ておくれ。」

ジャックは部屋に行って、洋服簞笥を開けた。上の棚のタオルの間に、家族手帳と、年金手帳と、スペイン語で書かれた何枚かの古い書類があった。彼は書類をもって戻ってきた。

「お父さんは一八八五年生まれで、お母さんは一八八二年の生まれだよ。お母さんはお父さんより三歳年上だ。」

「ああそうかい！　四つだと思っていたよ。昔のことだね。」

「お父さんはずいぶんと早くに両親をなくして、兄弟たちはお父さんを孤児院に入れたとお母さんは言ったよね。」

「そうだよ。あのひとの姉さんもね。」

「お父さんの両親は農場をもっていたの？」

「ああ、アルザスの出身だったよ。」

「ウレド・ファイエトだね。」

「そうだよ。私たちはシェラガにいたんだよ。すぐ近くのね。」

「お父さんが何歳のときに両親が亡くなったの？」

「知らないよ。ああ！ とても若いときだった。あの人の姉さんが手放したんだよ。それはよくないことだよね。お父さんは二度とあの人たちに会いたがらなかった。」

「その姉さんは何歳だったの？」

「知らないね。」

「それで兄さんたちは？ お父さんは末っ子だったんでしょ？」

「違うよ。下から二番めだった。」

「でもそうすると兄弟たちはお父さんの面倒をみるには若すぎたんだね？」

「そう、そうだよ。」

「それじゃ、あの人たちが悪いんじゃないね。」

「そうじゃないよ。お父さんはあの人たちを恨んでいたんだよ。十六歳で孤児院を出たとき、姉さんの農場に帰ったのさ。みんなお父さんをこき使ったんだよ。こっぴどくね。」

「お父さんはそれでシェラガに来たわけだ。」

「そう、私たちのところにね。」

「そこでお父さんと知り合ったの？」

「そうだよ。」

彼女はふたたび通りの方に目をやった。それで彼はこの道筋を辿(たど)ることはできないと感じた。ところが彼女は自分から話の筋を変えてきた。

「あの人は字が読めなかったんだよ。わかるだろ。孤児院じゃ何も教えやしないからね。」

「でもお母さんはお父さんが戦場から送ってきた葉書を見せてくれたじゃないか。」

「そうだよ。クラシオーさんに教わったのさ。」

「リコム社の。」

「そう。クラシオーさんは主任だった。その人について読み書きを習ったのさ。」

「何歳のときに？」

「二十歳のときだったと思うよ。はっきりはわからない。それやこれやずいぶん古いときの話だものね。でも結婚したときには、お父さんは葡萄酒(ぶどうしゅ)のことに詳しくてね、どこにでも働き口があったのさ。頭もよかった。」

彼女は彼を眺めた。

「お前のようにね。」

「それで、それからどうしたの？」

「それから？　お前の兄さんが生まれた。お父さんはリコム社のために働いていて、リコム社がサン＝ラポートルの農園に派遣したんだよ。」

「そうだよ。それから戦争があった。あの人は死んでしまったのさ。私のところに砲弾のかけらが送られてきた。」

「サン＝タポートル農園かい？」

彼の父親の頭に穴をあけた砲弾のかけらは同じ洋服箪笥の同じタオルの後ろにある小さなビスケットの箱の中にあり、それと一緒に戦場で書かれた葉書があったが、そのぶっきらぼうさと短さから、すぐに暗記できてしまうほどであった。「愛しいリュシイへ。私は元気だ。私たちは明日宿営地を移す。子供たちの世話を頼む。キスを送る。お前の夫より。」

そうだ、彼があの引っ越しの途中で移民として、移民たちの子供として生まれたあの真夜中に、ヨーロッパはすでに大砲の使用の正当性を認めており、それが数ヵ月後にはすべてを一緒くたにして吹き飛ばし、コルムリイ一家をサン＝タポートル農園から追い出し、コルムリイをアルジェの軍隊に、母をセイブーズ河の蚊に刺されて膨れ上がった子供を抱いて、見すぼらしい下町にいる母親のところに追いやったのであった。「お母さん、ご迷惑はおかけしません。アンリが戻ってきたら、出ていきます。」するとと祖母は、背筋を伸ばし、白髪を後ろにかきあげ、明るいがきつい目をして、

「お前は、すぐに働かなければいけないよ」と言った。

「お父さんはアルジェリア歩兵だったんだね。」

「そうだよ、あの人はモロッコで戦ったのさ。」

その通りだった。彼は忘れていたのだ。一九〇五年には、父親は二十歳だった。モロッコ軍との戦いにおいてはいわゆる現役であった。[*e] ジャックは何年か前にアルジェの通りで昔の学校の校長に出会ったとき、彼が言ったことを思い出した。ルヴェック氏は彼の父親と同じ時期に召集された。しかし彼が同じ部隊にいたのはわずか一ヵ月であった。彼の言によれば、彼はコルムリイをよく知らなかった。というのも、コルムリイは無口であったからだ。疲労によく耐え、黙りがちであったが、付き合いやすく、公平な人物であった。ただ一度だけ、その彼が我を忘れて怒ったことがあった。それは焼けつくような暑い一日を過ごした後、アトラス山脈の片隅で、分遣隊が岩場の隘路によって守られた小さな丘の上で夜を過ごしたときのことであった。コルムリイとルヴェックは隘路の下で歩哨の交代をしなければならなかった。二人の呼び掛けに誰も答えなかった。そして列をなしているウチワサボテンの根元に、彼らは同僚の一人が、奇妙な格好で、月を見ているように仰向いているのを見つけた。初め彼らは奇妙な形をした頭部を見分けられなかった。しかしそれは簡単なことであった。同僚は喉を掻き切られていた。そして口の中に押し込められた鉛色の脹らみは彼の性器であった。そのときになって、彼らは両足を開いた胴体と裂けたアルジェリア歩兵のズボンを見た。間接的な月光の反射を受けた裂け目の真ん中は血の海であった。*f 百メートル離れた、大きな岩の後ろに、今度は同じ格好で、二番めの歩哨が倒れていた。警報が出され、歩哨の人数は倍になった。明け方になって、彼らが野営地に登ってきたとき、コルムリイは相手は人間ではないと言った。ルヴェックはしばらく考えてから、奴らにとってそれは人間の当然の行動手段であり、今は彼らの土地にいるのだし、奴らはいかなる手段をも辞さないだろうと答えた。コルムリイはおもしろくないといった顔をしていた。「そうかもしれないが、でも奴らは間違っている。人間はあのようなことはしないものだ。」ルヴェックは、奴らにとって、ある種の状況に置かれれば、人間はどんなことでも許されるし、[またどんなものでも破壊することが許される]と言った。しかしコルムリイは怒りで錯乱状態に陥ったかのように叫んだ。「違う。人間はそんなことはできない。人間とはそういうものなんだ。さもないと……。」それから彼は気を鎮めた。「私は」と重苦しい声で言った。「貧乏だし、孤児院の出身だ。こんな服を着せられ、戦争に引っ張りだされている。でも私にはできない。」――「フランス人の中にだってする奴もいるさ」とルヴェックが[言った]。「それでは、彼らもまた人間ではないのさ。」

すると突然彼は叫んだ。「汚(けが)らわしい人種め！　なんという人種だ！　みんな、みんな……。」

　彼はシーツのように青白い顔をして、自分のテントに入った。

　ジャックはよく考えてみて、今や視力を失ったこの年老いた小学校教師が、彼の父親に関してもっとも多くのことを教えてくれたことに気がついた。しかしそれは、細部を除いて、彼の母親の沈黙から彼が類推しうること以上のものではなかった。辛抱強く、辛辣(しんらつ)で、一生働き続け、命令に応じて人を殺し、回避しえぬものをことごとく引き受け、それでいて自分自身のどこかを傷つけられるのを拒否してきた一人の男。それに貧乏であった一人の男。なぜなら、貧困は〔自ら〕選びはしないが、持続することはあるからである。そして彼は、母親に教えてもらったわずかなことと一緒に、その同じ男が九年後に、結婚し、二児の父となり、やや条件のよい職を手に入れ、動員のためにアルジェに呼び返されたことを想像しようとやっきになっていた。*g 父親は辛抱強い妻と手に負えない子供たちとの長い夜間の旅行のあと、駅で別れを告げ、その三日後、ベルクールの小さなアパートに、アルジェリア歩兵(ズアーヴ)の連隊の膨らんだキュロットとペアになった赤と青のきれいな制服姿で、厚いウールの下で汗まみれになりながら突然姿を現した。七月[✣]の暑い頃のことで、かんかん帽を手にしていたが、それはこれまで行ったことのないフランス[*h]に向けてその夜乗船し、一度も乗り出したことのない海に足を踏み入れる前に、子供たちと妻にキスをするために海岸通りの丸天井の下の集合所を無断で離れ走ってきたので、縁なし帽も兜も被れなかったからであった。彼はみんなに力強く、短いキスをして、同じ足取りで帰って行った。そして小さなバルコニーに立って合図を送る妻にたいして、大急ぎで走りながら振り向き、かんかん帽を振って答えた。それからふたたび埃と熱で灰色になった通りを走って行き、朝方のまばゆい光を浴びながら、もっと先の映画館の前で姿を消したが、それが彼の最後の姿であった。他のことは想像しなければならなかった。それは母親が話すことができたものを通してではなかった。彼女は歴史や地理について何の考えももたず、ただ自分は海の傍の土地に住んでいることだけを知っていて、フランスも自分がやはり行ったことのない海の反対側にあると考えていた。その上フランスはぼんやりした宵闇のなかに沈んだはっきりしない土地であり、彼女がアルジェ港のようなものだと想像しているマルセイユという名の港を通っていくところであった。フランスにはパリという名のたいそう美しいとされている光り輝く町があり、またアルザスと呼ばれる地方もあって、彼女の夫の両親は、もうずいぶん昔になるが、ドイツ人と呼ばれる敵から逃れてアルジェリアに住みついたのであった。今度もまた同じ敵からその地方を取り返さなければならなくなったが、その敵はつねに意地が悪く残酷で、とくにフランス人にたいしては、何の理由もなくそうであった。フランス人はいつも、喧嘩好きで度し難いそうした人間たちから身を守ることを余儀なくされていた。彼女はスペインがどこか特定できなかったが、いずれにしても、さほど遠くなく、彼女の両親であるマオン出身者たちは彼女の夫の両親と同じくらい前にそこを離れて、アルジェリアにやってきたのであった。というのも両親たちはマオンでは飢え死にしそうであったからだったが、彼女はそれが島の町であることすら知らなかった。もっとも島を見たことはなかったので、島とはどんなものか知らなかったのだが。他の国々については、いつでも正しく発音できるとは限らなかったが、ときどきその名前が彼女の心を捕らえることはあった。それにたいていの場合、彼女はオーストリア＝ハンガリーやセルビアとかいう名前を決して耳にしたことはなかった。ロシアというのは英国と同じように難しい名前であった。彼女は大公が何者であるかを知らなかったし、サライエボという四音節の語を書くことは決してできなかったろう。戦争はそこにあった。あたかも性悪な雲のように、定かならぬ大きな危険として、それもアルジェリアの高原に襲いかかり多大な被害をもたらすイナゴの大群の到来や嵐を防ぎえないのと同様に、空に突入することを防ぎえないものとしてそこにあった。ドイツ人たちはまたもやフランスに戦争を余儀なくさせた。そしていまや苦しみが始まろうとしていた――それには理由がなかった。彼女はフランスの歴史を知らなかったし、歴史が何かをも知らなかった。自分の歴史は少しはわかっていた。しかしそれはせいぜい自分が愛した人たちの歴史で、また彼女が愛した人たちは彼女と同様に苦しみを余儀なくされていた。想像の及ばない世界、彼女が知らない歴史の闇の中で、いちだんと暗い夜だけが腰を落ち着けにやってきた。そして不可解な命令が下され、それが汗だくで、うんざり顔の憲兵によって奥地の片田舎までもたらされた。そしてすでに収穫の準備が進められていた農場を離れなければならなくなった――司祭は動員された人びとを見送りにボーヌの駅にいた――「お祈りしなければだめですよ」と、司祭は彼女に言った。「はい、司祭様」、しかし本当のところは、彼女には司祭の言ったことが聞こえなかった。というのも、彼は充分に大きな声で喋(しゃべ)らなかったし、それに彼女には祈るというようなことは考え及ばないことであり、それまでも誰かの手を煩(わずら)わせようと願ったことはなかったからだ――そして彼女の夫は多彩色の立派な軍服を着て出征していった。まもなく復員するだろう、とみんなが言っていた。ドイツ軍は罰せられるだろうが、それまで職を見つけなければならなかった。幸いなことに隣人の一人が祖母に軍の工(こう)

廠(しょう)の薬莢(やっきょう)製造所で女性を募集しており、出征軍人の妻が家族の生計をたてている場合には、優先権が与えられると教えてくれた。そこで彼女はボール紙の小さな薬莢を大きさと色とによって選別する仕事を一日に十時間する機会を与えられた。それで彼の母は祖母に金を持ち帰ることができた。ドイツ人たちが罰せられ、アンリが復員するまで子供たちを食べさせなければならなかった。もちろん、彼女はロシアに戦線があることも知らなかったし、戦線がどんなものかも、また戦争がバルカンや中東にまで地球規模で広がっていることも知らなかった。彼女にとっては、すべてはフランスで起こったことで、そこにドイツ軍が前触れもなく侵入してきて、子供たちに襲いかかったのであった。実際、すべてはフランスで起こったことで、そこにアンリも所属するアフリカの軍隊が大至急派遣され、当時人びとの口に上っていたマルヌというような定かならぬ土地に連れて行かれた。彼らのために兜を見つけてやる時間はなかった。太陽はアルジェリアのように色の効果を損なうほど強くはなく、それゆえアルジェリアのアラブ人とフランス人の突撃隊は、洒落(しゃれ)た目映(まばゆ)い色の軍服を着て、麦藁(むぎわら)帽子を被っていたが、その赤と青は百メートル先からでも標的になった。彼らは小グループで突撃をしかけては、小グループごとに殺され、狭い土地の肥やしとなり始めていた。そこでは四年間にわたって全世界から集まってきた人間たちが、塹壕(ざんごう)の中にうずくまり、照明弾と、無駄な攻撃を告げる大弾幕射撃が轟く間、ヒューンと音をなす大砲の弾によって満たされた空の下で、一メートル一メートルと頑張って進んでいくのであった。しかし目下のところ、塹壕はなかった。アフリカの軍隊はただ多色の蠟人形と同じように、戦火の下に消えていった。そうして、毎日、アラブ人であるかフランス人であるかを問わず、アルジェリアの各地で、何百人もの孤児が生まれ、父親をもたぬそうした息子や娘はその後、助言もなく、遺産もないままに、生きる術を学んでいかなければならなくなった。数週間が過ぎたある日曜日の朝、階段とトルコ式に石で作られた暗い穴からなり、絶えずクレゾール石鹼液で掃除されてはいるが、いつでも悪臭の漂う、明かりのない二つのトイレの間の唯一の階段の奥の小さな踊り場で、リュシイ・コルムリイとその母親は二つの低い椅子に座って、階段の上の明かり窓から差し込む光の下で、レンズ豆を選り分けていた。そして赤ん坊は小さな洗濯籠の中で、涎をいっぱい垂らしながら人参をしゃぶっていた。するとそのとき重々しい顔立ちの立派な服を着た一人の男が封書のようなものを手にして階段に姿を現した。二人の女は真ん中に置いた鍋に選別したレンズ豆を落としていたが、驚いてその豆の入った皿を下に置いた。そして手を拭いていると、男は階段の上から二番目の段に立ち止まって、そのままでいるように言い、コルムリイ夫人は誰かと尋ねた。「ここにおります、私は母親でございます」と祖母が言った。男は自分は市長だと名乗り、痛ましい報せ、つまり彼女の夫が名誉の戦死を遂げ、フランスは彼の死を悼むと同時に誇りに思うと言った。リュシイ・コルムリイは市長の言うことを聞いてはいなかったが、立ち上がり、深い尊敬を表しながら手を差し延べた。祖母はすっくと立ち上がると、片手を口にもっていき、「ああ、神様」とスペイン語で繰り返していた。市長はリュシイの手を握り、さらに両手で握りしめて、もぞもぞと悔やみの言葉を呟いてから、彼女に封書を渡し、背を向けて、重々しい足取りで階段を下りていった。「あの人なんて言ったの?」とリュシイが尋ねた。「アンリが亡くなったんだよ。殺されちまった。」リュシイは封をしたままの封筒を眺めていた。彼女も彼女の母親も字が読めなかったのだ。見知らぬ夜の底のこの突然の死を想像することができずに、彼女は一言も言わず、涙も流さずに、封書を裏返していた。それから封書をエプロンのポケットに入れ、子供には目もくれずにその傍を通って、二人の息子と共有している部屋に入り、ドアを閉め中庭に面した窓のブラインドを下ろし、ベッドに横たわった。そこで何時間も無言のまま、涙も流さずに、自分では読むことのできない封書をポケットの中で握りしめたまま、理解できない不幸を暗闇の中に凝視し続けていた。[*j]

「お母さん」と、ジャックが言った。

彼女はあいかわらず同じ表情のまま通りを眺めていて、彼の言うことを聞いていなかった。彼は彼女の痩(や)せて、皺(しわ)のよった腕に触れた。するとにこにこしながら彼の方に振り向いた。

「ねえ、あの病院から届いたあのお父さんの葉書はね。」

「ええ。」

「あの葉書は市長さんが来た後に受け取ったの？」

「そうだよ。」

砲弾の破片が頭に突き刺さったので、父親は激戦地とサン＝ブリウーの兵站(へいたん)病院との間を行ったり来たりしている、血と藁と包帯でいっぱいのおぞましい救急列車の一つに運びこまれた。そこで彼は、もう目が見えなかったので、およその見当をつけて、二通の葉書を書きなぐった。「私は怪我(けが)をした。でもなんでもない。お前の夫より。」それから数日たって、彼は亡くなった。看護婦はこう書いてきた。「その方がよかったんです。生きていても目が見えなくなるか気がちがってしまわれたことでしょう。とても勇敢な方でした。」それから砲弾の破片が送られてきたのだった。

武器をもった三人のパラシュート部隊のパトロール隊が、四方に目を配りながら、一列になって下の通りを通った。その内の一人は黒人で、背が高く、しなやかで、斑点のある皮を着た見事な獣のようだった。

「あれは悪党たちのためだね」と彼女は言った。「お前がお父さんのお墓に行ってくれて嬉しいよ。私は年を取り過ぎているし、遠いからね。立派だったかい？」

「何が、お墓のこと？」

「そうだよ。」

「立派だったよ。花もあった。」

「そうかい。フランスの人たちは律儀だねえ。」

彼女はそう言ったし、そう信じてもいた。しかしもはや夫のことを考えてはいなかった。彼は今や忘れられ、彼と一緒に過去の不幸も忘れ去られていた。もはや彼女のうちにも、この家の中にも、世界的規模の戦火に食いつくされ、まるで山火事に焼かれた蝶の羽根の灰のように、触知しえない思い出しか残っていないこの男については、何一つ残ってはいなかった。

「シチューが煮えたぎってしまうよ。待っておいで。」

彼女は腰をあげて台所に行った。*k 今度は彼が母親の席に座って、日焼けで色が褪せてしまうか、はげ落ちてしまった同じ商店が並ぶ、何年も前から変わりばえのしない通りを眺めた。ただ向かいの煙草屋だけが、小さな葦簀でできた日除けをプラスチック製のさまざまな色の細長い帯に代えていた。ジャックはその葦簀をくぐって奥に入り、印刷物と煙草の素敵な匂いを嗅ぎながら、夢中になって読んだ名誉と勇気についての物語ののっていた「ラントレピッド」を買ったときの、独特の葦簀の音がまだ聞こえてくるように思った。今や通りは日曜日の朝の賑わいを見せていた。職工たちは洗いたてで、アイロンのきいた白いシャツを着て、お喋りをしながら、さわやかな暗がりとアニス酒の匂いのする三、四軒のカフェの方に向かっていた。やはり貧乏でもこざっぱりとした服装のアラブ人たちが、あいかわらずヴェールはしているが、ルイ十五世風の靴をはいた妻を連れて通っていった。ときどきそんな風に晴れ着をきたアラブ人の家族全員も通っていった。なかの一家族は三人の子供を連れていて、子供の一人はパラシュート隊員の服装をしていた。丁度そのとき、パラシュート部隊のパトロール隊がまた通りかかったが、彼らは気を抜いており、明らかに無関心な様子だった。リュシイ・コルムリイが部屋に入ってきたそのとき、爆発音が鳴り響いた。

爆発はすぐ近くで、たいそう大きく、その振動はいつまでも終わることがなかった。ずいぶん前に爆発音は聞こえなくなっていたようだが、食堂の電灯はシャンデリアの役をしている貝殻型の笠の奥でまだ揺れていた。母親は青い顔をして、隠しきれない恐ろしさを黒い目に浮かべ、少し震えながら、部屋の奥に下がっていた。「ここよ、ここだわ」と彼女が言った——「違うよ」とジャックは言って、窓のところに飛んでいった。人びとは駆けていたが、どこに行くのかわからなかった。アラブの一家が子供に早く入れと急かしながら向かいの小間物屋に入っていった。小間物屋は彼らを中に入れると、ばね錠を抜いてドアを閉め、ショーウインドーの後ろに突っ立ったまま、通りの様子を窺っていた。そのときパラシュート部隊のパトロール隊が戻ってきて、息を切らせながら反対の方角に走っていった。車もすぐに歩道に沿って並んで、停車した。またたく間に、通りには人影がなくなった。しかし身を乗り出してみると、ジャックにはずっと先のミュッセ映画館と市電の停留所との間で、人びとが右往左往しているのが見えた。「様子を見てくるよ」とジャックは言った。

プレヴォ＝パラドール通りの片隅で[*13]、男のグループが喚きたてていた。「汚ねえ奴らめが」と下着姿の小柄な職工がカフェの近くのとある正門にへばりついているアラブ人に向かって言った。そして彼はアラブ人の方に向かっていった。「おれは何もしてはいない」とアラブ人が言った。「おまえたちはみんなぐるだ、この阿呆どもめ」と言って彼はアラブ人に飛び掛かった。他の者が彼を制止した。ジャックはアラブ人に言った。「おれと一緒にこいよ。」ジャックは彼と一緒に、今は幼なじみで床屋の息子のジャンが経営しているカフェに入った。ジャンは昔と変わらずにそこにいたが、皺がよって、小柄で痩せていて、ずるそうで、注意深げな顔をしていた。「この男は何もしていない」とジャックが言った。「君の家に置いてやってくれ。」ジャンはカウンターを拭きながらアラブ人を眺め、「来いよ」と言った。それから二人で奥に消えていった。

外に出ると、件（くだん）の職工がジャックを横目で睨（にら）んだ。「彼は何もしていない」とジャックは言った。「みな殺しにしなければだめだ。」――「それは怒りに任せて言うことだ。よく考えてみてくれ。」相手は肩をそびやかした。「あそこに行ってみな。血の海を見たらそんなこと言えなくなるぜ。」素早い、せかせかした救急車のサイレンの音が聞こえてきた。ジャックは市電の停留所まで走った。爆弾は停留所近くの電柱の中で爆発したのだった。大勢の人が、みな着飾って、電車を待っているところだった。そこにある小さなカフェは怒号でいっぱいだったが、それが怒りの声か呻（うめ）き声なのかはわからなかった。

彼は母親のもとに戻った。彼女は今やすっかり体を固くして、真っ青であった。

「お座りよ」と言って彼はテーブルのすぐ傍にあった椅子の方に母親を連れていった。

彼は彼女の傍らに座って、両手を取った。「今週は二回あったんだよ」と彼女が言った。「外出するのが恐くてね。」――「何でもないよ」とジャックが言った。「もうじき収まるさ。」――「そうだね」と彼女が言った。彼女は奇妙などっちつかずの表情をしていたが、それはあたかも息子の知性に寄せる信頼と、〈人生は隅から隅まで〉いかんともしがたく、ただ耐え忍ぶことしかできない不幸によって成り立っているという彼女なりの確信との間で、引き裂かれているようだった。「わかるだろ」と彼女は言った。「私は年を取っているからね、もう走れないんだよ。」今は彼女の頰に血の気が戻ってきた。遠くには、せかせかとした、素早いサイレンの音が聞こえていた。しかし彼女はそれを聞いてはいなかった。深く息を吸い込んだので、少し気持ちが鎮(しず)まり、健気(けなげ)な、美しい微笑を息子に振り向けた。彼女は、同じ種族の人たちと同様に、危険の中で成長してきたのであり、危険が胸を締めつけることはあっても、他のことと同様にそれに耐えることができたのであった。母親が突然見せた瀕死(ひんし)の病人のような取り澄ました顔を見ていられなかったのは彼の方であった。「ぼくと一緒にフランスにいこうよ」と彼は母親に言った。しかし彼女は癒(いや)しがたい悲しみをこめて頭を振った。「ああ！　だめだよ。あっちは寒いからね。もう私は年を取り過ぎているしね。私たちの家に残っていたいんだよ。」

6 家族

「本当に！」と母親は彼に言った。「お前がここにいてくれて嬉(うれ)しいよ。[*a] でも夕方おいでね。退屈が紛れるから。冬は早くから暗くなるから、とくに夜がねえ。せめて私に字が読めさえすればね。明かりがあっても編み物がもうできないのさ。目が悪くなっちまったから。それでエティエンヌがうちにいないときには、ベッドに入って、食事の時間を待つんだよ。長いね。二時間はそうしているのさ。もし女の子がいたら、一緒に話ができるんだけどね。でもその子たちだって、来たら帰っちまうよね。私は年を取り過ぎた。たぶん嫌な臭(にお)いがするだろうよ。だから、こんな風に、独りぼっちで……。」

彼女は単純な、短い言葉で、一気にまくしたてた。それはまるでそれまで口に出さずにいた考えを吐き出してしまうかのように続いた。それから、思っていることがなくなると、いつもと同じ座り心地の悪い椅子(いす)に座ったまま、口をへの字に結んで、優しいが生気のない目をして、食堂の閉めたブラインドを通して通りから上ってくる息苦しいほどの光を見つめながら、黙り込んでしまった。すると息子は、昔したように、真ん中のテーブルの周りを回り始めるのであった。[*b]

彼女はテーブルの周りを回っている息子をふたたび眺めた。[*c]

「綺麗(きれい)だね、ソルフェリノは。」

「そう、清潔な村だね。でもお母さんが見たときと、きっと変わっているんだろうね。」

「そうだね、変わったろうね。」

「お医者さんはお母さんによろしくって言ってたよ。彼のこと覚えてる？」

「いいや、年寄りだろう、あの人。」

「誰もお父さんのことを覚えていないんだよ。」

「私たちあまり長くいなかったもの。それにお父さんは口数が多い方じゃなかったからね。」

「お母さん？」

彼女は微笑を浮かべずに、ぼんやりとした、優しい目で彼を眺めた。

「ぼくはね、お父さんとお母さんはアルジェで一緒に暮らしたことは一度もなかったと思っていたんだよ。」

「なかった、なかったよ。」

「ぼくの言ったことわかった？」

彼女はわかっていなかった。まるで何かを謝るような、少々脅えた表情から彼はそれを察した。それで一語一語はっきり発音しながら質問を繰り返した。

「お母さんたちはアルジェで一緒に暮らしたことは一度もないの？」

「ないよ」と彼女が言った。

「でもそれじゃ、ピレットが首を刎(は)ねられるのをお父さんはいつ見に行ったんだい。」

彼は自分の言うことをわからせようとして、首のところを手刀で叩(たた)いた。しかし彼女はすぐに答えた。

「そうだよ、お父さんは朝の三時に起きて、バルブルース監獄に行ったんだよ。」

「それじゃ、お母さんたちアルジェにいたの？」

「そうさ。」

「でもそれはいつ頃のこと？」

「わからない。あの人リコム社で働いていたよ。」

「お母さんたちがソルフェリノに発つ前のこと？」

「そうさ。」

彼女はそうだと言ったが、それはたぶん違うという意味だったのだろう。混濁した記憶を通して時間を遡らなければならないのだから、何一つ正確なものはなかったのだ。貧者の記憶というものはもうそれだけで裕福な者の記憶ほど充実していない。なぜなら貧者は滅多に生活している場所を離れないので空間における指標が少ないからだし、また一様で、灰色の生活の時間の中にも指標が少ないからである。もちろんこの上なく確実だと言えるような心の琴線に触れる記憶もあるのだが、心が苦しみや労働ですり減ってしまうので、疲労の重みの下で、それもすぐに忘れられてしまうのだ。失われた時が蘇るのは裕福な者のうちでしかない。貧者にとっては、失われた時はただ死に向かう道の漠とした道標だけである。それに、首尾よく耐えていくためには、あまりたくさんの記憶は必要ない。彼の母親が恐らくやむを得ずそうしていたように、一時間一時間過ぎ去る日々にぴったり身を寄せている必要があった。あの青春期の病気（実際には、祖母の言によれば、腸チフスであった。しかし腸チフスはそのような後遺症を残しはしない。チフスだったのかもしれないが。他に何があるだろう。要するに、ここでもまた、闇の中だ）ゆえに、またその青春期の病気が彼女を聾にし、言語障害を惹き起こし、その後最も恵まれない者でさえ教えてもらうようなことすら学ぶことができずに、したがって、無言の諦めを余儀なくされたゆえに。この無言の諦めはまた彼女が自分の人生にたいして見つけることができた唯一の表現方法であった。他に何を見つけることができたであろうか？　また彼女の立場に立ったら、誰が他のことを見つけられたであろうか？　できることなら、彼は母親が、四十年前に死に、五年間も一緒に暮らした（でも本当に一緒に暮らしたのだろうか？）ことのある人間を、情熱を込めて描き出してくれることを期待していた。しかし彼女はそうすることができなかった。彼には母親が情熱を込めてその人を愛したのかどうかすら定かでなかった。いずれにしても、彼はそれを母親に尋ねることはできなかった。彼自身もまた、母親を前にすると、彼なりに無口になり、障害者のようになった。彼は結局二人の間に何があったのかすら知ろうと願わなかった。そして彼女について何かを知るのを諦めなければならなかった。子供の頃の彼をあれほど熱中させ、これまでの人生においてずっと、夢の中でさえ付き纏ってきたあの小さな事件、つまり朝の三時に起きて有名な犯罪者の処刑を見に出掛けた父親の話を聞いたのもまた祖母の口からであった。ピレットはアルジェにほど近いサーヘルの農場の労働者であった。彼はハンマーで主人夫婦と三人の子供たちを虐殺したのであった。「盗みをするため？」と子供だったジャックは尋ねた。「そうさ」と叔父のエティエンヌが言った。「違うよ」と祖母が言ったが、彼女は他に説明をしてくれなかった。死体は苦痛に顔が歪んでいたし、家の天井まで血が飛び散っていたが、ベッドの一つにまだ息のある一番下の息子が見つかった。その子もやがて死んだのだが、最期に力を振り絞って、石灰で白く塗られた壁に、血まみれの指で、「ピレットがやった」と書いていた。殺人犯はすぐに追い詰められ、野原で茫然としているところを発見された。人びとは慄然とし、世論は死刑を求め、減刑は行われなかった。それで処刑ははなはだ大勢の群衆を集めて、バルブルース監獄の前で行われた。ジャックの父親は暗いうちに起き出して、祖母によれば、彼を憤慨させた罪にたいする見せしめの刑罰を見物するために家を出た。しかし何が起こったのかは決してわからなかった。処刑はどうやら支障なく行われた。しかしジャックの父親は青い顔をして帰宅すると、ベッドに入り、それから起き上がって何度も吐いてから眠った。彼はその後も自分が何を見たかを決して話そうとしなかった。またこの話を聞いた日の夜、ジャック自身、一緒に寝ている兄に触るまいとしてベッドの端に寝そべり、体を縮めながら、教えてもらった細かい点と想像上の場面を思い返しながら、吐き気がするほどの恐怖を飲み込んでいた。そしてこれまでの人生において、そうしたイマージュは彼に付き纏い、ときどき、だが定期的に、きまって現れる悪夢として夜中にまで登場することになった。その夢はさまざまに形を変えて現れたが、テーマは一つであった。つまり誰かがジャックを呼びにきて、処刑場に連れて行く、というものであった。そして長い間、目が覚めると、恐怖と不安を振り払い、自分が処刑される機会など絶対にあり得ない安全な現実を取り戻してほっとするのであった。それは成人して、周囲の事件に心を奪われるようになり、処刑が反対にごく当り前のこととして考察できるような具体的な事件となるまで続いた。しかしその現実ももはや悪夢を和らげるどころか、逆に彼の父親を動転させ、彼にとって明白で、確実な唯一の遺産として残されたその同じ不安そのものを、たいそう「はっきりと」何年もの間、保ち続けることになった。しかしそれはこの話を知っており、吐くところを目撃したが、時がたつことを認識しないのと同様に、その朝のことをも忘れてしまった母親を越えて、彼とサン＝ブリウーの見知らぬ死者（彼もまた結局激しい死を遂げることになろうとは考えていなかった）とを結ぶ神秘的な絆（きずな）であった。彼女にとって、それはつねに同じ時であり、そこから不幸がひっきりなしに、警告もなしに、飛び出してくるのであった。

祖母はと言えば、反対に、物事についてもっと正しい判断を下していた。[*d]「お前は死刑台で一生を終えることになるよ」としばしば繰り返しジャックに言っていた。もちろん、そんなことはもうまったく例外的なことではなかった。祖母にはそのことがわかっていなかった。わかっていたとしても、平然としていたことだろう。女予言者のような長い黒のドレスを着て、背筋を伸ばし、無知であるとともに思い込みが激しい祖母は、少なくとも、諦めというものを決して味わったことがなかった。そして誰にもまして、ジャックの少年時代を牛耳っていた。祖母はサーヘルの小さな農場で、マオン出身の両親に育てられ、たいそう若くして、これもまたマオン出身者である男と結婚した。この男は華奢で、ひ弱で、その兄弟たちは父方の祖父が悲劇的な死をとげた後、一八四八年にはすでにアルジェリアに住み着いていた。その祖父というのは当時の詩人で、雌ロバに跨がり、島の野菜畑を取り囲む乾いた石の小さな壁の間を進みながら詩作していた。そうした散歩の途中、妻を寝取られた男が、その愛人を懲らしめようとして、シルエットと鍔の広い黒の帽子から人違いをしたあげく、この詩人を背後から銃撃した。彼は家族の徳のお手本ではあったが、子供たちに何も残さなかった。一人の詩人を死に到らしめたこの遠い悲劇的誤解の結末は、学校から離れたところで繁殖して、字を読めず、ただ獰猛な太陽の下でへとへとに疲れる労働に従事している大家族を、アルジェリア海岸に定住させることであった。しかし祖母の夫は、写真から判断するに、どこかしら詩的霊感のあった父親の面影を宿していた。輪郭の綺麗なその痩せた顔に夢見がちな視線をたたえ、その上に広い額が広がっているこの男は、若く、美しく、精力的な妻に反抗するには明らかに向いていなかった。祖母は夫との間に九人の子供を儲けたが、そのうち二人は幼年の頃に亡くなり、もう一人の女の子は命は助かったものの障害が残り、末っ子は生まれつき聾でほとんど唖者だった。うす暗い小さな農場の中で、辛い共同の労働に従事していた祖母は子供たちを育てたが、テーブルの端に座るときには手元に長い棒切れをもっていて、そのため無駄な観察をする必要がなかった。過ちを犯した者は即座に頭を叩かれるのであった。祖母は君臨し、彼女と彼女の夫にたいして尊敬を要求した。子供たちは父親にたいしては、スペインの習慣に従って〈あなた〉と言わなければならなかった。彼女の夫は長い間この尊敬を享受することができなかった。つまり若死したのであった。太陽と労働に、また多分結婚生活に身を磨り減らして死んだのだろうが、ジャックは何の病で死んだのか決して知ることができなかった。一人残された祖母は小さな農場を処分して、小さい子供たちだけを連れて、アルジェに来て身を落ち着けた。他の子供たちは見習い奉公ができる年になるや、働きに出ていった。

　ジャックはもっと大きくなったとき、祖母を観察することができた。貧困も逆境も祖母の目を曇らせることはなかった。彼女が一緒に暮らしていたのは、三人の子供たちだけだった。外で家政婦をしていたカトリーヌ[*1]・コルムリイ、障害者でありながら逞(たくま)しい樽(たる)職人になった末っ子、それに長男で、結婚もせずに鉄道で働いていたジョゼフであった。三人ともわずかな給料だったが、それでも併せると、五人家族が暮らしていくに足る金額となった。祖母は家計を握っていた。それゆえ最初にジャックの心をとらえたことは彼女の締まりぶりであった。しかし吝嗇(けち)なのではなかった。というよりも少なくとも、誰もが胸に吸い込み、生きるもととなる空気を大切にするかのように吝嗇なのであった。

子供たちの衣服を買うのは彼女であった。ジャックの母親は夕方遅くに帰宅しても、精力的な祖母に先手を取られ、何ごとも彼女任せにして、ただ周囲を見回し、言われたことに耳を傾けるだけであった。そんな風であったので、ジャックは少年時代を通して長すぎるレインコートを着なければならなかった。というのも、祖母はそれを買うとき、長持ちするように、つまり自然を頼りにして、子供の丈が衣服の丈に合うことを期待していたからである。しかしジャックの背丈はあまり伸びず、十五歳にして初めて本格的な成長ぶりを見せたのだが、そのときには衣服は丈に合う前に擦り切れてしまっていた。新しいレインコートを買ってはもらえたものの、あいかわらず同じ倹約の原理に従っていたため、仲間はその服装を冷やかした。そこでジャックは最後の手立てとして、レインコートをバンドで締めてふくらませ、滑稽な格好を独創的なものに仕立てていた。しかしこのちょっとした恥辱もクラスではすぐに忘れられた。教室では優位を取り戻したし、休み時間に中庭で行われるサッカーは彼の王国であった。しかしこの王国は禁じられてしまった。というのも、中庭はコンクリートを敷いてあったため、靴の底がたちまち磨り減ってしまうので、祖母がジャックに休み時間にサッカーをするのを禁じてしまったからである。祖母は孫のために丈夫で、底の厚い編み上げ靴を買ってきて、これならいくらなんでももつだろうと期待していた。いずれにしても、靴の寿命を延ばすために、彼女は靴の底に大きな円錐形の鋲を打ってもらった。それには二つの効果があった。つまり鋲が磨滅しないうちは底が磨り減ることはないのだし、またサッカーの禁止を破ればすぐにそれがわかる点にあった。実際、セメントを敷いた地面の上を走ればすぐに底が磨り減ってしまうし、底がつるつるになるので、そのつるつるの度合いですぐに掟破りがわかってしまうのであった。したがって、毎日夕方に帰宅したとき、ジャックはカッサンドラが黒い鍋の上でものものしく振る舞っている台所に行って、蹄鉄を嵌められる馬のような姿勢で、膝を折り、足を空中にあげて、靴底を見せなければならなかった。もちろん、彼は仲間の誘いや、大好きなゲームの魅力に逆らえなかったし、一生懸命によい子になろうと努めることはできないので、掟破りを糊塗することに精力を傾注していた。そこで彼は小学校の授業が終わると、またその後はリセの授業が終わると、長い間靴の底に湿った土をくっつけることに時間を費やしていた。この手はときどきは上手くいった。しかし鋲の磨滅が深刻な事態を引き起こすときがきた。靴底自体にまでときどき損傷が及んでいたし、また挙げ句の果てには、地面の上や植木を守るための柵の中で不味いキックをしてしまい、靴の底と甲とが離れてしまった。そこでジャックはパクンと口をあけた靴を紐で結わえてから家に戻ってきた。そうした晩は牛の腱で作った鞭がうなる日だった。泣き喚くジャックに母は慰めとしてこう言った。「本当にこれは高いんだよ。どうしてお前は注意をしなかったの？」しかし彼女は決して子供たちに手をくだそうとはしなかった。翌日、ジャックはサンダルを履かされ、靴は靴屋にもっていかれた。その二、三日後、靴はふたたびたくさんの鋲を打たれて戻ってきた。そして彼はまた滑りやすい、不安定な靴底で平衡を保つことを学ばなければならなかった。

祖母はもっと極端なところまでやることがあった。それでジャックは、何年もたってからも、この話を恥辱と嫌悪で身震いせずには思い出すことはできなかった。✣兄と彼は、商人の叔父と幸せな結婚をした叔母を訪ねようと意見が一致したときを除いて、小遣いを一銭も貰ったことがなかった。彼らは叔父が大好きであったから、叔父としても彼らに小遣いを与えるのはたやすいことであった。しかし叔母は比較的裕福なことを鼻にかけるところがあったので、二人の子供には、屈辱を感じる位なら、お金とそれが与えてくれる喜びがない方がよかった。いずれにしても、海と太陽と街中での遊びが無償の喜びであったにせよ、揚げ物やハッカ入りキャンデーやアラブの菓子を買うために、またとくにジャックにとってはサッカーの試合を観戦するために、なにがしかの金が、少なくとも何スーかが必要であった。ある晩、ジャックはお使いに行った帰り道、片手に街のパン屋に仕上げてもらったポテトのグラタンをさげていた（家にはガスもレンジもなく、料理はアルコール焜炉の上で作られていた。したがって、オーブンはなく、グラタンを作るときには、下ごしらえした皿を街のパン屋にもっていくと、何スーかで、オーブンに入れ、焼き加減に注意してくれるのであった）。皿は通りの埃がかからぬように上に掛けた布巾を通して、彼の鼻先で湯気を立てていた。その布巾のおかげで、皿の両端を持つことができた。右の腋の下にごく少しずつ買った食料品（砂糖半ポンド、バター八分の一ポンド、五スーの削ったチーズ、等々）の入った袋を挟んでいたが、重くはなかった。そしてジャックはグラタンのよい匂いを嗅ぎながら、この時間、街の歩道を行き交う群衆を避けながら、慎重な足取りで歩いていった。とそのとき、二フラン硬貨が穴のあいたポケットから、チャリンと音を立てて、歩道に転がり落ちた。彼はそれを拾い上げ、自分の硬貨であり、確かに一枚しか落としていないことを確かめると、もう一方のポケットに入れた。突然「失くしたことにできるだろう」という思いが彼の頭をかすめた。すると翌日の試合を観戦するという考えが、それまで意識的に追い払ってきたのに、急に戻ってきた。実際、誰もこの子供に何が良いことで、何が悪いことであるかを、決して教えたことはなかった。ある種の事柄は禁止されていた、それに背くと酷い制裁を受けた。しかし他のことではそのようなことはなかった。わずかに学校の教師が、カリキュラムに余裕があるときには、ときどき道徳について話をしたけれど、そこでもまた禁止の方が説明よりも的確であった。ジャックが道徳に関して見たり、感じたりした唯一の事柄は、労働者の家庭における日常生活だけであった。そこでは明らかに誰も、生活に必要な金を稼ぐには、このうえなく辛い労働以外の道があるとは決して考えなかった。しかしそれは勇気の教えであって、道徳のそれではなかった。とはいえ、ジャックはこの二フランを隠匿することは悪いことであると心得ていた。だからそんなことをしたくはなかった。そんなことはすまい。いやひょっとしたら、いつかのように練兵場の古いスタンドの二枚の板の間から滑り込んで、ただで見物できるかもしれない。

それゆえ、彼はなぜすぐに持ちかえった硬貨を返さなかったのか、またなぜその少し後で、ズボンを下ろしたとき二フラン硬貨が一枚穴の中に落ちたと言いながら、トイレから戻ってきたのかわからなかった。とはいえ風変わりな階の踊り場の石組みの間に設えられた狭い空間を指すには、このトイレという言葉は立派すぎた。風通しも悪く、電気も水道の蛇口もないそのトイレには、ドアと奥の壁に挟まれた少し高い台座にトルコ風の穴があいており、用が済んだら溜め水を流さなければならなかった。その場の悪臭が階段にまで漂ってきてもなす術はなかった。ジャックの言い訳は立派なものだった。*そのおかげで硬貨を探しに、通りに追いやられずにすんだ。その後くどくどと問い詰められることもなかった。だが彼は悪い報せをもたらすことで胸が詰まった。祖母は台所で、大蒜とパセリを、使い古して真ん中のへこんだ古い緑がかった俎の上で、刻んでいるところであった。祖母は手を休めて、ジャックをじっと見つめた。彼はどなられるものと覚悟をしていた。しかし祖母は黙って、明るく、冷たい目で彼を見据えた。「本当なんだね？」とようやく祖母が言った——「うん、落ちる感じがしたんだ。」祖母はふたたび彼を眺めた。「わかったよ」と祖母は言った。「やってみよう。」そしてジャックは、脅えきって、祖母が右腕を捲って、白く筋ばった腕を剝き出しにして、踊り場の方に出て行くのを見ていた。彼はもう少しで吐きそうになって、食堂に飛び込んだ。呼ばれて行ってみると、祖母は流しの前で、腕に灰色の石鹸をつけて、ざあざあ水で流しているところであった。「何もなかったよ」と祖母は言った。「おまえは嘘をおつきだね。」彼は口ごもった。「でも流れてしまうことだってあるじゃないか。」祖母は躊躇った。「そうかもしれないね。でももし嘘をついたんだったら、お前にとって、よいことじゃないよ。」そうだ、よいことではなかった。というのも、その瞬間、彼は汚物の中を探るよう祖母を導いたのは吝嗇ではなくて、この家にとって二フランをちょっとした財産たらしめている厳しい現実であることを理解したからであった。彼はそれを理解し、さらに恥ずかしくて気が動転しながら、自分は家族の労働から二フランをかすめ取ったのだということをはっきりと悟ったのであった。今日でもまだ、窓の前に座っている母親を眺めながら、ジャックは、そんなことがありながら、なぜその二フランを返さずに、翌日の試合を観戦できたのか、自分でも説明がつかなかった。

祖母の思い出はまた少々的外れの恥辱と結びついていた。祖母は何としてもジャックの兄のアンリにヴァイオリンのレッスンを受けさせようとした。ジャックは学校の成績がよいのを引き合いにだして、それ以上の勉強はできないと断ってしまった。かくしてアンリは調子の狂ったヴァイオリンからいくつかひどい音を引き出すことを学び、とにかくところどころ音を外しながら、なんとか流行のシャンソンを奏でることができるようになった。かなりいい声をしていたジャックは遊びがてら、この無邪気な遊びの悲惨な結末を考えもせずに、兄と同じシャンソンを覚えてしまった。果たして日曜日には祖母は結婚した娘たちか——そのうちの二人は戦争で未亡人となっていた——ずっとサーヘルの農場に住んでいた姉の訪問を受けた。そんなとき祖母は好んでスペイン語よりもマオンの方言を話していた。そして防水布を掛けたテーブルの上に大きなブラックコーヒーの碗を出した後、孫たちを呼んで即席のコンサートをするよう頼むのであった。孫らは愕然としながらも、金属の楽譜バッグと有名なルフランのある見開きの楽譜をもってきて、演奏をしなければならなかった。ジャックはアンリのジグザグに進むヴァイオリンになんとかついていって、〈ラモナ〉を歌った。「ぼくは素敵な夢を見た、ラモナよ。ぼくらは二人して出掛けた」、あるいは「おお、ジャルメよ、踊っておくれ。今宵は君を愛したい」、さらにまた東洋に留まるために、「支那の夜よ、甘美な夜よ、愛の夜、陶酔と思いやりの夜よ……」という具合であった。他のときには、もっと現実感覚のある歌がとくに祖母のために要求されることがあった。そこでジャックは歌った。「そこにいるのは本当にあなたなの、私が精いっぱい愛しているあなたなの、どうするのかわからないけれど、決して私を泣かさないと誓ってくれたあなたなの。」それにこのシャンソンはジャックが心から感情をこめて歌える唯一の歌だった。というのも、女主人公が気難しい恋人の演奏を聞きにやってきた群衆の真ん中で、最後に感動的なルフランを繰り返していたからだった。しかし祖母は、彼女自身の性格からして、自分ではもてそうもない憂愁と愛情のこもった歌の方が好きだった。それはトゼッリの〈セレナーデ〉であり、アルジェリア特有のアクセントがこのシャンソンの呼び起こす魅惑的な時代にぴったりだとは言えぬにしても、アンリとジャックがそれなりに生気に満ちて演奏できた歌であった。よく晴れた午後、五、六人の黒服を着た女たちは、大伯母を除いて、みなスペインの女がしている黒いスカーフをとって、白く塗られた壁に囲まれた、貧相な家具しかない部屋に丸く並んで、〈ド〉と〈シ〉の区別がまったくできないどころか、音階の名称すらわからない祖母が教皇書簡のような呪文を中断させるまで、音楽と歌詞の表現に軽く頭を振って聞き入っていた。祖母は「お前は音を外したね」と言っては、小さな二人の芸術家を驚かせた。厄介な楽章がそれなりに満足しうる出来で演奏されると、「〈そこ〉からやり直し」と言った。そしてみんなはさらに頷きが大きくなり、終いに二人の巧みな音楽家に拍手喝采をするのであった。彼らは通りにいる仲間に合流するために急いで譜面台を畳んだ。ただカトリーヌ・コルムリイだけは何も言わずに部屋の片隅でじっとしていた。またジャックはさらにこうした日曜日の午後について別の記憶をもっていた。それは彼が楽譜をもって部屋を出ようとしたとき、叔母の一人が彼の母親のところにきて彼のことを褒めあげたのにたいし、まるでその二つの指摘が因果関係をもっているかのように、母親が「そうよ。よく歌えました。あの子は利口ですもの」と答えるのを耳にしたことであった。しかし背を向けたとき、彼はその二つに関係があることを理解した。母親の眼差し、震えているような、優しく、熱っぽいその眼差しは実に表現力豊かに彼の方に向けられていたので、子供は後ずさりをし、躊躇い、それから逃げ出した。「お母さんはぼくを愛している。愛しているんだ、だから」と彼は階段の途中で呟いた。そして同時に、自分が母を激しく愛していることを、何としてでも母から愛されたいと願っていることを、またそれまでいつもそれを疑っていたことを理解したのであった。

映画の上映は子供たちにとってまた別の楽しみとなった……上映は日曜日の午後とときどきは木曜日に行われた。街の映画館は家からごく近いところにあった。それは前を通る通りの名前と同じようなロマンチックな名前をもっていた。中に入る前に、アラブ人の商人が物売籠をジグザグに置いた通路を通らなければならなかった。そこにはピーナッツや乾いて塩辛いヒヨコ豆やルピナスやけばけばしく着色された大麦糖やべとする〈酸っぱい菓子〉が雑然と並んでいた。他にもまた派手な色の菓子を売っていて、なかにはピンクの砂糖を振り掛けた螺旋状のクリームの三角の筒が何種類もあった。さらには油と蜂蜜が滴り落ちるアラブ風の揚げ物もあった。物売籠の周りには、同じ砂糖に引かれて、ブンブン羽音を立てるか、キャアキャア言う蝿と子供たちの群れが、物売籠をひっくり返されまいとして、同じ仕種で蝿と子供たちを追い払っている商人の罵声を浴びていた。何人かの商人は両脇に延びている映画館のガラス張りの大屋根の下に逃げ込むことができた。他の商人はネバネバする商品を強い日光と遊び回る子供たちが立てる埃のもとに曝していた。ジャックは、その日のために白髪をなでつけ、相も変わらぬ黒いドレスに銀のブローチを留めた祖母に付き添っていた。彼女は厳めしい調子で、入口を塞いで騒ぎまわっている子供たちの一群を掻き分けて、一つしかない入口から〈予約席〉に向かうのであった。実を言えば、座り心地の悪い、ギーギー音のする折り畳み式の木製の肘掛け椅子と、上映間近かになって初めて子供たちのために開かれる横の入口から、席を奪い合いながら子供たちが殺到する専用のベンチの他には、座席の区別はなかった。ベンチの両脇には牛の腱で作った鞭をもった係員がいて、自分の受持ちの区画の秩序を保とうとしており、騒がし過ぎる子供や大人を追い出すのが目撃されるのも珍しいことではなかった。それから無声映画の上映が始まるのだったが、まずニュースがあり、次いで短いコミック映画、それからメインの映画、そして最後に週替わりの連続活劇映画が上映された。祖母はとくにそれぞれのエピソードが未解決のままに終わるこの続きものの映画が好きだった。例えば、筋肉隆々の主人公が、傷ついたブロンドの若い娘を両腕に抱きかかえ、急流の流れる大峡谷の上にかけられた蔓(つる)の橋を渡るというようなものであった。そして週一度のその活劇物の最後の場面は、昔風のナイフをもった入れ墨のある手が架けた橋の蔓を切り落とそうとしているところであった。主人公は〈ベンチ〉*g の観客の気をつけろという叫び声にもかかわらず、毅然(きぜん)として歩みを続けていた。そのとき問題はこの二人が窮地を切り抜けられるかどうかではなかった。そんなことはわかり切ったことであったし、ただどのようにして切り抜けるかを知ることだけが問題であった。そのためにアラブ人とフランス人からなる、かくも大勢の観客が翌週、二人の恋人が思いがけないところに突き出ていた木の枝によって致命的な落下を免れるのを見ようとして、ふたたび押し掛けてくるのであった。映画が上映されている間中、〈ベンチ〉の野次に耐えていた一人の老嬢によってピアノが演奏されていた。平然としてじっと動かぬ痩(や)せたその背中は、ギザギザの口金の嵌(は)まったミネラル・ウオーターの瓶のようであった。ジャックはそのときこの印象的な婦人が焼けつくような暑さの中で、指先きのない長手袋をはめているのを、気品の現れであると見なしていた。その上、彼女の役割は人が思っているほどたやすいものではなかった。ニュースの伴奏をするときには、とりわけ映写されている出来事の性格に応じてメロディーを変えなければならなかった。したがって彼女は春のモードの紹介の伴奏に適した陽気なカドリーユから中国の洪水や国の内外の重立った人物の葬儀に合わせたショパンの葬送行進曲へと急に曲を変えていった。曲が何であれ、いずれの場合も演奏には、まるで冷たいロボットのような小さい十本の指が黄ばんだ古い鍵盤の上で、ずっと前から、精密な歯車によって規定されている作品を演奏しているかのように、感情がこもっていなかった。剝き出しの壁に囲まれ、床にピーナッツの皮を敷き詰めたホールの中は、クレゾールの匂いと観客の強い体臭が混じり合っていた。いずれにしても、マチネの雰囲気を作り出すと考えられていた序曲を精一杯ペダルを踏んで弾き始め、耳を聾するばかりの騒音を一度でぴたりと止めさせるのは彼女であった。とてつもなく大きな音が映写機が回り始めることを告げるとき、ジャックの受難が始まった。

無声映画であったため、実際画面には筋が明らかになるように字幕が映し出されていた。祖母は字が読めなかったので、それを読んでやるのが彼の役割だった。年齢にも似合わず、祖母は少しも耳が遠くはなかった。しかしまずピアノとホールの騒音を征服しなければならなかった。その反響が邪魔でしようがなかったのだ。そのうえ、字幕はきわめて単純であったとはいえ、そこには祖母が聞き慣れていない語や祖母には無縁の言葉が出てきた。ジャックの方は、一方では隣人の邪魔になりたくないと願い、また他方ではとくにホールの観客全員に祖母が字が読めないことを知らしめまいと苦労していた(祖母の方も、恥ずかしく思い、上映が始まると、大きな声でときどき彼にこう言っていた。「読んでおくれ。眼鏡を忘れてきてしまったから。」)そんなわけで、ジャックは出来うる限りの大声で字幕を読み上げることはしなかった。その結果、祖母は半分しかわからず、もう一度繰り返すよう、もっと大きな声で繰り返すよう頼むのであった。ジャックがもっと大きな声で話そうとすると、〈しっ〉という声がして彼は気まずい恥ずかしさに捕われるのであった。彼が口籠もると、祖母は彼を叱り、間もなく次の字幕がでると、前の字幕がわからなかった気の毒な老婆にとってはいっそう筋がわからなくなってしまった。そうなるとジャックが気を取り直して、例えばダグラス・フェアバンクスが父親役を演じた『奇傑ゾロ』のクライマックスのシーンを簡単に説明してやるまで、その混乱は大きくなっていくばかりであった。「悪者は彼から娘をかっさらおうとしているのさ」とピアノの音やホールの喧騒が一段落したときをつかまえて、ジャックはしっかりした口調で話すのだった。そこですべてははっきりし、映画は続いていき、子供はほっと一息つくのであった。たいていの場合、やっかいなことはそれで終わりだった。しかし『二人の孤児』のようなある種の映画は本当に筋が錯綜（さくそう）し過ぎていた。そうなると祖母の頼みといらいらしてだんだん大きくなる周囲の人たちの叱責（しっせき）との間で板挟みになって、ジャックはしまいには黙り込んでしまった。彼はまた祖母が我を忘れて怒り出し、上映の途中で外に出てしまったときのことを覚えていた。泣きながら祖母の後を追い掛けていた彼は、この不幸な老女のたまの気晴らしとそのために必要となったわずかな金を台なしにしたのだと考えると、気が動転してしまった。[*h]

母親の方は、映画を見にきたことは一度もなかった。彼女もやはり字が読めなかったが、しかしそのことよりも、半分聾者であったからだ。彼女の語彙（ごい）は祖母のそれよりもなおいっそう限られていた。今日でもなお、彼女の人生には気晴らしというものがなかった。四十歳になって、初めて二、三回映画を見にいったが、何も理解できず、ただ招待してくれた人たちを傷つけまいとして、ドレスが綺麗（きれい）だったとか、髭（ひげ）をはやしていた男はとても意地が悪そうだとか言った。またラジオを聞くこともできなかった。また新聞はどうかと言えば、ときどきぱらぱら写真入りの新聞をめくって、息子か孫に写真の説明をしてもらって、イギリスの女王は悲しがっていると決め、新聞を閉じて、いつもと同じ窓から、人生の半分を生きてきた間、いつも眺めてきた相も変わらぬ通りの動きを眺めるのであった。[*i]

エティエンヌ

彼らと一緒に住んでいた母の弟エルネスト[*1]の方がある意味では彼女より人生に係わる度合いが大きかった。彼は完全な聾（ろう）で、擬音語と身振りと彼が自由にしうる百ばかりの単語で自分を表現していた。しかしエルネストは子供の頃働かされたことがなかったので、なんとか学校に通い、文字を解読することはできるようになっていた。ときどき映画を見に行ったが、帰ってくると、その映画をすでに見た人たちが呆気（あっけ）に取られるような批評をしていた。というのも、彼の豊かな想像力が無知を補っていたからである。とはいえ、繊細で目端の利（き）く彼は、ある種の本能的知性のおかげで、相手の言うことがまったくわからないままに、世間を渡っていくことができた。またその知性のおかげで、毎日、一生懸命新聞に見入り、その大見出しを解読することができた。それが彼に世の中の事柄について大まかな知識を与えることになった。例えば「ヒトラーは」と彼はジャックが成年に達したときに言った。「あれはよくないな、そうだろ。」そうだね、よくなかったよ。「あいつらはドイツ野郎で、みな同じさ」と叔父は続けた。違うさ、そんなことはなかったよ。「そうだな、いい奴もいるな」と叔父が認めた。「だがヒトラーはよくないな。」そしてそのすぐ後、冗談好きな性向が頭をもたげてきた。「レヴィ（それは向かいの小間物屋であった）は怖がっているよ。」そういってからからと笑った。ジャックは説明をしようとした。叔父はふたたび真面目になって、「そうだ、どうしてユダヤ人を苦しめたがるんだろうか？　彼らだって普通の人間じゃないか」と言った。

　叔父は叔父なりにいつもジャックを愛していた。彼はジャックが学業の成績の良いことに感心していた。彼は道具やきつい労働のために一面にたこのできた手で子供の頭を撫でた。「頭がいいんだな、こいつは。固いけれど（と言って自分の頭を大きな拳で叩いた）でもいいんだ。」ときどきそれに付け加えて言った。「父親ゆずりだな。」ある日、ジャックはそんな機会をとらえて、父親は利口だったのかどうか尋ねてみた。「お前のおやじは頭が固かったな。したいことをしていたよ。いつもな。お前のおふくろだってそうそう、いつもな。」ジャックはそれ以上何も引き出すことはできなかった。いずれにしても、エルネストはしばしば子供を一緒に連れ出した。彼の力と精力は、演説や社会的生活の複雑な関係の中で発揮されるようなことはあり得なかったので、肉体的生と感覚的なものの中で爆発した。体を揺すられ、聾の森閑とした眠りから引き出されて、目覚めを迎えたときからすでに、放心したように身を起こし、まるで毎日見知らぬ、敵意ある世界で目を覚ます有史前の動物のように、「うおっ、うおっ」と吠え立てるのであった。しかし一度目覚めてしまうと、反対に、体の動きだけでうまくバランスを保っていた。樽職人というきつい仕事に従事していながら、泳ぎと狩りが好きであった。まだほんの子供のジャックをサブレット[*a]の浜辺に連れて行き、彼を背中に這い上がらせると、上手ではないが力強い平泳ぎで沖の方に泳いで行った。そして不明瞭な叫び声をあげていたが、それはまず水の冷たさに驚いたことを、次に海にいる喜びを、あるいはまた高い波にたいする苛立ちを表していた。ときたま「恐くないな」とジャックに言った。いや恐かったのだが、ジャックは同じくらい広大な空と海の間で、いま二人が浸っているこの孤独に魅せられて、それを口にしなかった。振り返ってみると、海岸は目に見えない線のようで、刺すような恐怖が下腹をとらえた。そしてジャックは恐怖が広がり始めるのと同時に、眼下の水のとてつもない深さや、不透明さを想像してみた。叔父が彼を放したら、まるで石のように沈んでしまうだろう。そこで子供は泳ぎ手の筋肉の発達した首になおいっそうしがみついた。「恐いのか」と叔父がすぐに言った。——「そうじゃないけど、でも引き返して。」叔父はおとなしく体の向きを変え、その場で少し息をつき、陸地にいるときと同じような確かさでふたたび泳ぎ出した。わずかに息を切らせて浜辺に上がると、高らかに笑いながら、ジャックの体を強く擦った。それから向こう向きになって、あいかわらず笑いながらじゃあじゃあと小便をし、それから「気持ちいい、気持ちいい」と言って下腹を叩き、膀胱の機能に支障のないことを喜んだ。この表現は、叔父の場合、感覚的に気持ちのよいときに出てくるもので、それが排泄であれ、栄養摂取であれ、区別をつけず、何でも同じように、また同じような無邪気さをもって、そこから引き出される喜びを強調していた。そしてたえずその喜びを家族のものと分かちあいたがっていたが、それが食卓では祖母の抗議を受ける羽目になった。祖母は恐らくそのような類の事柄を話すことは認めていたのだろうし、彼女自身そうしたことを口にすることもあったが、彼女の言うように「食事のときは駄目」なのであった。にもかかわらず、祖母は西瓜の一幕は黙認していた。利尿作用があるという定評の西瓜はまたエルネストの好物であり、彼は最初に笑いながら口をつけ、祖母に向かっていたずらっぽく目配せをして見せ、しゃぶったり、吐き出したり、くちゃくちゃ噛んだり、さまざまな雑音を立て、それから一切れに数回ガブリと嚙みついてから、大仰な身振りをして、何回も繰り返し片手でそのピンクと白の立派な果物が口から性器まで落ちていく道筋を示して見せるのであった。その一方、顔を歪め、目をむいて、派手に喜びを表し、それに伴って「うまい、うまい、これできれいになる、うまい、うまい」と繰り返すのだが、いつもきまってそうなるので、みんなは吹き出した。同じようなアダム的無邪気さから、彼は束の間の痛みにたいして不必要なほど神経質になっていた。それをこぼすときには眉をひそめ、あたかも自分の器官の神秘的な闇をじっと見透かすかのように、内側を見つめていた。彼が〈痛み〉に耐えていると表明しても、その箇所はさまざまだったし、また〈腫れ物〉ができていると言っても、その場所はややあてずっぽであった。後にジャックがリセに通っていたとき、万人にとって科学は同一のものであると確信して、叔父にその点を質して見たことがあったが、そのとき叔父は腰の窪みを見せて、「ここが、引きつるんだが、悪いのかな?」と言った。いや、なんでもないよ。すると彼は安心して、階段をチョコチョコと忙しなく駆け下りて行って、木製の家具と亜鉛板を張ったカウンターがあり、アニス酒とおが屑の匂いがする街のカフェで仲間たちと合流するのであった。ジャックはときどき夕飯の時間がくると彼を迎えに行かなければならなかった。そんなとき、ジャックはこの聾の啞者が、カウンターで大勢の人の輪に囲まれて、息も切れんばかりに演説をしているのを見かけてたいそう驚いた。一斉に笑い声があがったが、それは彼を馬鹿(ばか)にするものではなかった。というのもエルネストはその人のよさと寛大さによって仲間からたいそう好かれていたからであった[*bcde]。

ジャックにそれがよく感じられたのは、叔父が仲間と一緒に狩りに連れていってくれるときであった。その仲間というのはみな樽職人か港湾労働者か鉄道員であった。みんなは明け方に起きた。どんな目覚ましも叔父を眠りから引き出すことはできなかったので、食堂で寝ている叔父を起こすのはジャックの役目だった。ジャックの方は目覚ましの音で目が覚めた。兄はベッドの中でぶつぶつ言いながら寝返りをうち、もう一つのベッドで寝ている母は少し動いたが、目を覚ますことはなかった。ジャックは手探りで起床し、マッチを擦って、二つのベッドが共有している小さなナイトテーブルの上の石油ランプに火をつけた（ああ！　この部屋の家具のなんと貧しいことか。鉄製のベッドが二つ、一つは一人用で、そこに母が寝て、もう一つの二人用のベッドには子供たちが寝ていた。他には二つのベッドの間にナイトテーブル、それにナイトテーブルと向き合って鏡つきの洋服箪笥(だんす)が一つ。この部屋には母のベッドの足元に中庭に面した窓があった。その窓の下には編み目模様の覆(おお)いを掛けた布製のトランクがあった。背丈が低いうちは、ジャックは窓のブラインドを閉めるためにそのトランクの上に膝をのせなければならなかった。それに椅子もなかった）。それから彼は食堂に行って叔父の体を揺すった。叔父は吠え声をあげ、目の上にあるランプを恐ろしそうに眺め、それからやっと正気になった。二人は着替えをした。そしてジャックは台所に行って小さなアルコール焜炉の上でコーヒーの残りを温めた。その間に叔父は肩掛け鞄の中身を詰めていたが、それはチーズやソーセージやトマトや塩や胡椒などの食料品でいっぱいであった。パンを二つに切ったのもあったが、間には祖母が用意してくれた厚いオムレツが挟んであった。それから叔父は二連発銃と薬莢を最終的に点検したが、それについては前夜仰々しい儀式が行われていた。夕食が済むと、テーブルの上のものを片づけ、防水布を丹念に拭いた。叔父はテーブルの一方に陣取って、目の前の、大きな石油の吊りランプから落ちてくる光の下に、分解して入念に油をさした銃の部品を厳かに置いた。ジャックは反対側に座り自分の番がくるのを待っていた。犬のブリヤンもそうだった。犬が一匹いたのだが、それは雑種のセッターで、たいそう気立てがよく、蝿にさえ害を加えることができないでいた。その証拠に飛んでいる蝿を一匹捕まえると、気色悪そうな顔をして、舌を出し、唇をピチャピチャ鳴らしながら急いで吐き出そうとした。エルネストとその犬はいつも一緒で、互いに相手を完璧に理解していた。一組のカップルを思わずにはいられないほどであった（それをくだらないことだと思うなら、犬を知ってはならないし、愛してもいけない）。そしてその犬がその従順さと優しさとを飼い主に負っている一方、飼い主もひとつだけ手のかかることをするのを厭わなかった。彼らは一緒に暮らし、決して離れようとせず、一緒に眠り（飼い主は食堂の長椅子の上で、犬は骨組みまで傷んだ使い古しのベッドの寝心地の悪い傾斜した板の上で）、一緒に仕事に出掛け（犬は工場の仕事台の下に、特別に設えてもらったかんな屑のベッドで寝ていた）、一緒にカフェにも行った。そのときには犬は主人の足の間で、彼が演説をおえるのを辛抱強く待っていた。彼らは擬声語で会話を交わし、互いの体臭を喜び合った。エルネストに、彼の犬は、滅多に体を洗ってやらなかったので、とくに雨の後はひどい臭いがするなどと言ってはならなかった。「こいつは臭いなんてせんさ」と叔父は言っていた。そしてぴくぴく動いている大きな耳の内側を愛情をこめて嗅いでいた。狩りは双方にとって祭日であり、大公爵のお出ましのようなものであった。そしてエルネストが鞄を取り出すだけで、犬はもう小さな食堂を狂ったように駆けめぐり、後半身で椅子にワルツを踊らせ、食器棚の表面を尻尾で叩くのであった。エルネストは笑っていた。「こいつはわかったんだ、わかったんだ。」それから叔父が犬を鎮めると、犬はテーブルの上に顔をのせにやってきて、こまごましたものが準備されるのを眺めていた。ときどきこっそりとあくびをしてはいたが、それでもこの楽しい光景が終わるまで目を離さなかった。[*fg]

一度銃が組み立てられると、叔父はジャックにそれを渡した。ジャックはうやうやしく受け取ると、ウールの布をもちだして、銃身を磨いた。その間に叔父は薬莢の準備にかかっていた。目の前に、鞄の中にしまってあった、底が銅でできていて派手な色のボール紙の筒を並べていた。また鞄の中から火薬と鉛と茶色いフェルトの屑繊維の入った瓢箪（ひょうたん）型をしたメタル製の小瓶を取り出した。注意深く筒の中に火薬と詰め物を一杯に入れた。それからまた筒がぴったり嵌（は）まる小さな機械を取り出した。その小さなハンドルを使ってふたをはめ、ボール紙の筒の上部を詰め物の所までへこませた。薬莢の準備が進んで、エルネストが一つ一つジャックに渡すと、ジャックはうやうやしくそれを自分の前に置いた弾薬盒（だんやくごう）の中に入れた。朝、エルネストが厚い二枚のセーターで膨らんだ腹に重い弾薬盒を巻き付けると、それが出発の合図となった。ジャックは彼の背中で弾薬盒を止めた。他人の目を覚まさせないために自分の喜びを抑えるようにしつけられていたブリヤンは、目を覚ましてからずっと黙ったまま行ったり来たりしていた。しかし興奮して手の届くところにあるすべてのものに息を吹きかけ、主人にじゃれつき、足を胸にかけ、首と腰を伸ばして、愛する者の顔のいたるところを勢いよく嘗めようとしていた。

　夜の闇がすでに薄れてきたころ、まだ無花果の新鮮な香りが漂う中、彼らはアガー駅に向かって急いでいた。犬は全速力で彼らに先立ち、大きく迂回をしながらジグザグに走っていたが、ときどき夜露に濡れて湿った歩道の上で滑り、それから明らかに彼らを見失うまいと慌てて、前と同じような速さで戻ってきた。エティエンヌは布製の大きなカバーの中に逆さに入れた銃と鞄と獲物袋をもっていた。ジャックは小さな半ズボンのポケットに両手を突っ込んで、大きな鞄を斜めに肩に掛けていた。駅では仲間が犬を連れて集まっていた。犬は同類の尻を急いで嗅ぎに行く以外には、主人から離れようとはしなかった。エルネストの工場の同僚であるダニエルとピエール*hの二人の兄弟がいた。ダニエルはいつもにこやかで楽天家であるのにたいし、ピエールの方はもっと緻密で、几帳面で、人びとや物事にたいして明敏な見解をもっていた。ガス会社で働いているジョルジュもいたが、彼はときどきボクシングの試合に出ていて、何がしかの金を稼いでいた。他にも二、三名いたが、彼らはみな、少なくともこのような機会には、気立てのよい人たちであった。彼らは一日、工場から、人が溢れている狭いアパートや、またときとして妻から離れることが嬉しく、短いが深い喜びを味わうために落ち合っているとき、男たちに特有の、屈託のなさと陽気な寛大さに満ち溢れていた。みんな元気よく一つ一つの車室にタラップがついている車両に乗り込み、鞄を手渡しで積み込み、犬を登らせ、それから横に並んで、同じ温かみを分かち合うのを嬉しく感じながら、やっと座席に腰を落ち着かせるのであった。ジャックはこうした日曜日に男同士の付き合いはよいものであり、心を豊かにすることができるということを学んだ。列車はガタンと揺れて発車し、ときどき短く鈍い汽笛を鳴らし、シュッシュッという柔らかい音をたてながらスピードをあげていった。サーヘルの丘の一角を越えて最初の畑に差し掛かるや、奇妙なことにこの頑丈で、お喋り（しゃべ）な男たちは黙り込んでしまい、入念に耕された大地に日が昇るのを眺めていた。朝方の靄（もや）が畑と畑を分けている大きな乾いた葦（あし）の垣根に襷（たすき）を掛けたようにたなびいていた。ときどき木立ちが石灰で白く塗った農場の建物と一緒に窓ガラスを通り過ぎたが、家はその木立ちに守られ、すべてが眠り込んでいた。土手沿いの溝の中から追い出された一羽の鳥が一挙に彼らの顔のところまで上がってきて、列車と同じ方向に飛んでいた。それはまるで列車と速さを競うかのようであったが、その後突然列車と直角の方向に飛んでいった。それはまるでにわかに列車の窓ガラスから剝（は）がれ落ちるかのようでもあり、列車の巻き起こす風によって後部に放り出されるかのようでもあった。青い地平線は薔薇色になり、それから突然赤に変わった。太陽が姿を現し、見る間に空高く昇っていった。太陽は畑一面の靄を吸い取り、また一段と高く昇った。すると突然に車室の中が暑くなった。男たちはセーターを脱ぎ、しばらくたつとまた一枚脱いだ。それからやはり動き回る犬を寝かしつけてから、冗談を交わしていた。エルネストはすでに彼なりのやり方で不味い食事や病気やいつも勝っていた喧嘩「について」話をしていた。ときどき仲間の一人がジャックに学校のことについて質問をした。それから他の話をするか、ジャックを証人に見立ててエルネストの身振りのことを話した。「君の叔父さんは、凄いやつだぞ！」

景色が変わり石ころが多くなってきた。オレンジの木は樫の木にとってかわり、小さな列車の吐く息はますます忙しくなり、盛大に蒸気を吐き出していた。突然少し寒くなってきた。というのも山が乗客から太陽を隠してしまったからであった。それでみんな七時を回ってないことに気がつくのであった。やっと列車は最後の息を吐き出し、スピードを弛め、ゆっくりと急カーブを曲がって、人気のない谷間の小さな駅にすべり込んだ。というのもこの駅は遠くの、荒れ果てた、人気のない鉱山のためのものでしかなかったからである。大きなユウカリの木が植えられていたが、その半月形の葉は朝方の微風に揺れていた。下車は同じような大騒ぎのうちに行われた。犬は車室を急いで出ようとして、車両の急な二段のステップを降り損なうし、男たちは鞄や銃をリレー式に渡していた。目の前の坂の上にあった駅の改札を出ると、自然の静寂が少しずつ間投詞や叫び声を飲み込んでしまい、この小さな一団は終（しま）いには黙々と坂を登り出し、その周りを犬たちが飽きもせずに、Sの字を描いていた。ジャックはこの逞（たくま）しい同僚たちに遅れを取ることはなかった。彼の大好きなダニエルは、いいと言うのに、鞄をもってくれた。しかしそれでもグループに遅れまいとして、二倍の速度で歩かなければならなかった。朝の刺すような空気で肺が痛かった。一時間も歩くとやっと、丈の低い樫の木とネズミサシに覆われた広大な台地の端に出た。あまり高低差はないが起伏に富んだ台地の上には広大で、爽（さわ）やかで、かすかな光を浴びた空がその広がりを見せていた。そこが狩場だった。犬たちは呼びつけられると、戻ってきて男たちの周りに集まった。みんなは午後の二時に昼食をとるために集まることで意見が一致した。そこは松の木の小さな木立ちがあり、台地の端の絶好の場所に小さな泉が湧（わ）いており、そこからは谷間や遠くの平原が一望できるのであった。みんなは時計の針を合わせた。狩人たちは二人一組になって、呼び子を吹いてそれぞれの猟犬を呼び、それぞれ違った方角に出発した。エルネストとダニエルが組になった。ジャックは獲物袋を受け取って、丁寧にそれを斜めに肩に掛けた。エルネストは遠くから、自分の方が他の誰よりもたくさんのノウサギやヤマウズラを持ち帰ると言った。彼らは笑い、片手を上げて挨拶をして、姿を消した。

ジャックにとってこのときから陶酔が始まったのだが、それにたいして今でも深い愛惜の念を心に抱いていた。二人の男は互いに二メートルの距離を置いて、だが前後することなく、犬を先立てていた。ジャックの方は絶えず後方につけるようにしていた。すると叔父は突然野性的でずる賢い目つきになって、彼が距離を保っているかどうかを絶えず確認した。黙々と際限なく歩いているうち、藪を通ると、ときどき鋭い鳴き声をあげながら鳥が飛び立ったが無視された。よい匂いのする小さな峡谷を谷底まで下っていき、ふたたび晴れやかな空の方に登っていったが、だんだんと暑さが増してきて、その熱気が出発したときにはまだ湿っていた大地を急速に乾かしていった。峡谷の反対側にくると銃声が轟いて、犬が追い出した埃のような色のヤマウズラの一群がかさかさと音をたてた。ほとんど間を置かずに、二発の銃声が聞こえると、犬が前方に駆け出していき、猛り狂った目つきをし、口を血で真っ赤にして、羽根の生えた固まりをくわえて戻ってくると、エルネストとダニエルはそれを取り上げた。それに続いて、ジャックは興奮と恐さの入り雑じった気持ちで他の獲物を受け取ったのだが、鳥が空から落ちてくるのを見ると、エルネストはキャンキャンと声をあげ、ときどきそれがブリヤンの鳴き声と混ざり合った。それからさらに先に進んでいくと、ジャックは今度は小さな麦藁（むぎわら）帽子を被（かぶ）っていたにもかかわらず、日光を浴びて弱ってしまった。その間まわりの台地はまるで太陽の槌（つち）を受ける鉄床（かなどこ）のようにかすかに振動し始めた。ときどき新たに銃声が一発、あるいは二発聞こえたが、それ以上は決して聞こえなかった。というのも、狩人の一人がノウサギとかアナウサギを逃がしてしまっても、エルネストの射程内に入ればもう死を宣告されたに等しいからであった。エルネストはつねに猿のように巧妙で、そんなときにはほぼ犬と同じくらい素早く、犬のような声をあげながら死んだ獲物の後足をもって拾い上げ、遠くからそれをダニエルとジャックに見せると、二人は大喜びで息を切らせながらやって来るのであった。ジャックは勝利の印を受け取るために獲物袋の口を大きく開いていた。それからまた歩きだすのであったが、彼は支配者である太陽のもとでよろめいてしまった。そんな風にしていつ果てるともしれぬ大地をいかなる境界線もないままに、何時間も歩いていると、絶えず降り注ぐ陽光と空の広大な空間に頭がぼうっとしながらも、ジャックは自分が子供たちのうちでもっとも豊かであると感じるのであった。決められた昼食の場所に戻るとき、狩人たちはまだ機会を窺（うかが）っていたが、もう心はそこになかった。彼らは足を引きずり、額の汗をぬぐいながら、空腹を感じていた。一人また一人とやってきて、遠くから互いに獲物を見せあった。そして一匹も獲れなかった者をからかい、いつでもそうだと言いながら、みんなが同時に獲物の話をし、めいめい細かな話を付け加えるのであった。しかしもっとも偉大な吟唱詩人はエルネストで、終いには話を独り占めにして、ジャックとダニエルが審判となってその適切さを認めてやると、身振り手振りで、ヤマウズラが飛び立つさまや、追い立てられたウサギが二回ほど急に方向転換をして、ゴールラインの先にトライしようとしているラグビー選手のように肩から転がるさまを演じて見せるのであった。その間に、几帳面なピエールはめいめいから受け取った金物のコップにアニス酒を注いで回り、松の木の根元をちょろちょろと流れている泉から汲んできた冷たい水でそれを割ってやるのであった。みんなは布を広げてテーブルらしきものを作り、それぞれが食料を取り出した。しかしエルネストは、料理人の才能をもっていて（夏の魚釣りのときはいつもまずその場でブイヤベースを用意し、舌にひりひりくるようなスパイスもほとんど意に介さなかった）、細い棒切れの先を尖らせて、持参したソーセージを突き刺し、木の枝で小さな火を起こし、ソーセージがはじけて、火の上に赤い汁が流れ落ち、ジュウジュウ音をたてながら燃え上がるまで、焼き上げた。二切れのパンの間に、彼はあつあつの香ばしいソーセージを挟み、配るのだったが、みんな声をあげて受け取り、泉の水で冷やしておいたロゼワインを飲みながら貪り食うのであった。それから笑ったり、仕事の話をしたり、冗談を言い合ったりしたが、口も手もべとべとに汚したジャックは、疲れ切って眠かったので、話をろくに聞いていなかった。しかし実際にはみんなが眠かったので、熱気の靄に覆われた遠くの平原を漠然と眺めながらうとうとするか、あるいはエルネストのように、顔にハンカチをのせて、本当に眠るかしてしまった。しかし四時になると、五時半にやってくる列車に乗るために降りて行かなければならなかった。今や彼らは、疲れから肩を落として、疲れ切った犬を座席の下か足の間で眠らせ、車室で血なまぐさい夢を見ながら深い眠りに落ちていった。平原の端では日が暮れかかっており、ついでアフリカ特有の急激な日暮れがやってきた。そしてこの壮大な風景の上に、つねに変わらぬ不安な夜が一気に広がり始めた。その後で、駅に着くと、翌日仕事があるので早く食べて寝るために急いで家に帰ろうとして、彼らは言葉も交わさず、ただ友情を込めてぽんと肩を叩くだけで、そそくさと宵闇の中で別れを告げるのであった。ジャックは遠ざかる足音を聞いていた。そして彼らの荒っぽいが温かみのある声を耳にした。ジャックは彼らが好きだった。それからエルネストに歩調を合わせてついていったが、その足取りは足を引きずっているのに、いつも力強かった。家の近くまでくると、真っ暗な通りで、叔父は彼の方を振り向いて言った。「満足かい？」ジャックは答えなかった。エルネストは笑って、口笛で犬を呼んだ。しかし数歩歩くと、子供はその小さな手をたこができてごつごつした叔父の手の中に滑り込ませた。すると叔父はたいそう強くその手を握りしめるのであった。二人はそうしたまま、黙って、家に戻った。*iij

とはいえエルネストは喜びと同じように、突然、心底から怒ることもあった。誰かが彼に何かを言い聞かせようとしたり、あるいはたんに彼を言い負かそうとして失敗すると、自然現象とまったく同じような怒りに捕われるのであった。嵐と同じで、それが形成されるのを見ると、ただ弾けるのを待つだけだった。他にはどうしようもなかった。たいていの聾と同様に、エルネストは嗅覚がきわめて発達していた（犬が相手のときを除いて）。この特権のおかげで、乾燥グリンピースのスープとか何よりも好きな料理である墨をからめたイカとかソーセージ入りのオムレツ、あるいは祖母のお得意の料理で、その粗末さからして、しばしば食卓に上った貧乏人のブールギニョン、つまり牛の心臓と肺でできたモツの煮込みの匂いを嗅ぐときに大きな喜びを味わった。また日曜日に安物のオーデコロンやローション〔ポンペロ〕（ジャックの母も使っていた）を振り掛け、ベルガモットの甘く、執拗な匂いが、食堂やエルネストの髪に漂っているときにもそうであり、陶酔したような顔で、瓶の匂いを深々と嗅ぐのであった……しかしこの点に関する敏感さはまた厄介の種になる場合もあった。普通の人の鼻には嗅ぎ取れないある種の匂いを我慢することができなかった。例えば、夕食を始める前に自分の皿を嗅ぐのが習慣であったが、そこに彼の言う卵の匂いが少しでもすると真っ赤になって怒った。祖母はその怪しい皿を自分で嗅いでみて、なにも匂わないと断言して、自分が正しいことを証言してもらおうと、それを娘に回すのであった。カトリーヌ・コルムリイはその敏感な鼻を陶器に運んだが、嗅いでみようともせずに、何も匂わない、と言った。みんなは最後の審判を下すために、鉄の飯盒で食べていた（しかしながらこれはよくわからない理由のために、たぶん食器の数が足りないために、あるいはある日祖母が主張したように、彼も彼の兄も手先が不器用であるわけではないが、割れるのを防ぐためになされたことであった。しかし家族の伝統は往々にしてそれほど固い基盤をもっているわけではない。だから訳のわからぬたくさんの儀式に理由を見つけようとする民族学者の見解こそ笑うべきものだ。真の神秘とは、多くの場合、まったく理由がないからこそ神秘なのだ）子供たちの皿を除いて、他の皿も嗅いでみた。それから祖母が判決を下した。つまり何の匂いもしないと。本当のところ、とくに前夜食器を洗ったのが自分であるときには、他にいかなる判決も下しようがなかったろう。一家の主婦の名誉にかけて、決して譲歩しなかった。しかしエルネストは自分の確信を表現するべき言葉をもっていなかっただけに、心底からの怒りが爆発するのはそのときだった。*k 嵐が荒れ狂うままにしておかなければならなかった。あるときはとうとう夕食を取らなかったり、あるいはうんざりした顔で、それでも祖母が取り替えた皿をつついたりしていた。またあるときはテーブルを離れ、レストランで食べてくると言いながら外に飛び出して行くことさえあった。しかしその種の店には彼も、家族の誰も足を踏み入れたことはなかった。もっとも祖母は食卓で誰かが不満を洩らすたびに、「レストランに行っといで」という最後通牒的な言葉を投げかけるのを決して欠かさなかったが。したがって、レストランはみんなにとって、上辺だけ人の心を誘う罪深い場所の一つに見えており、そこは金を払えるようになったときからすべてがたやすく見えてくる場所であるが、そこで味わう最初の罪深い悦楽にはいつの日か胃が高い代価を支払うことになる。いずれにしても、祖母は次男の怒りに答えようとは決してしなかった。一つにはそれが無駄であることを知っていたからであり、二つには彼にたいしてつねに奇妙な弱みをもっていたからであった。ジャックは少しものがわかってきたときから、それをエルネストが障害者であるという事実に結び付けて考えていたし（人びとの思い込みに反して、両親が障害者である子供から目を背けるという例がいくつもあるけれど）、そのことを、ずっと後になってから、もっとよく理解することになった。ある日のこと、祖母の明るい視線が突然それまで見たこともないような愛情のこもった優しい目つきに変わったのを目撃して、ジャックが振り返ると、叔父が晴れ着の上着に袖を通しているのが見えた。暗い色の生地のせいでさらにほっそりと見え、端正で若々しい顔の髭を剃ったばかりで、丹念に髪を撫でつけ、特別に新しいカラーとネクタイをつけ、おめかしをしたギリシアの牧人のような格好をしたエルネストはジャックにはあるがままの姿に、つまりたいそうハンサムに見えた。そしてそのときジャックは、祖母が姿形から息子を愛しており、みんなと同じようにエルネストの優雅さと力強さに惚れ込んでいるということ、また叔父の前で例外的に見せる祖母の弱さは結局のところごく当り前のものであり、そうした弱さは多かれ少なかれ、だが心地好く我々みんなの心を和らげるということ、そして世界を耐えうるものにしているのは、美を前にしたときのそうした尻込みであることを理解したのであった。

ジャックはまたエルネスト叔父が別のときにもう一度怒り狂ったことを覚えていた。それはもっと深刻なものであった。というのもそれがもとで、鉄道で働いていたジョゼファン叔父と殴りあいになりかねなかったからである。ジョゼファンは祖母のところで寝泊まりをしていなかった（実際にはどこで寝ていたのだろう?）。町なかに一部屋もっていて（しかしその部屋に家族の誰をも招待しなかったし、例えばジャックも決して見たことがなかった）、母親の家で食事をしており、わずかな食費を払っていた。ジョゼファンはまた弟とはまるで正反対であった。ほぼ十歳年上で、短い口髭をたくわえ、髪を短く刈り込んでいた彼はまた弟より体格がよく、閉鎖的で、何よりもより打算的であった。エルネストはつね日頃兄のことを吝嗇だといって非難していた。実際のところは、エルネストはもっと簡単に、「あいつはムザブ人だ」と言ったのではあるが。彼にとってムザブ人というのは町の乾物屋のことであり、事実彼らはムザブからやってきて、何年もの間油とシナモンの匂いのする店の奥で、女っ気もなく、わずかなもので暮らしていた。それも砂漠の真ん中にあるムザブの五つの町にいる家族を養うためであった。そこにイスラム教の一種のピューリタンであり、正統派からは殺すと脅されていた異端者の一族が、何世紀も前から住みついていた。彼らはある場所を選んだのだが、それは石ころだけしかなく、殻で覆われ、生命のない惑星が地球から遠くにあるのと同じくらい海岸地方の半ば文明化された世界と掛け離れているがゆえに、誰も彼らからその場所を奪おうとしないことを確信していたからであった。そしてそこに定住して、乏しい水源地の周りに五つの町を建設して、この精神の、精神のみの創造物を維持するために、屈強な男たちを沿岸の都市に送って商売をさせるという奇妙な苦行を思いついた。確かにそれは彼らが他の者と交代し、土と泥土に塗り固められた自分たちの町に、信仰ゆえにやっと獲得したこの王国を味わうために戻ってこられるまでは、ひたすら精神的な苦行であった。これらムザブ人の希薄化された生活、その貪欲さは、したがってひたすら彼らの奥深い目的との関連によって判断されるものであった。しかし町の労働者の住民はイスラム教もその異端も知らなかったので、ただ外見だけを見ていた。そしてエルネストにとっても、他のすべての人と同様に、兄をムザブ人と比較することは、アルパゴンに比較するのと同じことであった。実際に、ジョゼファンは、祖母の言葉を借りれば「思いやりがある」エルネストと反対に、かなり金に細かかった(もっとも祖母がエルネストにたいして怒りをぶつけるときには、「金遣いが荒い」というのであったが)。しかしこうした性格の違いの他に、ジョゼファンの方がエルネストよりも少し余計に金を稼いでいたし、ひどく貧乏である方がかえって浪費癖がつきやすいという事実があった。金稼ぎの手段を見つけた後では、浪費を続ける者は滅多にいない。そうした連中は人生の王様であり、深く尊敬しなければいけない。ジョゼファンは確かに金満家ではなかったが、一定の方式で管理(彼はいわゆる封筒という方法を実践していたが、本当の封筒を買うにはあまりにも吝嗇であったので、新聞紙とか乾物屋の包装紙で作っていた)している給料の他に、よく練られたささやかな方策によって、余分な収入を得ていた。鉄道で働いていたお蔭で、二週間毎に無料パスを貰う権利があった。そこで二週間に一回、日曜日に、いわゆる〈内陸〉に、つまり片田舎に汽車で出掛けて行き、アラブ人の農場を回って、卵とか貧相な鶏とかウサギを安く買い入れてきた。そうした商品を持ちかえり、妥当な儲けで近所の人たちに売っていた。あらゆる面において、彼の生活はよく計算されていた。彼に女がいたという話は聞かなかった。結局、仕事があるウイークデーと商売に費やされる日曜日との間には、たしかに官能を鍛えるための余暇が欠けていた。しかし四十歳になったら、立派な地位を築いた女性と結婚すると常々言っていた。それまでは、自分の部屋に留まり、金を溜めて、一日のうちの一部を祖母の家で暮らし続けることだろう。彼が優雅さを欠いていると見なされていただけに、その計画ははなはだ奇妙に見えたが、予言通りに計画を実行して、飛びきり美人のピアノ教師と結婚した。彼女は少なくとも何年かの間は、その家財道具によって、ブルジョワ的幸福を彼にもたらした。もっとも最終的には、ジョゼファンは家財道具だけを受け継ぐことになり、妻を手放さなければならなかった。しかしそれは余談であり、ジョゼファンが予測しえなかった唯一の事柄は、エティエンヌと喧嘩をした後、もはや母親のところで食事をすることができなくなり、高くつくレストランの料理を利用しなければならなくなったことである。ジャックはこの悲劇の原因は思い出せなかった。訳のわからぬ喧嘩がときどき家族を分裂させてしまった。実際には誰も喧嘩の原因を探り当てることはできなかったろう。誰も記憶が悪く、もはや原因を思い出せず、一度限りのこととして受け止め、その結果だけを思い返すだけに止(とど)まっていたので、なおいっそう源に辿(たど)りつくことは難しかった。その日のことについて、ジャックはただエルネストがまだ料理がのっているテーブルの前にすっくと立ち上がり、座って食べ続けていた兄に向かって、ムザブ人呼ばわりはしなかったものの、訳のわからぬ罵(のの)しりの言葉を浴びせたことだけを覚えていた。それからエルネストが兄に平手打ちを食らわせると、ジョゼファンは立ち上がって、後ろに飛びのいた後、向かってこようとした。しかし祖母がすでにエルネストにしがみつき、ジャックの母は動揺で真っ青な顔をして、背後からジョゼファンを引っ張っていた。「放っときなさい、放っときなさい」と彼女は言っていた。二人の子供は顔を青くし、口をポカンと開けたまま、身動きもせずに見つめながら、怒りと呪詛(じゅそ)が一方通行で次から次へと出てくるのを聞いていたが、そのうちジョゼファンがむっつりした表情でこう言った。「こいつは粗野な奴(やつ)だな。どうしようもないな。」それからジョゼファンが食卓を一周すると、エルネストは兄の後を追い掛けようとしたが、祖母が引き止めていた。そのすぐ後で、ドアがパタンと閉まった後も、エルネストはあいかわらず荒れ狂っていた。「放せ、放せ」と自分の母親に言っていた。「お母さんに痛い想いをさせちゃうじゃないか。」しかし祖母はエルネストの髪の毛をつかんで、彼を揺すった。「お前は、お前は、母親を引っぱたく気かい？」するとエルネストは泣きながら椅子の上にくずおれた。「違うよ、違うよ、お母さんは別だ。お母さんは、ぼくにとっては、よい神様と同じだ。」ジャックの母は食事を終えずに寝に行った。そして翌日頭痛がした。この日を境に、ジョゼファンは、エルネストがいないことが確実であるときを除いて、もう母親を訪ねようとはしなかった。

それとは別にまた叔父が怒ったことがあったが、ジャックはそれを思い出すのが好きではなかった。[*1] というのも、その原因を知りたくなかったからだ。ある時期を通じて、エルネストのあまり親しくない知人で、すらりとした長身とかなり整った顔立ちをもち、いつも暗い色の奇妙な山高帽のようなものを被り、同時に格子縞のハンカチを丸めて首に巻き、シャツの下に押し込んでいるマルタ島出身で市場の魚屋のアントワーヌという男が、夕方、食事の前に、定期的にやってきたことがあった。後になって考えてみると、ジャックは最初は気にとめなかったことだが、母が少しお洒落をし、明るい色のエプロンをかけ、わずかに頬紅をさしていることさえあったのに気づいた。

それはまたそれまで長い髪をしていた女性たちがショートカットにし始めた頃でもあった。しかしジャックは髪結いの儀式に取り掛かるときの母や祖母を眺めるのが好きだった。肩にタオルを一枚掛けて、口にいっぱいピンをくわえ、白や茶の長い髪を長々と梳いてから、それを巻き上げ、たいそうきつい平たいヘアバンドで首の上まで引き上げて巻髪にし、歯で噛んでいたピンを口から一本ずつ抜いてその豊かな巻髪いっぱいに突き刺すのであった。新しいモードは祖母には滑稽であると同時に罪深いものに見えていた。モードの本当の力を見くびっていて、見当外れに陥るのも意に介さず、〈ふしだらな生活をしている〉女たちだけが、そんな風に滑稽ななりをすることを受け入れているのだと主張していた。ジャックの母は言われた通りにしていたが、それでも一年後、大体アントワーヌの訪問が始まった頃のある晩のこと、髪を切り、若返って、みずみずしい姿で帰ってくると、みんなを驚かせたかったのだと言ったが、わざと陽気さを繕おうとするその裏には不安が顔を覗かせていた。

実際祖母にとっては驚きだったが、祖母はジャックの母をじろじろ眺め、取り返しのつかない惨状を見て取るや、カトリーヌの息子がいたので、そんな格好では娼婦のように見えると言うだけに留めた。それから台所に行ってしまった。カトリーヌ・コルムリイは微笑むのを止めたが、その顔にはこの世のすべての貧しさとやるせなさがはっきりと浮き出ていた。それからじっと見つめてくる息子の視線に出会うと、ふたたび微笑もうとしたが、その唇は震えており、泣きながら自分の部屋に駆け込んで、唯一の安らぎの場であり孤独と悲しみの逃げ場所であるベッドに身を投げ掛けた。ジャックは茫然として、母親に近づいた。母親は顔を枕に埋めており、短く切った巻き毛の下からすすり泣く度に震える首筋と痩せた背中が見えていた。「お母さん、お母さん」とジャックはおずおずと手で彼女に触れながら言った。「こんな風にしてるお母さんはとても綺麗だよ。」しかし彼女は彼の言うことを聞いておらず、手で一人にしておいてくれと合図をするのだった。ジャックは戸口まで後ずさりをし、戸の縁枠に寄り掛かりながら、無力感といとおしさから泣き始めた。

そのあと何日も祖母は娘と口をきこうとしなかった。それと同時に、アントワーヌがきても、前よりは冷たくあしらわれることになった。エルネストはとくに固い表情を崩さなかった。アントワーヌはかなり自惚屋で弁も立ったが、そんな雰囲気を充分に感じとっていた。それで何が起こったのだろう？　ジャックは何回となく母親の美しい目に涙の跡があるのを見た。エルネストはたいていの場合は黙っていて、ブリヤンまでも叱りつけた。ある夏の夕方、ジャックはエルネストがバルコニーで何かを待っている風なのに気がついた。「ダニエルがくるの？」と子供は尋ねた。叔父は唸った。すると突然ジャックには、この数日姿を見せなかったアントワーヌがやってくるのが見えた。エルネストは飛んでいった。そしてそのすぐ後、階段から鈍い物音が聞こえてきた。ジャックが駆けつけると、二人の男が暗闇の中で、一言も言わずに殴りあっているのが見えた。エルネストは相手のパンチをものともせずに、鉄のように固い拳で次から次へと殴りつけていた。そして瞬く間にアントワーヌは階段の下に転がり落ち、口から血を流しながら起き上がると、まるで気が狂ったようにその場を去っていくエルネストから目を逸らさずに、ハンカチを取り出して、血を拭いた。ジャックが部屋に戻ると、母親が顔をこわばらせて、身動きもせずに食堂の椅子に座っているのが見えた。*m 何も言わずに、彼も腰を下ろした。それからエルネストも戻ってきたが、ぶつぶつ悪口を言い、猛り狂ったような視線を姉に投げ掛けた。夕飯はいつものように進められたが、ジャックの母は食べなかった。「お腹が空いていないの」と、食べるように促す祖母に言った。食事が終わると、自分の部屋に行ってしまった。夜の間、眠れないでいたジャックは、母がベッドの中で寝返りを打つ音を聞いていた。翌日から彼女はふたたび黒か灰色の服に、まさしく貧乏人の服装に戻った。ジャックはそんな母親を美しいと、よそよそしさと放心状態が増し、今や永久に貧困と孤独ときたるべき老いの中に漬かりこんでいるだけに、ますます美しいと思っていた。*n

ジャックは正確に言って何を非難できるのかあまりよくわからなかったにもかかわらず、長い間そのことで叔父を恨んでいた。しかし同時に、叔父を恨んではいけないことを、貧困と肉体的障害と家族全員が暮らしていた必要最小限度の生活が、すべてを許すわけではないが、いずれにしてもその犠牲となっている人たちのうちの何かを批判することを妨げているのを知った。

彼らは自ら望むわけではないにしても、互いに傷つけあっていた。というのもめいめいが、相手にとっては、彼らが暮らしている収入の少ない過酷な生計の代表者であったからだ。いずれにせよ、ジャックは叔父の先ず（ま）祖母にたいする、次にジャックの母とその子供たちにたいするほとんど動物的な愛着を疑うことはできなかった。一方ジャックの方も樽（たる）工場で事故があった日に、それを肌で感じたことがあった*。実際に、毎木曜日、ジャックは樽工場に行っていた。宿題があるときには手早くそれを片づけて、かつて通りで仲間と合流していた頃と同じように嬉々（きき）として、仕事場に大急ぎで駆けつけるのであった。仕事場は練兵場の近くにあった。それは廃物や古い鉄のたがや鉱滓や焚（た）き火のあとなどが所狭しと並んでいる中庭のような場所であった。その一つの面にきちんと間隔をおいて切り石の支えのある煉瓦（れんが）作りの屋根のようなものが作ってあった。この屋根の下で五、六人の職人が働いていた。めいめいが原則として自分の場所を、つまり壁に面した仕事台をもっており、その手前に空間があり、そこで小樽や大樽を組み立てることができた。それと接続する場所との境には背のないベンチのようなものがあり、そこに小樽の底板を差し込んで刻み包丁にかなりよく似ている道具*pを使って手で削るための充分に幅の広い溝が掘られていた。その包丁の刃先は職人の方を向いていて、二つの把手(とって)でつかむようになっていた。このような仕掛けは、本当を言えば、最初見た目には心にとまるものではなかった。もちろん最初はこのように割り振りがなされていたが、少しずつベンチが動かされて、たがが仕事台の間に積み上げられ、鋲(びょう)のケースが一つの場所から次の場所へと引きずられていった。職人一人一人の動きがいつも同じ領域でなされていることに気がつくには長い観察が、また同じことだが、長く通うことが必要だった。叔父におやつを運んでいくとき、仕事場につく前から、ジャックは小さな樽板を組み立てたばかりの小樽のまわりに鉄のたがを嵌(は)めるのに使う鑿(のみ)を叩(たた)くハンマーの音を聞き分けた。職人たちは鑿の一方の端を叩くかと思うと、素早く鑿をまわしてたがのまわりを下から叩いていた——あるいはまた、彼はもっと強い、もっと間遠な音を聞くと、仕事台の万力の中で、嵌められたたがに鋲を打っているところだと見当をつけるのであった。ハンマーの騒音に包まれた仕事場に到着すると、彼は陽気な挨拶(あいさつ)で迎えられ、その後またハンマーのダンスが始まるのであった。継ぎのあたった青いズボンとおが屑だらけの縄底ズック靴と灰色のフラノの袖なしシャツを身につけ、彼の立派な髪の毛をかんな屑と埃から守ってくれる色褪せたシェシア帽を被ったエルネストは彼にキスをしてから、手伝ってくれと頼んだ。ときどきジャックがたがをはめ込んだ仕事台の上でたがを抑えていると、叔父は力いっぱいそれを叩いて鋲を打ちつけた。たがはジャックの手の中で震え、ハンマーが打ちおろされる度に掌をうがった。あるいはエルネストがベンチの一方の端に馬乗りになって座ると、ジャックは同じ姿勢でもう一方の端に座り、エルネストが小樽の底に鉋をかけている間、二人の間にある板をしっかりと抑えていた。しかし彼がもっと好きだったのは、中庭の真ん中に小さな樽板をもっていくことで、そうするとエルネストはざっとそれを組み合せて、中央にたがを通して固定させるのであった。上下が開いている小樽の真ん中に、エルネストがかんな屑を運んでくると、ジャックは火をつけるよう言いつけられた。火は木よりも鉄を膨張させた。エルネストはそれを利用して、煙の中で涙を流しながら、鑿やハンマーで盛大に叩く前に、たがを嵌めていた。たがが嵌まると、ジャックは大きな木の桶に中庭の奥のポンプから水をいっぱいに汲んできた。するとみんな脇により、エルネストが勢いよく小樽に向かって水を浴びせかけた。それでたがが冷え縮まり、水蒸気が立ち込める中、水で柔らかくな

った木に食い込むのであった。*q

貧しい食事を取るときには、みんなやりかけの材料を仕事台の溝に残したままだった。職人たちは冬にはかんな屑や木片の焚き火を囲み、夏には屋根の下に集まった。アブデルというアラブ人の労務者がいたが、彼は股下(またした)のところが膨らんでいて、裾(すそ)がふくらはぎの半分までしかないアラブ風のズボンと、ぼろぼろのセーターの上に古い上着を身につけ、シェシア帽を被(かぶ)っており、風変わりなアクセントでジャックのことを〈お仲間〉と呼んでいた。というのも、彼はジャックがエルネストの手伝いをするときと同じ作業をしていたからだった。工場長のM［　］*3は現実に樽職人あがりで、職人たちを使って、もっと大きいが個性に乏しいある樽工場のために注文品を製造していた。イタリア人の職人も一人いたが、いつも沈んでいて、風邪にかかっていた。それに何よりもあの陽気なダニエルがいた。彼はいつもジャックを傍において、からかったり頭を撫(な)でたりしていた。ジャックは逃げ出し、仕事場の中を飛び回っていた。黒い前掛けにおが屑をいっぱいつけ、暑いときには、素足に泥とおが屑だらけの質の悪いサンダルをつっかけ、おが屑や、もっと新鮮な匂(にお)いのするかんな屑の香りを楽しげに吸い込んでいた。そして火の方に戻ってくると、そこから立ち上る得も言われぬ煙を口いっぱいに嚙みしめたり、切れ端を万力台に挟んで、慎重に底板に鉋をかけるための道具を試してみたりした。そんなときは手先の器用さを発揮したので、職人のみんなからお誉(ほ)めにあずかった。

　そんな休憩中のこと、ある日ジャックは履物の底が濡(ぬ)れているのに、うっかりベンチの上に登った。その途端前方に滑り、ベンチが後方に跳ね上がり、その上にどっと倒れた。右手はベンチの下に挟まった。すぐに手に鈍い痛みが走ったが、彼は駆けつけた職人たちの前で、笑いながら一息に起き上がった。しかし笑い終えるより早く、エルネストが彼の方に飛んできて、両腕に抱き締め、「医者だ、医者だ」と口籠(くちご)もり、息をはずませながら仕事場の外に飛び出した。そのときジャックは右手の中指の先端が完全に潰(つぶ)れて、まるで汚らしく不格好で大きな小麦粉の固まりのようになっていて、そこから血が流れているのを見た。彼は血の気を失って気絶した。五分後、エルネストとジャックは自分の家の前のアラブ人の医者のところにいた。「何でもないんでしょう、先生、何でもないですよね」とエルネストが顔面蒼白(そうはく)になって言っていた。「外でお待ちなさい。この子は気の強いところを見せてくれるでしょう」と医者が言った。勇気のあるところを見せなければならなかった。今日でもなお応急処置を施されたジャックの奇妙な中指はそのことを証明していた。しかし縫合クリップで傷口を塞(ふさ)ぎ、包帯を巻き終えると、医者は気つけ薬を与えながら彼が勇敢であることを証明した。それでもまだエルネストは通りを横切るために彼を抱えていこうとした。そして家の階段で、呻き声をあげながら子供にキスをし始め、ジャックが痛がるまできつく抱き締めていた。

「お母さん、誰か戸をノックしているよ」とジャックが言った。

「エルネストだよ」と母が言った。「開けておやり。最近は強盗がくるから鍵を掛けているんだよ。」

戸口でジャックを見ると、エルネストは驚きの叫び声をあげ、英語の〈ハウ〉に似ている何かを言い、背を伸ばして彼にキスをした。髪はすっかり白くなってはいたものの、驚くほど青春の面影を残しており、その顔は端正で調和がとれていた。しかし足の曲がりはいっそうひどくなり、背はすっかり丸くなっていた。それでエルネストは両腕を体から離し、がに股で歩いていた。「元気？」とジャックは彼に言った。いや、痛みがあってね、リュウマチさ。よくなくてな。でジャックは？　うん、万事順調だよ。ぼくは丈夫だからね。この人も（と言ってエルネストはカトリーヌを指差した）お前に会えて嬉しいだろうよ。祖母が亡くなり、子供たちが家を離れてから、弟と姉は一緒に暮らしており、互いに相手なしでは済まないようになっていた。エルネストには身のまわりの世話をしてくれる人が必要だった。この点から言えば、カトリーヌは彼の妻同様で、食事を作ったり、下着を洗ったり、時には看病もしていた。彼女の方は、子供たちが生活費を送ってくれていたので、金は必要ではなかったが、男性が一緒にいる必要があった。そしてエルネストは彼なりのやり方で、何年もの間、姉の世話をしていた。その間、二人は、そう、肉体によるのではなく、血によって夫と妻のように暮らしており、二人の障害が生活を難しくしていたけれども、助け合って生きており、ときどき言葉の断片から明らかになる無言の会話を続けていたが、普通の夫婦以上に強く結ばれ、互いに相手のことをよく理解していた。「そうなんだ、そうなんだ」とエルネストは言った。「いつも彼女はジャック、ジャックって言ってるぞ。」――「おや、そうなの」とジャックが言った。果たして実際に、彼は昔と同じように、彼ら二人の間の自分の位置を取り戻していた。彼らには何も言うことができないが、少なくとも二人を愛することを決して止めたわけではなかった。愛されるに値する他の大勢の人たちにたいしては、これまでもう少しで愛せるところまできて終わってしまったにもかかわらず、自分に許すことができる以上に二人を愛していた。

「で、ダニエルは？」

「元気だ。わしと同じように年を取ってしまったよ。弟のピエロは刑務所行きだ。」

「どうして？」

「組合らしい。彼はアラブ人の味方をしたようだ。」

それから急に心配そうな顔で言った。

「おい、強盗ってのは、やっていいのか？」

「駄目だよ。アラブ人の味方をするのはいいさ。でも強盗はだめだ」とジャックが言った。

「そうか、わしはお前の母さんに言ったんだが、経営者は酷すぎるんだ。ひでえもんだが、でも強盗はしちゃいけないな。」

「そうだよ」とジャックが言った。「でもピエロのためになにかしてやらなきゃいけないな。」

「わかった、ダニエルに言っとくよ。」

「それからドナはどうしてる？」（それはガス会社の職員でボクサーであった。）

「彼は死んだよ。癌だった。みんな年を取っちまったな。」

そうドナは死んでしまった。またジャックの母の姉であるマルグリット伯母も死んでしまっていた。祖母は日曜日の午後になると彼をその伯母の家に引っ張っていったのだが、彼はひどく退屈してしまった。ただ、薄暗い台所で、テーブルの防水布の上のブラックコーヒーの茶碗を囲んでのお喋りに、やはりうんざりして、車引きをしていたミッシェル伯父がすぐ近くの厩舎に連れて行ってくれるときは別だった。午後の太陽が表の通りを温めているとき、薄暗がりのそこに入ると、まず彼は馬の毛と麦藁と糞の心地好い匂いを嗅いだ。首輪の鎖が木の給餌器をこする音が聞こえた。馬は長い睫毛の目を彼らの方に向けた。長身で、痩せていて、長い口髭をたくわえ、自分自身も麦藁の匂いを発散させるミッシェル伯父が彼を馬の中の一頭の上に乗せてくれても、馬はおとなしくふたたび自分の給餌器の中に首を突っ込んで、また燕麦を嚙み砕いていた。そうしている間に、伯父が子供にイナゴ豆をもってきてくれると、子供はさも美味そうにそれを嚙んで、しゃぶっていた。彼は心の中でいつも馬と結びついているこの伯父が大好きであった。復活祭の月曜日に家族揃ってシーディ＝フェリュッシュの森に遠出をしに行くときは、この伯父が一緒だった。そんなときミッシェルは当時彼らが住んでいた界隈とアルジェの中心部との間を走っていた鉄道馬車を一台借りてきた。それは背中合わせの座席のある、透かし格子のついた大きな鳥籠のようなもので、それに馬をつけるのだったが、そのうちの先頭にたつ一頭はミッシェルが自分の厩舎から選んできた馬だった。そして朝早くからみんなはその鉄道馬車に、ムーナと呼ばれる大きなブリオーシュとオレイエットと呼ばれる崩れやすく軽い菓子をいっぱい入れた大きな洗濯籠を積み込んだ。オレイエットは家の女どもがマルグリット伯母のところで、遠出の前に二日がかりで作るもので、小麦粉を一面に撒(ま)いた防水布の上で、練粉を麺棒(めんぼう)で布の上いっぱいに伸ばし、それを柘植(つげ)のパイローラーで切り分けたものだった。その菓子を子供たちがオーブン用の皿にのせて運ぶと、みんなはそれを煮えたぎる大きな油鍋(あぶらなべ)の中に放り込み、それから慎重に洗濯籠の中に並べるのであった。そこから発散するバニラの得も言われぬ匂いは、シーディ＝フェリュッシュに着くまでずっと彼らに付き纏(まと)い、それが海から海沿いの道路までやってくる波煙の匂いと一体となった。四頭の馬は力強くその香りを吸い込んでいた。ミッシェル*は馬に鞭(むち)をくれていたが、ときどきジャックを隣に座らせてくれた。ジャックは目の前で大きな鈴の音を立てながら揺れ動く四つの尻(しり)に魅了されてしまった。あるいは尻尾が跳ね上がるとき、尻の穴が開くことがあったが、そのときは美味(おい)しそうな馬糞がはみ出て、地面に落ちるのが見えた。その間、蹄鉄(ていてつ)が火花をちらし、馬が上下に頭を振ると鈴の音がいちだんと大きくなった。森の中で、他の人たちが木々の間に洗濯籠と布巾(ふきん)を広げてる間に、ジャックはミッシェルが馬を藁でこすり、その首に灰色の布製の給餌器を括(くく)り付けるのを手伝った。馬は給餌器の中でせっせと顎(あご)を動かし、人なつこい大きな目を開けたり閉じたりするかと思うと、今度はいらいらしながら蠅(はえ)を足で追い払っていた。森は人でいっぱいだった。みんな重なりあってものを食べ、アコーディオンかギターの音に合わせてところどころで踊っていた。海はすぐ近くでうなりをあげており、海水浴ができるほど暑くはなかったが、他の人たちが昼寝をしている間に、波打ち際(ぎわ)を素足で歩き回るには充分だった。他の人たちが昼寝をしている間に、それと気づかぬうちに和らいでいく光が、空の空間をいちだんと広大なものにしていった。それはあまりにも広大なので、子供は大きな歓喜の声をあげ、素晴らしい生にたいして感謝の念を覚えると同時に、身内に涙が湧(わ)き上がってくるのを感じていた。しかしマルグリット伯母は死んでしまった。彼女はたいそう美人で、いつも綺麗(きれい)な服を着て、お洒落(しゃれ)が過ぎると言われたくらいだった。しかし糖尿病のため肘掛(ひじか)け椅子(いす)から立ち上がれなかったのだから、彼女が悪い訳ではなかった。誰もいないアパートの中で、椅子に座ったまま、膨れ始め、巨体になっていった。あまりにも膨れたため、息が苦しくなり、それからはぞっとするほど醜くなった。娘たちや靴の修理屋をしている足の悪い息子に囲まれていたが、彼らは胸を締めつけられる思いで、息が切れてしまいやせぬかと様子を窺(うかが)っていた。*st 彼女はさらにインシュリンのせいで膨らんでいき、果たして本当に息絶えてしまった。*u

また祖母の姉で、日曜日の午後のコンサートに顔を出していたジャンヌ大伯母もやはり死んでしまっていた。彼女は石灰を白く塗った農場で、三人の戦争未亡人*vである娘たちに囲まれて、ずっと以前に死んでしまった夫のことをいつも話しながら、長い間頑張ってきた。マオン方言しか話さなかったそのジョゼフ大伯父のことを、薔薇色をした端正な顔の上の白髪と食事のときも被ったままであった黒いソンブレロのせいで、ジャックは素敵だと思っていた。比類のない高貴な顔をしており、根っからの農民の家父長といった風情をしていたけれど、それでも食事の最中に少し腰をあげて、不作法な音を放つこともあった。そんなときは妻の無言の叱責を前にして、丁重に詫びた。また祖母の隣人であったマソン家の人たちも全員死んでしまっていた。最初におばあさんが、次に長女の背の高いアレクサンドラが、それからアルカザール映画館のマチネで曲芸をし歌をうたっていた、耳の突き出た弟〔　　〕*4が死んだ。そう、みんな死んでしまった。兄のアンリが機嫌をとっていた、いやそれ以上に好きだった一番下の娘のマルトまでも。

もはや彼らのことを話すものは誰もいなかった。彼の母も叔父も亡くなった身内のことはもう口に出さなかった。ジャックがその痕跡を辿ろうとしている父のことも、他の誰のことも。彼らはあいかわらず必要最小限度のもので暮らしていた。もはや必需品にこと欠くわけではなかったが、それが習慣となってしまったのだ。それにまた人生にたいする無言の警戒心も働いていた。人生を動物的に愛していたのだが、不幸をもたらすというような兆候を見せず、規則正しく不幸を生み出していくこと[*w]を経験によって知っていたのだ。それにいま、黙って、背を丸めながら、思い出もなく、ただいくつかの定かならぬイマージュに忠実なまま、ジャックを囲んでいるこの二人は、死の縁を、つまりつねに現在を生きていた。彼は父親がどんな人であったかを彼らから永久に知ることはないだろう。ただ彼らの存在だけで、貧しくはあったが、幸せな子供時代に由来する新鮮な泉を蘇(よみがえ)らせてくれるときでさえ、彼はそうしたはなはだ豊かな思い出が、彼のうちにこんこんと湧き出てくるその思い出が、本当に当時子供であった彼に忠実であるのかどうか確信がなかった。反対に二、三の特権的イマージュの方がずっと確かであった。それは彼を二人に結びつけ、二人を通して彼を形作り、何年もの間彼が体現しようと努力してきたものを消滅させてしまい、最後に彼を無名の盲目的存在に貶(おとし)めるのであった。しかしその無名の存在こそ何年もの間家族を通して生き延びてきて、彼の真の気高さのもととなった。

それは夕食の後、家族全員が椅子を戸口の前の舗道に下ろしていると、彼らの前を街の人たちが行ったり来たりする間に、埃(ほこり)っぽい無花果(いちじく)から埃っぽく暑い空気が下りてきて、ジャック[*x]が母親の痩せた肩に頭をのせ、自分の椅子を少し後ろに傾けて、木々の間から夏の空の星を眺めているといったイマージュであり、あるいはまたクリスマスの夜、エルネスト抜きで、彼らがマルグリット伯母の家から十二時過ぎに帰る途中、家の近くのレストランの前で、一人の男が倒れていて、その周りで他の男が踊っているというイマージュであった。この二人の男はすでに酒を飲んでいたが、さらにもっと飲みたがった。レストランの経営者の痩せた金髪の若者は彼らを追い払った。彼らは妊娠していた店主の妻を蹴った。それで店主が発砲したのであった。弾は男の右のこめかみに命中した。その頭は今や傷口の方に傾いていた。酔いと恐怖で頭がおかしくなった連れの男は、倒れている男の周りで踊り始めた。店主が店を閉めている間に、警察が来るより先にみんなは逃げだしてしまった。互いに寄り添って暮らしている界隈の奥まった場所で、二人の女は子供をしっかりと抱き締めていた。先ほどの雨に濡れた舗道を照らすまばらな光と、濡れた道路でスリップする車の長い摩擦音、その中をもう一つの世界のこうした光景には無関心な陽気な乗客を乗せて市電が明かりをつけてチンチン鈴を鳴らしながらときどき通るといった風景は、ジャックの脅えた心の中に、あるイマージュを焼きつけ、それが今まで他の数々のイマージュを越えて生き残ってきたのであった。それは彼が昼間の間は無邪気に、また貪欲にわがもの顔に振るまっていたこの界隈のやるせなく押しつけがましいイマージュであった。しかもその風景が、一日の終わりに、通りが人影で〔満たされ〕始めるときにはにわかに神秘的で不安げになって、どこの誰ともわからずただ鈍い足音とくぐもったような声しか聞こえてこないたった一つの人影が、薬屋の赤ランプの光の中に真紅に照り映えながらときどき浮かび上がるときには、ジャックは急に不安に駆られて、家族の顔を見るために、みすぼらしい家の方に駆けて行くのであった。

6　小学校[1]

その人はジャックの父親を知らなかったが、彼に多少神話がかった形でしばしば彼の父親のことを話した。[a]そしていずれにしても、適当なときにその話をしてくれる場合には、その父親に取って代わることができた。それゆえジャックは彼のことを決して忘れたことがなかった。まるで、自分の知らない父親の不在を実感したことがあったわけではないが、彼の幼年時代に訪れた唯一の父親的仕種を、まず子供の頃に、またその後のこれまでの生涯全体にわたって、彼が無意識に認めてきたかのようであった。その仕種は思慮深いと同時に決断力に富むものであった。というのも小学校の最上級のクラスの教師であったベルナール氏は、その人間的影響力によって、ある時期、担任をしていたその子供の運命を変えてしまおうとしていた。そして実際に彼は変えてしまった。

今ベルナール氏はカスバの麓に近い、ロヴィゴ通りの角にある小さなアパートでジャックと向き合っていた。そこは町と海を見下ろすことができ、あらゆる人種とあらゆる宗教の小売り業者が住みつき、家々からスパイスと貧困の匂いが立ち昇る街であった。彼は老け込み、髪の毛も疎らになり、頬や手の透明になった皮膚に老いの染みが浮き出ており、動きも昔よりゆっくりになっていた。商店街を見下ろし、カナリヤの鳴く窓辺の近くに置いた籐の肘掛け椅子に座り直すことができると、はっきりと喜びを表した。昔はそんなことはなかったのだが、年とともに涙もろくなり、感動を表にあらわすようになっていた。しかしまだ矍鑠としており、かつて教室に突っ立って、「二人ずつ並びなさい。二人ずつだぞ。五人ずつとは言っていない!」と言ったときと同じように、声も大きく、しっかりしていた。ベルナール氏がそう言うと、押し合いへしあいが収まって、彼を恐れていたと同時に熱愛していた子供たちは二階の教室の廊下側の壁に沿って並んだ。そしてやっと整列ができ、不動の姿勢が取られ、子供たちが静かにしていると、「さあ入りなさい、わんぱく坊主め」という言葉が、彼らを解放した。それは動いてもよく、話をしてもよいという合図であったが、みんなベルナール氏よりは控えめにしていた。彼はがっしりとした体格を優雅な服に包み、整った精悍な顔立ちの上に少し疎らだがとてもつやつやした髪をのせ、オーデコロンの匂いを発散させながら、機嫌よく、だが厳しく子供たちを監視していた。

学校はこの古い街の比較的新しい部分にあり、七〇年の戦争の直後に建設された二、三階建ての家並みと、もっと新しい倉庫群とに囲まれていた。後にはこの倉庫群はジャックの家のあるこの街の大通りと石炭を山積みした桟橋の突き出たアルジェの内港とを埋め尽くすことになった。ジャックはしたがって、日に二回、四歳のとき幼稚園部に入って以来通いだしたこの学校に徒歩で通っていた。幼稚園については何の思い出も残っていないが、ただ、天井付きの中庭の奥をふさいでいたくすんだ色の石でできた洗面所で、ある日頭から先に落ち、血塗れで立ち上がったところ、眉弓がぱっくり開いて、女の教師たちが大慌てしたことを覚えていた。そのとき彼は初めて縫合クリップを体験したのだが、実を言えば、それを取り除くやいなや、もう一方の眉弓にそれを施さなければならなくなった。彼の兄が家で、彼に古い山高帽を前が見えなくなるほど目深に被せたうえ、足に絡まる古いオーヴァーを着せたので、タイルの剝がれた石材に頭をぶつけて、ふたたび血塗れになったからである。しかしすでに彼は、ほぼ一歳年上で、近くの通りに住んでいたピエールと一緒に幼稚園に通っていた。ピエールの母親もやはり戦争未亡人で、郵便局の職員となって、鉄道で働く彼の叔父たちのうちの二人と一緒に暮らしていた。二人の家族は何となく付き合っていた。言葉を換えて言えば、この界隈でそうであるように、つまりまずほとんど訪問しあうことはなくても尊敬しあっていて、まずそのような機会はなかったけれど、何かことがあれば助け合おうと心に決めていた。しかしジャックがまだローブを着て、半ズボンと年長者の義務を意識しているピエールに頼りながら、二人で一緒に幼稚園に行った最初の日から、子供たちだけは大の仲良しになった。その後二人は、ジャックが九歳で小学校の最上級クラスに入るまで、一緒に進級していった。五年間に四回同じクラスであった。一方はブロンドで、他方は褐色で、一方は冷静で、他方は激情的でありながら、その出自と運命からして兄弟であり、二人とも良い生徒で、疲れを知らぬ遊び手でもあった。いくつかの教科においてはジャックの方が優れていたが、彼が素行が悪く、そそっかしく、見栄っ張りで数々の愚かな行為を犯していたのにたいし、ピエールはもっと思慮深く、内向的であったので、その点ではピエールの方に軍配があがった。それで二人は代わる代わる首席を取ることになったが、それを鼻にかけるどころか、ただ家族を喜ばせようとするだけであった。彼ら自身のための喜びはそれとは違っていた。毎朝、ジャックは下の戸口でピエールを待っていた。二人は清掃人の来る前に、もっと正確に言えば、アラブ人の老人が操る一頭だての馬車が来る前に出掛けていた。舗道はまだ夜露に湿っていて、海からやってくる空気は塩の味がした。ピエールが住んでいた市場に通ずる通りには塵箱が点々と並んでいて、それを飢えたアラブ人やモール人が、ときとしてはスペイン人の浮浪者が、明け方に漁って、貧乏で締まり屋の家族さえ敢えて捨てようとしたものを探って何かを見つけようとしていた。そうした塵箱の蓋は普通は折り畳み式で、朝方のそのような時間には、逞しいが痩せている界隈の猫が浮浪者のあとを継ぐのであった。二人の子供にとって大切なことは、できるだけ静かに塵箱の後ろに回り込み、一気に塵箱の蓋を閉めて、中にいる猫を閉じ込めることであった。それを成功させるのは容易なことではなかった。というのも、貧民街で生まれ育った猫は自分たちの生存権を守ることに慣れている動物に見られる警戒心と俊敏さを持ち合わせていたからである。しかしときどき、美味しそうだが塵の山から引き出すのが難しい見つけものに心を奪われている猫が捕まった。蓋が音を立てて閉まると、猫は恐怖の叫び声をあげ、引きつったように背中と爪を使って、亜鉛の牢獄の天井を押し上げて外に逃れることに成功すると、恐怖のあまり毛を逆立てながら、自分たちの残酷さをほとんど気にかけていない猫の死刑執行人がゲラゲラ笑う中を、まるで猟犬の群れに追われているかのように逃げていった。*b

本当を言えば、この死刑執行人の行動はまた首尾一貫性を欠いていた。彼らは嫌悪感にかられて、この界隈の子供たちがガルーファ[*2]（スペイン語で……）と呼んでいる犬の捕獲人の後を追っ掛けて行ったからである。この市の役人はほぼ同じ時間に作業をしていたが、必要に応じて、午後にも巡回をしていた。それはヨーロッパ風の服を着たアラブ人で、たいていはものに動じないアラブ人の老人が操る二頭だての奇妙な車の後ろに座っていた。馬車の本体は木製の立方体のようなもので、その両側に、二列に丈夫な格子の嵌まった籠がついていた。全部で籠は十六あり、その一つ一つに犬を一匹ずつ入れることができた。捕まった犬は格子と奥の板との間に押し込められるのであった。馬車の後部のステップに乗って、捕獲人は顔をぴったりと籠の上に押しつけ、狩り場を監視することができた。学校に行く子供たちや、派手な花模様のあるネルの部屋着姿でパンや牛乳を買いに行く主婦たちや、折り畳み式の小さな物売り台を肩に担ぎ、もう一方の手で商品の入った巨大な麦藁の編み籠をもって市場から帰ってくるアラブ人の商人たちが姿を現し始める湿った道路を、馬車はゆっくりと走っていた。そして急に捕獲人の指示で、年寄りのアラブ人が手綱を後ろに引くと、馬車は止まった。捕獲人は、ときどき不安気な眼差しを後方に投げかけながら、熱に浮かされたかのように塵箱を漁るか、あるいは食物にありつけない犬の焦りと不安を顔に表して壁に沿って急ぎ足で歩いている哀れな獲物の一匹に目をつけたのであった。するとガルーファは馬車の上の、先に鉄の鎖がついていて、柄のところの輪を通してそれが締まるようにできている牛革の鞭（むち）を手に取った。捕獲人独特のしなやかで、素早い、静かな足取りで犬の方に進み、犬に近づき、もしその犬が飼い犬である証拠の首輪をしていないと、突然に驚くべき敏捷（びんしょう）さを発揮して犬の方に駆け出し、鎖と革の投げ縄のような役割を果たす武器を首の周りに巻き付けた。犬は一気に首を締められて、狂ったようにもがき、声にならない呻（うめ）き声をたてた。しかし男は「犬を」素早く馬車のところまで引っ張っていき、格子の嵌まった扉の一つを開き、ますます強く締めながら犬を持ち上げて、格子の間から慎重に投げ縄の把手（とって）を引き出しながら、籠の中に放り入れた。犬がそうして捕まってしまうと、彼はふたたび鉄の鎖を弛（ゆる）めて、今や捕われの身となった犬の首を自由にしてやるのであった。少なくとも犬が街の子供たちの保護を受けていないときには、物事はこのようにして過ぎていった。というのもみんなガルーファにたいしては団結して反対していたからだ。捕獲された犬は市の収容所に連れていかれ、三日間預けられて、その間に誰も引き取りに来ないと、殺されてしまうことを子供たちは知っていた。それを知らないときでさえ、獲物をいっぱい捕獲して、さまざまな毛並みの、さまざまな大きさの不幸な犬を満載して帰ってくる馬車の光景は彼らを憤慨させるに充分であった。犬は格子の向こうで脅（おび）え、馬車が通った後には呻き声と死にたいする恐怖の鳴き声が嫋々として漂った。それゆえ、捕獲車が街に姿を現すやいなや、子供たちは互いに警報を出しあい、街のすべての通りに散っていって、犬を追い立てるのであったが、それは恐ろしい投げ縄から遠く、町の他の区域に追い払うためであった。こうした用心にもかかわらず、何回もピエールやジャックが経験したように、捕獲人が二人の目の前で野良犬を先に発見してしまうことがあったが、そんなときの戦術はいつも同じであった。ジャックとピエールは、捕獲人が獲物に充分近づくことができる前に、叫び声を立てるのであった。ひどく甲高く大きな声で、「ガルーファだ、ガルーファだ」と叫ぶものだから、犬は大急ぎで逃げ出し、またたく間に手の届かぬところにいってしまった。この時は、二人の子供は彼ら自身足の早いことの証拠を示さなければならなかった。というのも、一匹捕らえるごとに歩合をもらっていた哀れなガルーファがカンカンになって、二人を捕らえようと牛革の鞭を振り回すからであった。大人たちもたいていは、ガルーファの邪魔をしたり、彼の前に立って足を止めさせ、犬の方を捕まえてくれと頼んだりして、二人の逃走を助けた。街の労働者たちは、みんな狩人なので、たいていは犬好きであり、こうした奇妙な職業をまったく尊重していなかった。エルネスト叔父が「あの役立たず奴が！」と言っていたように。こうした騒ぎをよそに、馬車を操っていた年寄りのアラブ人はどっしりと構え、黙りこくったまま平然としていたし、またもし言い合いが長引くときには、落ち着いて煙草を巻き始めた。猫を捕まえるか、犬を逃がすかした後は、子供たちは、冬には短いケープを風に靡かせ、夏にはサンダル（ムバと呼ばれる）をキュッキュッと鳴らしながら、大急ぎで学校と勉強に向かっていった。市場を抜けて行くとき、二人は陳列品の果物にちらりと目をやった。季節によって、セイヨウカリンやオレンジや蜜柑や杏や桃や蜜柑[*3]やメロンや西瓜の山が、中でも一番安いものだけを、それも少ししか味わうことのなかった二人の周りに並んでいた。それから噴水のてかてかした大きな泉盤の上で、鞄を離さずに、二、三回鞍馬をするように体をめぐらせた。それからティエール大通りの倉庫に沿って走って行き、リキュールを作るためにオレンジの皮を剝いている工場から漂ってくる匂いを顔一面に浴びながら、庭園や別荘の立ち並ぶ小さな通りを上り、やっとオームラ通りに出ると、そこには互いにペチャクチャ喋りながら開門を待っている小さな子供たちの群れがいた。

　それから授業が始まった。ベルナール氏の担任するこのクラスは、彼が情熱を込めて教師という職業を愛しているという単純な理由のために、いつもおもしろかった。外では太陽が黄褐色の壁の上で音を立てることもあり、一方暑さは黄色と白の大きな縞のあるブラインドの影に浸されていたとはいえ、教室の中でさえパチパチ音をたてていた。また雨が、アルジェリアではそうであるように、果てしのない大雨となって、道路を暗く湿った井戸にしてしまうことがあったが、そんなときでもクラスのみんなはほとんど気を散らさなかった。嵐の時の蠅だけがときどき子供たちの注意を逸らせていた。蠅は捕われの身となって、机の穴に差し込まれている円錐形の陶製の小さなインク壺を満たしている紫色の水に着水し、溺れて、醜い死体を見せ始めていた。しかし素行に関しては何一つ譲歩しないが、その代わり自分の教育を生き生きとした楽しいものにするために用いられたベルナール氏の方法は蠅に対する興味をも上回っていた。彼は折にふれて、宝物の入った戸棚から鉱物のコレクションや、植物の標本や、標本になった蝶や昆虫や、カードを、あるいは消えかかった生徒たちの興味を掻き立てるためのものを……引き出した。ベルナール氏は幻燈機を使う学校で唯一の教師だった。そして月に二回博物学や地理の教材をスライドで映写していた。算数の授業では、生徒の頭の回転を鍛えるために暗算のコンクールを行った。教室で生徒全員に腕組みをさせ、割り算や掛け算や、あるいはときとして少々複雑な足し算の問題を出した。一二六七十六九一はいくつですか？　一番多く正解した者には、月々の席次を決める元となる良い点が記入された。他のときには教科書を巧みにかつ正確に使いこなした……その教科書は本国で使われているものと同じであった。それでシロッコと埃とものすごいが短い土砂降りの雨と浜辺の砂と太陽の下で燃え立つ海しか知らない子供たちは、カンマやピリオドを発音しながら、彼らには神秘的な物語を一生懸命読んでいた。その中では、凍てつくような寒さのもとで、ボンネットを被り、毛糸のマフラーを巻き、木靴を履いた子供たちが、雪に覆われた道を柴の束を引きずりながら帰って来ると、煙を吐き出す煙突が彼らに豆のスープが暖炉で煮えていることを知らせる雪を被った家の屋根が見えるのであった。ジャックにとっては、こうした物語はエグゾティスムそのものであった。彼はそれに思いを馳せ、作文にまだ一度も見たことのない世界の描写を盛り込むのであった。そして二十年前に一時間だけアルジェ地方に降った雪について、祖母にあれこれ尋ねるのを止めなかった。こうした物語は、彼にとって、学校に関する力強い詩の一部になっていた。その詩は定規に塗られたニスと筆箱の匂いや、勉強に行き詰まると長々としゃぶっていた鞄の負い紐の得も言われぬ味わいや、とくに蓋に肘型のガラスのノズルが付いている黒々した巨大な瓶で机のインク壺を満たす番が回ってきたときの紫色のインクのほろ苦く渋い匂いを題材にしていた。ノズルの先の匂いを嗅ぐと、印刷と糊のよい匂いのするある種の書物のすべすべした艶のある紙と同じ甘い香りがした。さらに雨の日には、教室の奥にかけられた毛糸のフードつき外套から立ち昇る湿った毛糸の匂いを嗅ぐと、そこに木靴を履き毛糸のボンネットを被った子供たちが、雪の中を、温かい家の方に駆けて行くエデン的世界が予示されているように思われた。

ジャックとピエールにとってこうした喜びを与えてくれるのは学校だけだった。またあれほど情熱的に愛していたものは、恐らく自分たちの家では見つけることのできなかったものであった。家では貧困と無知が、生活をいっそう辛いものに、いっそう味気ないものに、それ自体で閉ざされているようなものにしてしまっていた。貧乏は跳ね橋のない要塞である。

しかし貧乏はそれにとどまらなかった。というのも、ジャックは、ヴァカンスの間に、疲れを知らぬ子供を厄介払いするために、祖母が彼を五十人ばかりの子供たちと一握りの指導教官と一緒に、ミリアナのザカールの山で開かれる林間学校に送り込んだときは、自分が子供たちのうちでも最も惨めであると感じていたからだ。そこでは彼らは食堂を備えた学校を占領して、快適にものを食べたり眠ったりし、昼間は優しい看護婦にずっと見守られながら、遊んだり散歩をしたりしていた。しかしそれに加えて、夕方がやってきて、陰が全速力で山の斜面を駆け上がり、近くの兵営のラッパが、人が訪れるすべての場所から百キロばかり離れたこの山間の小さな鄙びた町の広大な沈黙の中で、消灯時間を知らせる憂愁に満ちた曲を奏でるとき、子供は果てしない絶望が心のうちに湧き上がってくるのを感じて、彼の子供時代からすべてを取り上げてしまう貧乏な家にたいして黙って非難の叫び声をあげるのであった。[*c]

違う、学校は彼らにただ家族の生活からの逃亡の機会を与えてくれただけではなかった。少なくとも、ベルナール氏のクラスでは、学校は大人にとってより子供にとって本質的な渇望、つまり何かを発見しようという渇望を彼らのうちに涵養していたのであった。他のクラスでも、子供たちは恐らく多くの事柄を学んでいただろう。しかしそれは少々鵞鳥を飼育するのに似ていた。出来合いの糧を与えて、それをしっかり飲み込むように仕向けるのだった。ジェルマン氏[*4]のクラスでは、彼らは自分たちが存在しており、この上なく大きい尊敬の対象になっていると初めて感じていた。すなわち彼らは世界を発見するに相応しいものと判断されていたのである。それに彼らの教師自身、たんに彼らを教育することで得ていた報酬に見合ったことを教えることに身を捧げていただけではなかった。子供たちを気軽に私生活の中にも受け入れていた。そして共に生活しながら、自分の子供時代の話やこれまでに教えた子供たちの話をしてくれたし、自分の観念を押しつけるのではなく、一つのものの見方を示してくれた。というのも、ジェルマン氏は例えば多くの同僚と同じように反教権主義者であったが、授業中に宗教に反対するようなことは一言も言わなかったし、選択とか確信の対象となりうるようなものについても一切反対意見は言わなかった。しかしただ議論するまでもないもの、すなわち子供たちの盗みとか密告とか不作法とか不衛生とかいったものだけを力をこめて咎（とが）めるのだった。

しかし何よりもまだごく最近のことで、自分も四年間参加していた戦争や兵士の苦しみやその勇気や忍耐や休戦の喜びについて、子供たちに話をしてくれた。学期が終わりに近づくと、子供たちをヴァカンスに送り出す前に、時間割りの許す範囲で、ときどきドルジュレスの『木の十字架』[*d]の一節を長々と読んで聞かせることを常としていた。ジャックにとって、この朗読はさらにエグゾティスムへの扉を開いてくれた。だがそのエグゾティスムには、理論上は別として、ジャックが一度も会ったこともない父親と決して比較したことがないにもかかわらず、恐怖と不幸が付き纏（まと）っていた。ジャックはただ全身全霊でもって、教師が心を込めて読んでくれる話に聞き入っていた。それはジャックにふたたび雪や彼の大切な冬を語りかけてきたが、同時にまた厚い生地の服を着て、泥濘（でいねい）の中で動きが取れなくなるような特異な男たちの話であり、奇妙な言葉を喋り、頭上を砲弾やロケット弾や弾丸が飛び交う中を塹壕（ざんごう）の中で暮らしている男たちの話でもあった。ジャックとピエールはいつも朗読が終わる度に、次回を待ち兼ねる思いが募っていった。それはまさしくまだみんなが口にしているあの戦争（そしてジャックは黙って、だが聞き耳をたてて、ダニエルが彼なりにマルヌの会戦のことを話すのを聞いていた。彼は参戦していたのだが、彼の言によれば、彼らアルジェリア歩兵（ズアーヴ）はどのようにして復員できたのかわからなかった。彼らは散開し、次いで突撃の命令を受けて、斜面を下って谷底の道に突っ込んでいった。前方には誰もいなかったし、前進を続けていると、丘の中腹に差し掛かったとき、突然機関銃手が現れ、みんな折り重なって倒れ、谷底には血潮が溜（たま）り、お母さんと叫ぶ者がいたりして、それは酷（ひど）いものだった）、生き残った者が忘れることのできないあの戦争、彼らの周囲で決定されるすべてのことに、他のクラスで朗読されている妖精（ようせい）物語以上に魅力的で驚くべき物語のためになされるすべての計画の上に、その影が漂っているあの戦争のことだった。もしベルナール氏がプログラムを変えることを思いついたら、彼らが聞かされる妖精物語など絶望と退屈しか与えなかっただろう。しかしベルナール氏は続けていった。楽しい場面が恐ろしい記述と交互に混じり合い、アフリカの子供たちは徐々に彼らの社会の一部をなしているさまざまなことを知るようになっていった。子供たちは自分たちの間では、そうした人たちをまるで今そこにいる旧友のように話していたし、それがあまりにも生き生きしているので、少なくともジャックはそうした人たちが戦争を生きてきたにもかかわらず、戦争の犠牲になる危険性があるとは一瞬たりとも考えなかった。そして年末に、本の終わりに差し掛かったとき、ベルナール氏は、いつもより重苦しい口調で、Dの死の場面を読みあげた。ベルナール氏が過去の記憶に感動を呼び起こされ、黙って本を閉じ、その後で唖然として黙しているクラスの生徒たちの方に目をやったとき、第一列に座ってじっと自分を眺めているジャックが、顔を涙で濡らしているのを見た。ジャックは体を震わせながらいつまでもすすり泣き、決してそれが止む気配がなかった。「さあさあ、子供たち。さあさあ、子供たち」とベルナール氏はやっと聞き取れるくらいの声で言って、生徒に背を向けて、本を戸棚にしまいにいった。

「待っててくれよ。君」とベルナール氏は言った。彼は大儀そうに立ち上がり、とてもきれいな声で鳴いているカナリヤの籠の格子に人差指の爪をかけた。「ああ！　カジミール、腹が空いているんだな。父親に頼んでいるんだ。」それから部屋の奥の暖炉の近くにある小学校の生徒用の小さな机の方に「向かっ」た。引き出しの中を掻き回し、それを締め、また別の引き出しを開け、そこから何かを取り出した。「ほら、これは君にだ」と彼は言った。ジャックは乾物屋の茶色い紙にくるんであって、表紙にはなんの活字もない本を受け取った。開けて見る前から、ジャックにはそれが『木の十字架』であることがわかっていた。ベルナール氏が教室で読んで聞かせたときの本であった。「いえ、いえ、これは……」ジャックは、立派すぎる、と言おうとした。しかし言葉が見つからなかった。ベルナール氏はその老いた顔で頷いた。「君は最後の日に泣いていたね。覚えているかね？　あの日以来、この本は君のものだ。」そう言って突然赤くなった目を隠すために顔を背けた。それからふたたび机の方に行き、両手を後ろに回してジャックのところに戻ってきた。そして鼻の下で、短いが丈夫な赤い定規*eを振り回しながら、ジャックに向かって笑いながら言った。「大麦糖を覚えているかね？」――「ああ、ベルナール先生、するとまだ持っていらっしゃったんですね！　ご承知のように、今は禁止ですよね。」――「ふん、あの頃も禁止だった。でも君は私がこれを使ったことの証人だな！」ジャックは証人だった。というのも、ベルナール氏は体罰に反対ではなかったからだ。普通の罰は、確かに、悪い点をつけるだけだった。彼は月末に生徒が獲得した点数を減らしたが、生徒はそのために全体の席次が下がってしまうのであった。しかし重大な悪さをした場合には、ベルナール氏はしばしば同僚の教師たちがしていたように、違反者を校長のもとに追いやるというようなことはまったく考えていなかった。いつも同じやり方で、自らことに当たった。「かわいそうなロベール君」と彼は静かに、上機嫌を保ちながら言った。「大麦糖を受けてもらわなければいかんな。」クラスの誰も反応を示さなかった（ただ人間の心はいつもきまって誰かが受ける罰は他の者にとっては喜びに感じられるという規則に従って、こっそりと笑うのは別として）*f。子供は青くなって立ち上がったが、たいていの場合は毅然とした態度をとろうと努力していた（中にはすでに湧き上がってきた涙を抑えながら、もう黒板の前の机の脇に立っているベルナール氏の方に進んで行く者もいた）。いつも同じ手順で、そこにはいささかサディズムが入りこんでいたが、ロベールかジョゼフは自分で机の上の〈大麦糖〉を手に取って、それを供犠を捧げる祭司に渡すのであった。

　大麦糖とは太く短い木製の赤い定規のことで、インクの染みがつき、小さな刻み目と切り込んだ溝のために変形していた。ベルナール氏はずっと以前にそれをもう忘れてしまった生徒の一人から押収したのであった。生徒がベルナール氏にそれを渡すと、彼はたいていからかうような表情で、両足を開いた。子供は教師の両膝の間に頭を差し入れなければならなかった。すると教師は股を締めて、しっかりと動かないようにした。そうして差し出された尻に、悪さの程度に応じて数を違えて、両方の尻をそれぞれ公平に定規で力をこめて叩くのであった。このような罰についての生徒たちの反応はそれぞれであった。ある者は叩かれる前にすでに呻き声を立てていた。すると勇猛果敢な教師はまだ早いということを知らせた。またある者は無邪気に尻を両手で覆っていたが、そのときはベルナール氏は軽く叩いて手をどかせていた。また定規で打たれるときの痛さに耐え兼ねて、足を力いっぱい跳ね上げる者もいた。それにジャックもその仲間だったが、一言も言わずに、体を震わせながら、耐え忍び、大粒の涙をこらえて自分の席に戻る者もいた。しかしながら、全体的にみて、この罰は嫌われることなく受け入れられていた。それはまず子供たちは誰もが家でぶたれていたからであり、また矯正は彼らにとって自然な教育方法であると思われていたからであり、さらに教師の公平さは疑う余地のないものであったし、いつも同じではあったが、どのような種類の違反が罪滅ぼしの儀式に繋(つな)がるかをみんなが前もって知っていたからであった。悪い点をつけられるだけで済む行為の枠を越えた者はどのような危険にさらされるかを心得ていた。宣告はトップクラスの者にもビリの者にも、同じような愛情のこもった公正さをもって行われた。明らかにベルナール氏がたいそう気に入っていたジャックも、他の生徒と同様に、罰を受けたが、ベルナール氏がみんなの前で彼がお気に入りであることを表明した日の翌日にでさえ、罰を受けることがあった。ジャックが黒板の前にいて、正解をして、ベルナール氏に頬を撫(な)でられたとき、教室の中で、「お気に入り奴(め)が」という密(ひそ)かな声が聞こえてくると、ベルナール氏はジャックを自分の方に引き寄せ、一種の威厳を込めて、「そうだ、私は君たちのうちで、戦争で父親を亡くした者全員と同様に、コルムリイを贔屓にしている。私はそんなお父さんたちと一緒に戦争に行った。それなのに私は生きている。私は少なくとも、この教室の中では、死んだ仲間の代わりを務めようと努力している。それなのに今もし誰かが、私が〈お気に入り〉をもっているというなら、言うがよい！」この演説は全員の沈黙によって迎えられた。授業が終わったとき、ジャックは誰が自分のことを〈お気に入り〉と呼んだのかと尋ねた。実際このような侮辱を憤慨もせずに受け入れることは名誉を失うことに繋がった。「ぼくだ」と背が高く、ブロンドの髪をして、かなり無気力で、精彩を欠く少年のミュノが言った。彼は滅多に自分を表さなかったが、ジャックにたいしてはつね日頃から反感を抱いていた。「よし、それじゃあお前のかあちゃんは淫売だ！*g」とジャックが言った。それはまた儀式どおりの罵りの言葉で、その後はすぐに殴りあいになった。地中海沿岸地方では、母親や死者にたいする侮辱は、はるか昔から、このうえなく重大なことであったのだから。しかしミュノは躊躇っていた。しかし儀式は儀式だった。他のものは彼に向かって、「さあ、野原にいけよ」と言った。野原は学校からほど遠からぬところにある空き地のようなところで、ところどころ痩せた草が生えており、古い輪とか缶詰の缶とか腐った樽がいっぱい置いてあった。〈殴り合い（ドナド）〉が行われるのはそこだった。殴り合いは簡単に言えば決闘で、拳（こぶし）が剣に取って代わっていた。しかし少なくともジャックの心の中では、剣の決闘と同じ儀式に従っていた。直系の先祖ないしは祖先が罵られたときにせよ、国籍ないし人種がけなされたときにせよ、密告されたり密告したという嫌疑をかけられたときにせよ、ものを盗んだときにせよ、盗んだという嫌疑をかけられたときにせよ、あるいはまた子供の社会では日常茶飯事であるようなもっと原因のはっきりしないことのためにせよ、殴り合いは、実際、対戦する一方の名誉がかかっているような喧嘩（けんか）の決着をつけることを目指していた。生徒の一人が返礼しなければならないような大きな侮辱を受けたと感じるとき、あるいはとくに彼の立場に立ってみんながそう感じたときには（そして彼はそれを納得するのであった）、決められた言葉は、「四時に、野原で」であった。この言葉が発せられると、興奮は収まり、とやかく言う者はいなかった。対戦する二人はそれぞれ仲間を従えて引き下がった。それに続く授業の間、ニュースは戦士たちの名前をつけて席から席へと伝わっていった。仲間たちはその戦士たちの方をこっそりと盗み見るので、彼らはしたがって冷静さと男らしさに相応しい決然とした態度を取って見せるのであった。しかし内心はまったく違っていた。もっとも勇気のある者でも、暴力に対決しなければいけないときが近づいてくるのをみて不安になり、授業も上の空であった。しかし反対陣営の仲間が戦士を、〈ぶるっている〉という慣用的に認められている表現に従って、冷やかしたり、非難したりすることはしてはならなかった。

ジャックはミュノを挑発することによって男の義務を果たした後、暴力と対決し、またそれを行使しなければならない状況に置かれたときのように、いずれにしても充分〈ぶるって〉いた。しかしジャックは決心し、そうなるともう心の中では、自分が後ずさりをするなどということは、一秒たりとも問題にならなかった。それが物事の道理であり、戦いのときがくると、行動に移る前に彼の胸を締めつけていたあの軽いむかつきが消えて、自分自身の暴力に興奮してしまったが、それは役に立ったときもある一方、戦術的にマイナスに働くこともあった……そして彼にとって価値のあった[*5]……。

ミュノとの戦いの夕方、すべては儀式通りに展開された。二人の対戦者は、すでに戦士の鞄(かばん)をもち、セコンドに早変わりした自分たちの支援者を従えて、野原に一番乗りした。そのあとに喧嘩に魅せられ、やがて戦場で対戦者を取り囲む連中がみんなやってきた。対戦者は短いケープと上着を取って、セコンドの手に委(ゆだ)ねた。ジャックは今回は血気にはやり、さして確信がないまま、先に前に出て、ミュノを後ずさりさせた。ミュノは慌てて下がりながら、相手のフックを不器用に避け、ジャックの頬に一撃を食らわせた。痛い思いをしたジャックは抑えていた怒りが身内に漲ってきて、さらに見物人の叫び声や笑いや応援によって訳がわからなくなった。ジャックはミュノに飛びかかり、パンチを雨霰と浴びせ、相手を反撃不能にさせた。そしてかなり嬉しくなって怒りの一撃を不幸な対戦者の右目に浴びせた。ミュノはまったくバランスを崩し、今しがた片方の目が腫れ上がってしまったので、もう一方の目から涙を流しながら、惨めにも尻餅をついた。相手の目に青痣をつけることは素晴らしいパンチの成果であり、たいそう尊重されていた。というのも、それは数日間はもつし、明らかな仕方で、勝者の勝利の印となるからであり、見物人にスー族のような叫び声をあげさせるからであった。ミュノはすぐには起き上がれなかった。するとすぐにジャックの親友であるピエールが厳粛な面持ちで介入し、ジャックの勝ちだと宣言し、上着に袖を通させ、短いケープを掛けてやり、崇拝者の一団に取り囲まれて、彼を連れ去った。一方ミュノはあいかわらず泣きながら、意気消沈した小さな輪に囲まれて服を着ていた。ジャックはこれほどあっけなく圧勝するとは考えていなかったので頭がボーとしていて、取り巻きたちの祝辞やもう美しく潤色された勝負の物語をほとんど聞いていなかった。ジャックは喜びたかった。虚栄のうちのどこかは喜んでいた。とはいえ、野原を去るとき、ミュノの方を振り返って自分が打ちすえた相手のがっかりした顔を見ると、突然陰気な悲しみが胸を締めつけた。そしてかくして知ったのだった。一人の人間に勝つことは相手に負けることと同じくらい苦いものだから、戦争はよくないということを。

さらに教育を完全なものにするために、即座に栄光のあとには失墜があるということを知らされた。実際、その翌日、仲間たちが褒め称えながら押し寄せてきたとき、ジャックは自慢をし、虚勢をはらなければならないのだと悟った。授業が始まったとき、ミュノの名前が呼ばれても返事がなかった。ジャックの近くにいる者はこの欠席を皮肉な嘲笑を込めて解説するか、勝者の方に向かってウインクをしたりした。ジャックは仲間たちに、頬を膨らませながら、半分閉じた目を向けて、答えてしまうのだった。ベルナール氏がじっと見ていることに気がつかぬまま、滑稽な身振りをしてみせたが、教師の声がしんとした教室に響き渡ったので、すぐに止めてしまった。「かわいそうな私の〈お気に入り〉よ」といつも真面目な顔で冗談を言う教師が言った。「君は他の連中と同じように大麦糖を受ける権利がある。」勝利者は立ち上がり、厳罰の道具を取りに行かなければならなかった。そしてベルナール氏の周囲に漂っているオーデコロンの心地好い匂いの中に入っていき、ついに厳罰の不名誉な姿勢を取らざるをえなかった。

ミュノ事件はこの実践的哲学のレッスンだけで終わるはずはなかった。ミュノの欠席は二日続いた。それでジャックは、得意満面を取り繕ってはいたが、なんとなく不安になっていた。三日目に、上級生が教室に入ってきて、ベルナール氏に校長がコルムリイを呼んでいると告げた。校長に呼ばれるのは何か重大な事態が起きたときだけだった。教師は大きな眉毛を吊り上げ、ただこう言った。「急ぎなさい、ちび君。君が馬鹿なことをしなかったものと期待しているよ。」ジャックは、重い足取りで、焼けつくような暑さを防ぐには充分でない痩せた影を落とすコショウボクの植わったセメント敷きの中庭の上の回廊に沿って、その奥にある校長の部屋まで上級生の後についていった。中に入って最初に見たものは、校長の机の前に、一人の婦人としかめっ面をした紳士につきそわれたミュノの姿であった。ミュノの目は膨れ上がり、完全に塞がっていて、その顔も変形していたものの、ミュノが無事であるのをみてホッとした気持ちになった。しかし彼はホッとした気分を味わっている暇はなかった。「仲間を殴ったのは君かね？」と禿頭で、力強い声を出す赤ら顔の校長が言った。「そうです」とジャックがうつろな声で答えた。「そう申し上げたでしょう、先生」と婦人が言った。「アンドレは不良ではございません。」「殴り合いをしたのです」とジャックは言った。――「そんなことを知りたいわけではない」と校長が言った。「君も知ってるように、私は一切の喧嘩を禁じている。たとえ学校の外でもだ。君は仲間に傷を負わせた。もっとひどい傷を負わせることもできたかもしれない。最初の警告として、君は一週間すべての休み時間に立っていなさい。もしまたやったら、今度は退学だよ。君の両親に君が罰を受けたことを知らせておこう。教室に戻ってよし。」ジャックは唖然として身動きしなかった。「行きたまえ」と校長が言った。ジャックが教室に戻ると、「それで、ファントマ君？」とベルナール氏が言った。ジャックは泣き出した。「さあ、話を聞こう。」子供は、途切れ途切れに、先ず罰のことを、次いでミュノの両親が苦情を言ってきたことを告げ、それから、喧嘩のことを話した。「なぜ殴り合ったのかね？」――「彼がぼくのことを〈お気に入り〉と言ったからです。」――「もう一度言ったのかね？」――「いいえ、ここで、授業中にです。」――「ああ、あれは彼だったんだな！　それで君は私が充分に君を弁護しなかったと感じたわけだ。」ジャックは心を込めてベルナール氏の方を見た。「いいえ、違います、違います、先生は……。」そしてジャックは本当に泣きじゃくった。「席に行ってお座り」とベルナール氏は言った。――「これでは不公平です」と子供は涙の中から言った。「違うよ」

とベルナール氏は穏やかに言った。*6

その翌日、休み時間に、ジャックは中庭と楽し気な仲間たちの叫び声に背を向けて、雨天体操場の奥で立ちんぼをしていた。体重をかける足を替えた。*h 自分も駆け出したくてうずうずしていた。ときどき後ろを振り返ってみた。すると彼の方に目を向けずに、中庭の隅を同僚と一緒に散歩をしているベルナール氏の姿が見えた。しかし二日目に、知らぬ間にベルナール氏は後ろにきて、首筋を優しく叩いた。「そんな顔をするな、近眼君。ミュノも立ちんぼをしているよ。ほら許すから後ろを見てごらん。」本当に、中庭の反対側で、ミュノはただ一人で不機嫌な顔をしていた。「君の共犯者たちは君が立ちんぼをしている一週間は、彼と遊ばないことに決めたんだよ。」ベルナール氏は笑った。「いいかい、君たちは二人とも罰を受けたんだよ。これでいいのさ。」それから子供の方に身をかがめて、優しい笑いを浮かべながらこう言ったが、それは罰を受けた子供の心に波のように愛情を湧(わ)き上がらせた。「いいかい、ちび君、君を見れば、誰だって、君があれほど強いパンチの持ち主だなんて考えられんさ。」

今日カナリヤに話し掛け、彼が四十歳になるのに〈ちび君〉と呼ぶこの人物を、ジャックはこれまで、年月や別離やさらには第二次世界大戦があって最初は少し、次いで完全に疎遠(そえん)になってしまい、その消息がまったくわからなくなってしまっても、反対に子供のように幸せな気持ちで、ひたすら愛し続けてきた。一九四五年に、兵士の頭巾つき外套姿の年配の国土防衛軍の兵士が、パリの彼の家の呼びりんを鳴らしたが、それはふたたび従軍したベルナール氏であった。「戦争が起こったからではない」と彼は言った。「ヒトラーに反対なのだ。君も戦ったのだね、ちび君。君が生まれのよい人種であることは私にはわかっていた。君はまた母上のことも忘れなかったと思う。君の母上は世界でいちばんだからな。さてこれからアルジェに帰るんだが、会いに来てくれたまえ。」それ以来ジャックは十五年前から、毎年ベルナール氏に会いに行くことになった。毎年、今日のように、暇を告げる前に、戸口で彼の手を握る涙もろいこの老人を抱き締めた。ジャックがもっと大きな発見の方に歩んでいけるように、彼を根なし草にした責任を取りながら、彼を世間に送りだしたのはベルナール氏であった。*i

学期が終わりに近づいた。するとベルナール氏はジャックとピエールとサンティヤゴとすべての教科に等しく秀でている一種の秀才であるフルウリイにあることを命じた。「彼は理工科学校向きの頭をしている」と教師は言った。サンティヤゴというハンサムな少年は、多少才能に乏しかったが、勤勉さでそれを補っていた。「ほら」と教室が空になったときベルナール氏は言った。「君たちは私の一番よい生徒たちだ。

私は君たちをリセとコレージュに進学するための奨学金を貰えるよう推薦することに決めた。もし上手くいけば、君たちは奨学金を貰えるだろうし、バカロレアまでリセでさまざまな勉強ができるだろう。小学校は学校のうちでももっとも素晴らしいところだ。しかしそれは君たちをどこかに導くというわけのものではない。リセは君たちにさまざまな扉を開いてくれる。そうした門を潜るのが、君たちのような貧しい少年たちである方が、私には嬉しいのだ。しかしそうするためには、君たちのご両親の許可が必要だ。早く帰りなさい。」

彼らは仰天して走り出し、相談もせずに別れを告げた。ジャックは、食堂の防水布をかけたテーブルの上で、レンズ豆を選り分けている祖母を見つけた。彼は躊躇い、それから母の帰りを待つことにした。母親は明らかに疲れた様子で帰ってくると、エプロンを掛け、祖母の手伝いをするために、レンズ豆を選り分けに行った。ジャックも手伝うと申し出た。そして白い陶製の大きな皿を与えられたが、その方が良いレンズ豆の粒を選り分けやすかった。顔を皿に向けたまま、彼はニュースを知らせた。

「いったい何の話だね？」と祖母が言った。「何歳でバカロレアを受けるんだい。」――「六年後さ」とジャックが言った。祖母は皿を押しやった。「聞いたかい」と祖母はカトリーヌ・コルムリイに言った。彼女は聞いていなかった。ジャックはゆっくりと母親に向かってそのニュースを繰り返した。「まあ！　それはお前が頭がいいからだね。」――「頭がよかろうと悪かろうと、来年はこの子には見習いをしてもらわなくちゃ。お前もよく知っての通り、家にはお金はないんだからね。週給を入れてくれるよ。」――「そうね」とカトリーヌが言った。

外では、日の光と暑さが和らぎ始めていた。作業場がフル回転しているこの時間には、町は人影もなく静まりかえっていた。ジャックは通りを眺めていた。彼はベルナール氏の言うことに従いたいということを除いて、自分が何を望んでいるのかわからなかった。しかし九歳では、わからなかったろうし、祖母の言いつけに背くこともできなかった。しかし祖母の方も明らかに迷っていた。「お前はその後で何をするんだい？」――「わからない、多分ベルナール先生のように、小学校の先生になるかもしれない。」――「そう、六年後にね！」祖母は前よりゆっくりとレンズ豆を選り分けていた。「やれやれ！」と祖母は言った。「でも駄目だね、家は貧し過ぎるから。ベルナール先生に家はできないって言いなさい。」

その翌日、他の三人はジャックに彼らの家族は受け入れたと伝えた。「それで君は？」――「わからない」とジャックは言った。すると突然自分は友達よりさらにもっと貧乏なのだと感じて、胸が詰まった。放課後、彼ら四人は残った。ピエールとフルウリイとサンティヤゴは回答を伝えた。「それで君は、ちび君？」――「わかりません。」ベルナール氏は彼を眺め、「結構だ」と他の子供たちに言った。「しかし授業が終わってから、夕方、私と一緒に勉強をしなければいけないよ。手筈を整えておくからね。君たちは帰ってよろしい。」三人が去っていくと、ベルナール氏は肘掛け椅子に座り、ジャックを傍に引き寄せた。「それで？」――「お祖母さんが言うには、家は貧乏過ぎるし、それで来年から働かなければいけないって。」――「それで、お母さんは？」――「うちではお祖母さんが取り仕切っているんです。」――「わかっている」とベルナール氏が言い、考え込んでいたが、ジャックを抱き締めた。「いいかい、お祖母さんの気持ちをわかってあげなければいけないよ。あの人にとって、生活は厳しいんだ。お祖母さんとお母さんは二人して、君たち、つまり君とお兄さんを養い、こんなによい少年たちに育ててあげてくれた。だからお祖母さんは恐いんだね。当然のことだ。奨学金はあっても、さらに君を少々助けてあげなければいかんだろう。いずれにせよ、六年間、君は家に金を入れることはできないんだからね。お祖母さんの気持ちもわかるだろう？」ジャックは教師の顔を見ずに、頷いた。「よろしい、しかしたぶんお祖母さんに説明してあげることはできるだろう。鞄をもちなさい。私も一緒に行こう。」――「家にですか？」とジャックが言った。――「そうだとも、君のお母さんに会うのは嬉しいことさ。」

しばらくたって、ベルナール氏は、ジャックが仰天して見つめるなかで、入口のドアをノックした。祖母がエプロンで手を拭きながらドアを開けにきたが、エプロンの紐はあまりにもきつく締めてあったので、老女の腹が迫り出して見えた。教師の姿を見ると、髪を撫でつける仕種をした。「さてと、おばあちゃん」とベルナール氏が言った。「あいかわらず、お仕事中ですか？　なんと感心なお方だ。」祖母はお客を部屋に通したが、そこを通り抜けて食堂に行かなければならなかった。テーブルの傍に客を座らせると、祖母はコップとアニス酒を取り出した。「お構いなく、私はあなたにちょっとお話があって来ただけですから。」最初のうち、ベルナール氏は祖母に彼女の子供たちのことや、農場での暮らしのことや彼女の夫のことについて尋ね、それから自分自身の子供たちのことを話した。このときカトリーヌ・コルムリイが入ってきて、慌てて、ベルナール氏のことを〈先生様〉と呼び、髪を梳かし、新しいエプロンをつけるために、自分の部屋に入って行った。それからテーブルから少し離れて、椅子の端にちょこんと腰掛けた。「君は」とベルナール氏はジャックに言った。「私が通りに出たら会いにきなさい。」「おわかりでしょう」とベルナール氏は祖母に言った。

「私はこれからお子さんのことを褒めるでしょうけれど、それは充分に本当のことだと信じられるわけでして……。」ジャックは外に出て、階段を駆け下り、入口のドアのところに陣取った。さらに一時間たってもあいかわらずそこにいた。通りはすでに賑わってきて、無花果の木を通して見える空は緑色に変わってきた。とそのときベルナール氏が階段を下りて、ジャックの背後に浮かび出た。ベルナール氏は子供の頭を撫でた。「さてと、わかってもらえたよ。君のお祖母さんは正直なお人だ。お母さんの方は……。本当に！」と彼は言った。「お母さんのことを決して忘れるんじゃないよ。」「先生」と突然廊下に姿を現した祖母が言った。片手にエプロンを持ち、目を拭いていた。「忘れましたけど……先生はジャックに余計に授業をしてくださると言われましたね。」――「勿論です」とベルナール氏が言った。「彼を遊ばせはしませんよ、信じて下さい。」――「でも私どもはお支払いすることができません。」ベルナール氏は祖母を注意深げに眺めた。彼はジャックの肩をつかんでいた。「そんなことはしないで下さい」と言ってジャックを揺すった。「この子がすでに支払ってくれました。」ベルナール氏はもう立ち去ってしまった。すると祖母はジャックの手を取ってアパートの方に登って行って、一種の絶望が入り雑じる愛情を込めて、初めてジャックの手をきつく握りしめた。「坊や、坊や」と言っていた。

一ヵ月の間、毎日、放課後に、ベルナール氏は四人の子供を残し、二時間勉強させた。ジャックは、夕方、疲れていると同時に興奮しながら家に帰り、さらに宿題に取り掛かった。祖母はそんな彼を、悲しみと誇りの入り雑じった顔で、眺めていた。「あいつは頭がいいんだ」とエルネストは納得して、自分の頭を拳(こぶし)で叩(たた)きながら言った。「そうだよ」と祖母が言った。「でも私たちはどうなるんだろうね？」ある晩のこと、祖母は思わずはっとした。「それにこの子の初聖体拝領は？」本当を言えば、宗教はこの家族のうちではいかなる地位をも占めていなかった。*7 誰もミサに行くことはなかったし、誰も神の掟(おきて)を引き合いにだしたり、教えたりしなかったし、さらに誰も来世の報奨とか罰を仄(ほの)めかすこともしなかった。祖母の前で誰それについて、彼が死んだと言えば、祖母は「よし、これであの人も屁(へ)をこくこともないだろうよ」と言っていた。もしその誰かが、少なくとも祖母が愛情をもっていたと見なされる人物であるときには、「可哀相(かわいそう)に、まだ若かったのにね」と言っていた。たとえ故人がずいぶん前から死んでもいいような歳(とし)になっていたときでも同じであった。それは祖母が無分別であるからではなかった。なぜなら、自分の周囲で多くの人間が死ぬのを見てきたのだから。二人の子供、夫、婿(むこ)、それに甥(おい)たち全部が戦争で死んだ。しかし死は祖母にとってまさしく労働や貧困と同じくらい身近なものであった。彼女は死について考えなかったが、いわば死を生きていた。それに祖母にとっては、毎日の心配事と集団の運命によって、文明の発達した国で一般的に感じられるような哀悼の気持ちがなくなっているふつうのアルジェリア人にとってよりも、さらにいっそう現在への関心が強かった。*j 彼らにとって、死は彼らに先立った人たち、彼らが決して口にしない人たちがしたように、対決しなければならない試練であり、そこで彼らは自ら人間の最たる徳と考えている勇気を示そうと努力をしていた。しかしそれまでは、死は忘れられ、遠ざけられてしまわなければならなかった。(そこからすべての埋葬ははしゃいだ面をもつことになる。従兄のモーリス?)もしこうした全体的傾向に、ジャックの家族に現れているように、貧困による恐るべき損傷は別として、闘争や日常の労働の厳しさを付け加えるなら、宗教の占める場所を見つけることは難しくなってしまう。感覚のレヴェルで生活している叔父のエルネストにとっては、宗教とは見たままのもの、つまり司祭と葬儀であった。ふざけるのが得意なのを利用して、彼は機会を逃さずミサの儀式の真似をして、ラテン語を表す〔引き延ばした〕擬声語でそれを飾り、最後に鐘の音を聞きながら頭を垂れている信者と同時に、それをよいことに、素早くミサの葡萄酒を飲む司祭を演じて見せた。一方、カトリーヌ・コルムリイは、その優しさから、信仰を思わせる唯一の人物であった。しかしまさしくその優しさこそが彼女の信仰のすべてであった。何も否定せず、何も肯定せず、弟の冗談を聞いて少し笑いはしたが、司祭と出会ったときには〈司祭様〉と言っていた。神のことを口にしたことは一度もなかった。本当を言えば、ジャックは少年時代を通して一度もこの言葉が発せられるのを聞いたことがなかった。それで彼自身もそのことは気に掛けなかった。人生が神秘的であると同時に晴れやかなものであれば、それだけで心をすっかり満たしていたのだ。

そうではあっても、もし家族の中で無宗教の葬儀が問題となるときには、逆説的ながら、祖母や叔父までもが、司祭のいないことを嘆き始めるのであった。「犬のようだ」と彼らは言っていた。それは彼らにとって、大多数のアルジェリア人と同様に、たんに宗教が社会生活の一部をなしていたからに他ならなかった。みなフランス人であるのだから、カトリック教徒であり、そのことがいくつかの儀式を余儀なくさせた。実を言えば、その儀式は正確に言って四つであった。つまり洗礼、初聖体拝領、婚姻の秘跡（結婚がある場合には）、それに終油の秘跡である。こうした儀式は必然的にたいそう間があくので、みんな他のことに、まず生き延びることに時間を費やしていた。

したがって、ジャックが、アンリがしたように、初聖体拝領を受けなければならないのは自明の理であった。アンリは儀式そのものについてではなく、その社会的結果に、それも主として腕に腕章を巻いて、ささやかな祝儀をくれた友人や親戚を何日にもわたって訪問しなければならなかったことについて、この上なく悪い思い出を抱いていた。子供は戸惑いながらその金を受け取ったが、後で祖母が全部を取り上げてしまい、アンリにはほんの少ししかくれなかった。聖体拝領は〈金がかかる〉からという理由で、残りは祖母の手に渡った。しかしこの儀式は子供が十二歳になる頃に行われており、その前の二年間は公教要理を学ばなければならなかった。だからジャックはリセの二年生か三年生になったときに、初聖体拝領を受ければよかったのだろう。しかしまさしく、祖母はそう考えてはっとしたのであった。祖母はリセについて漠然と、少し怖いところであると、つまり公立小学校の十倍も勉強しなければならないところであると考えていた。リセの勉強は最良の職に道を開くものであり、内心祖母は、余計に勉強しなければいかなる物質的な改善も手にしえないと考えていたからである。その一方で、前もって犠牲を受け入れたのだから、ジャックの成功を心から望んでいた。それで公教要理に割く時間は勉強する時間を取り上げてしまうものと考えていた。「駄目だよ、お前はリセと公教要理の勉強を同時にすることはできないよ」と彼女は言った。――「いいよ、ぼくは初聖体拝領なんて受けないから」とジャックは何よりも面倒な訪問と金を貰うという耐えがたい屈辱から逃れられると考えて言った。祖母は彼を眺めた。「どうして？　何とかなるよ。服を着なさい。司祭様に会いに行こう。」祖母は立ち上がって、決心を固めたような顔で部屋に入って行った。戻ってきたとき、普段着の丈の長いブラウス風の上着とスカートを脱いで、首のところまでボタンがある一張羅の外出着〔*8〕を着て、頭に黒の絹のスカーフを被っていた。スカーフの縁には白髪が鉢巻きのように見えていた。明るい目ときつく結んだ口とは決然とした様子さえ与えていた。

近代ゴシック様式の不格好な建物であるサン＝シャルル教会の聖具納室で、祖母は傍に立っているジャックの手を握りながら、司祭の前に座っていた。司祭は六十歳くらいの丸顔で、少々無気力な、太った男で、大きな鼻をもち、冠を被ったような白髪頭の下の分厚い口でにこにこ笑い、開いた膝によってぴんと張られた法衣の上に組み合わせた手を置いていた。「この子に初聖体拝領を受けさせたいんです」と祖母が言った。「それはたいへん結構なことです、奥さん。この子を立派なキリスト教徒にしましょう。おいくつですかな？」――「九歳です。」――「たいそう早くから公教要理を学ばせようとなさるのはもっともなことです。三年もあれば、この子はすっかり偉大なるその日に備えられることでしょう。」――「違うんです」と祖母がそっけない口調で言った。「すぐに受けさせなければならないんです。」――「すぐにですか？

でも聖体拝領は一ヵ月後に行われます。少なくとも二年は公教要理を勉強してからでないと、祭壇に上がることはできません。」祖母は事情を説明した。しかし司祭は中等教育と宗教教育を同時に受けることができないという点についてはまったく納得できなかった。忍耐と善意をもって、今までの経験を思い出し、例をあげた……。祖母は立ち上がった。「それならば、この子には初聖体拝領は受けさせません。お出で、ジャック」と言って、ジャックを出口に引っ張っていった。しかし司祭は急いで二人の後を追ってきた。「お待ちなさい、奥さん、お待ちなさい。」司祭は祖母を静かに席に連れ戻して、なんとか説得しようとした。しかし祖母は、強情な年取った雌ラバのように、頭を振った。「すぐでなければ、この子は受けないでしょう。」ついに司祭の方が折れた。宗教の勉強を集中的にした後、ジャックが一ヵ月後に聖体拝領を受けることで、司祭は納得した。司祭は頭を振りながら、ふたたび二人を戸口まで送ってきて、そこで子供の頬をやさしく撫でた。「これから教わることをよく聞いているんだよ」と司祭は言った。そして悲しそうな顔でジャックを眺めた。

したがってジャックはジェルマン氏の補習授業と、木曜と土曜の夜の公教要理の勉強とを同時にすることになった。奨学金の試験と初聖体拝領が同時に近づいていた。日程は詰まり過ぎていて、とくに日曜でさえ、遊ぶ時間はもはや残っていなかった。

日曜日、やっと勉強を終えると、祖母が、彼の教育のために家族が払う犠牲と、彼が家の仕事を何もしない長い期間を引合いに出して家の用事を言いつけたり、買物に行かせたりした。「でもたぶん失敗するよ」とジャックは言った。「試験は難しいんだよ。」そしてある意味では、ジャックは失敗することを望んでいた。絶えず自分に向かって言われる犠牲の重さは、彼の幼い自尊心にとって、すでに重過ぎるように思われたからである。祖母は啞然として、ジャックを眺めていた。祖母はそんなことが起こりうるとは考えたこともなかった。それから肩をそびやかして、矛盾に陥るのも意に介さず、「お前に教えといてあげるけどね、猛勉強するんだよ。」公教要理の授業は、背が高く、それも黒く長い法衣のせいでいちだんと背が高く見え、瘦せて、わし鼻で、頰が窪み、年上の司祭が優しく、善人に見えてしまうほど厳しい、教区の次席司祭によって行われた。彼の教育方法は暗唱だった。それは初歩的なものであったとはいえ、恐らく、彼が精神的に形成することを使命としている粗野で頑固な子供たち向けに編みだされた唯一の本格的方法であった。質疑応答を学ばなければならなかった。「神とは何か……？」*k そのような言葉は若き入門者にとってはまったく何の意味ももたなかった。そしてジャックは、きわめて記憶力がよかったので、意味がぜんぜんわからなかったにもかかわらず、平然として暗唱していた。他の子供が暗唱しているときは、夢想に耽ったり、ぼんやりと時を過ごしたり、仲間たちとしかめっ面をしあっていた。ある日、現場を目撃したのっぽの司祭が、そのしかめっ面が自分に向けられていると思い、自分に与えられている聖なる性格を尊敬させた方がよいと判断して、子供たち全員の前にジャックを呼び出した。そこで彼は骨張った長い手で、何の説明もなしに、力いっぱいジャックに平手打ちを食らわせた。ジャックは激しい打撃を受けて、危うく倒れるところだった。「さあ、席に戻りなさい」と司祭は言った。子供は涙も見せずに司祭を眺め（これまでの人生において、ジャックに涙を流させたのは善意と愛であって、反対に悪とか迫害にあうといつも気持ちが固まり、決然とした気になるのであった）、自分のベンチに戻った。顔の左側はひりひりしていたし、口の中は血の味がしていた。舌の先で探ってみて、ジャックは頰の内側がぶたれたとき切れて出血していることを発見した。ジャックは血を飲みこんだ。

残りの公教要理の授業の間、心ここにあらずで、司祭が話しかけるとき、恨みも愛情もなく、ジャックはただ冷静に相手を見つめているだけだった。そして神の位格やキリストの犠牲に関する質疑応答を誤りなく暗唱し、自分が暗唱している場所から遠く掛け離れたところで、結局は一つになるこの二重の試験のことをぼんやりと考えていた。勉強とあいかわらず続いている夢想に没頭しつつ、ジャックはただ、漠然とだが、不格好で冷たい教会で数を増していく夕方のミサに感動していた。しかしオルガンが初めて耳にするような音楽を奏でると、これまでその馬鹿馬鹿しいルフランしか聞いたことがなかったので、いっそう密に、いっそう深く夢想を続けていって、半暗がりのなかで聖遺物と法衣の金の玉虫色のきらめきに満たされた夢の中で、ついに神秘と出会うのであった。しかし名前をもたぬその神秘は、公教要理によって厳密に名称を与えられている神の位格も入り込む余地がなく、何の関係ももたないものであって、ただ彼が生きている裸の世界の延長に過ぎなかった。彼が浸っているその神秘は温かで、内的で、定かならぬものであって、そこでは夕方家に帰って食堂に入るときの母親の控えめな微笑とか沈黙といった日常的な神秘がひたすら拡大されていくに過ぎなかった。それはまた母親が独りで家にいて、石油ランプに火を入れずに、宵闇が少しずつ部屋に入るままにし、彼女自身がより暗く、より濃密な姿となって、考え深げに、窓辺から、ざわついているが彼女にとっては静かな通りの動きを眺めているときの神秘でもあった。そんなとき子供は戸口で立ち止まり、胸を詰まらせたまま、母親にたいして、また母親の中で、世界と凡庸な日々の生活に属していないか、もう属していない部分にたいする絶望的な愛に包まれるのであった。それから初聖体拝領がきたが、ジャックはそれについてはほとんど何も記憶していなかった。覚えていたことはただ前日の告白のときに、ひとからそれは間違っていると言われた行為、つまり取るに足りぬ行為を告白したことだけだった。「罪深いことを考えたことはないんですね？」――「いいえ、あります、司祭様。」子供は頭の中で考えたことがどうして罪深くなるのかを知らぬまま口をついて出るにまかせて答えた。そして翌日まで、知らずして罪深い考えを洩らしてしまうのではないか、あるいはもっとはっきりしたことだが、小学生の使う言葉の中にたくさんある下品な言葉の一つをうっかり使うのではないかとびくびくしていた。しかしどうやらこうやら、少なくとも儀式の朝まで、正しい言葉遣いをすることができた。その日、水兵服姿で、腕章を巻き、小さなミサ典書と白い小さな玉でできた数珠をもっていた。こうした一式はみなもっと金持ちの親類（マルグリット伯母等々）から貰ってきたものだった。ジャックは列を作って立ったまま両親がうっとりと眺めている中を、蠟燭をもって中央の通路に並んでいる他の子供たちの真ん中で、蠟燭を振り回していた。そして雷のような音楽が鳴り響いたとき、慄然とし、恐怖と異常な興奮に襲われた。生まれて初めて自分の強さと勝利と人生にたいする無限の可能性を感じた。その興奮は儀式が続く間ずっと付き纏い、聖体拝領の瞬間も含めて、起こったことすべてにたいしてうわの空にさせた。興奮はさらに帰る途中や招かれた親戚たちが食卓を囲んでいる間も続いていた。いつもより

〔豪勢な〕食卓はいつもほんのわずかしか食べたり飲んだりしない会食者たちを少しずつ興奮させ、ついには並外れた陽気さが徐々に部屋を満たすようになった。そうするとジャックの興奮は消えていき、彼をひどく狼狽させたので、みんなが興奮の絶頂にいるデザートのとき、急に泣きだした。「どうしたんだい？」と祖母が言った。――「わからない、わからないんだよ。」すると祖母はいらいらしてジャックに平手打ちを食らわせた。「さあこれで、どうして泣いているのかわかるだろ。」しかし本当はジャックにはなぜだかわかっていたのだが、ただテーブルの向こうで、彼に向かって悲し気に微笑んでいる母親を眺めていた。

「無事に終わったな。よし、さあ今度は勉強だ」とベルナール氏は言った。さらに何日も辛い勉強が続き、最後の授業はベルナール氏自身の家で（彼のアパートを描写するか？）行われた。そしてある朝、ジャックの家の近くの市電の停留所に、下敷きと定規と筆箱をもった四人の生徒が、ジェルマン氏を囲んで立っていた。一方、ジャックは家のバルコニーから、母親と祖母が身を乗り出して、彼らに向かって精いっぱい合図を送っているのを見ていた。

試験が行われたリセは、町のまさしく正反対のところ、つまり湾を囲む町が作り出す円弧の反対側にあった。この界隈はかつては高級住宅地で、活気に乏しかったが、スペイン人の移民のおかげで、アルジェの最も庶民的で、最も活気のある街の一つになっていた。リセ自体も道路の上に迫り出した、四角い、巨大な建物だった。そこに行くには横手の二つの階段と正面階段を通っていった。正面階段は幅が広く、堂々としており、両側にバナナの木[*9]とが植えられ、子供たちの蛮行から守るために柵をめぐらせた小さな庭があった。この正面の階段は横手の二つの階段を結ぶ回廊に通じていて、そこに大きな行事があるとき使われる巨大なドアがあったが、その傍らにガラス張りの管理人の部屋の方を向いたもっとずっと小さなドアがあり、普段はそれが使われていた。

ベルナール氏とその生徒たちがまだ爽やかな朝方に、閉ざされているドアと、しばらくたてば太陽が埃まみれにしてしまうであろう湿った道路を前にして待っていたのは、その回廊だった。早くからやってきた生徒たちに囲まれていたが、彼らのほとんどはわざと屈託のない表情をよそおって気おくれを隠しており、中には不安を隠し切れずに、顔面蒼白となって黙りこくっている者もいた。四人は三十分以上も前にやってきていて、黙って教師にまつわりついていたが、教師の方も言うことがなくて、また来ると言って突然去って行ってしまった。実際に、しばらくすると、あいかわらず縁がそりかえった帽子を優雅に被り、今日のためにゲートルを巻き、両手に薄葉紙をざっと螺旋状に巻いてその先端をもてるようにした包みを二つずつもって戻ってくる教師の姿が見えた。教師が近づいたとき、生徒たちはその紙に油が染み着いているのを見た。「ほらクロワッサンだ」とベルナール氏は言った。「今一つ食べて、もう一つは十時に食べなさい。」生徒たちはお礼を言って食べたが、口に入れたパンはもそもそして、なかなか喉を通らなかった。「慌てなさんなよ」と教師は繰り返した。「問題文と作文の主題をよく読みたまえ。何回も読むんだよ。時間は充分にあるからね。」そうだ、生徒たちは何回も読み、教師の言いつけを守った。ベルナール氏は何でも知っており、その傍らにいれば人生に何の障害も生じないことはわかっていた。彼に導かれるままになっていればそれで充分だった。そのとき小さなドアの近くでざわめきが起こった。六十人ばかりの生徒たちはいまや一固まりになって、その方に進んでいった。助手がドアを開けて、名簿を読み上げた。ジャックは最初の方に呼ばれた。そのとき教師の手を握り、躊躇した。「さあ行きなさい、君」とベルナール氏は言った。ジャックは震えながらドアの方に進み、姿を消す前に教師の方を振り返った。大柄でがっしりした教師はそこにいて、ジャックに穏やかに笑いかけ、大丈夫だという風に頭を縦に振った。*1

正午に、ベルナール氏は出口で生徒たちを待っていてくれた。生徒たちは自分たちの下書きを見せた。サンティヤゴだけが問題の解き方を間違えた。「君の作文はとてもよい」とベルナール氏はジャックに短い言葉を掛けた。一時にまた生徒たちを連れていった。四時にもまだそこにいて、解答を見直していた。「さあ、後は待つだけだ」とベルナール氏は言った。その二日後、五人揃って、午前十時に、小さなドアの前にいた。ドアが開き、助手がまた前よりはずっと短い合格者の名簿を読み上げた。ざわめきがひどくて、ジャックは自分の名前が聞こえなかった。しかし首筋を心地好く叩かれた。そしてベルナール氏が、「よくやったぞ、ちび君。君は合格だ」と言うのを聞いた。おとなしいサンティヤゴだけが不合格だった。彼らは放心したような一種の悲しみを込めてサンティヤゴを眺めた。「どうってことないさ。どうってことないさ」とサンティヤゴは言っていた。そしてジャックは自分がどこにいるのか、何が起こったのかもわからなかった。彼らは四人で市電に乗って帰った。「君たちのご両親に会いに行こう」とベルナール氏が言った。「初めにコルムリイの家に寄ろう。一番近いからね。」貧弱な食堂は今や女たちで一杯で、祖母やこの日のために(?)一日休みを取った母親や近所に住むマソン家の女たちがいた。ジャックは教師の横にいて、最後にもう一度オーデコロンの匂いを嗅ぎ、がっしりしたその体の温かいぬくもりにぴったりと身を寄せていた。祖母は近所の女たちの前で光り輝いていた。「ありがとうございます、ベルナール先生、ありがとうございます」と祖母は、子供の頭を撫(な)でているベルナール氏に言った。「君はもう私を必要としないだろう」とベルナール氏は言った。「君にはもっと学識のある先生がつくことだろう。しかし君は私がどこにいるか知っているのだから、もし私の助けが必要になったら、会いにくるがいい。」ベルナール氏は去っていった。そしてジャックはただ独り女たちの間に残され、途方に暮れていた。窓辺に走って、教師が最後に別れの挨拶(あいさつ)をし、今や彼を独りぼっちにするのを眺めていた。合格したことを喜ぶより、子供っぽい深い悲しみが心を苦しめていた。それはあたかも、この成功によって、貧者の無邪気で温かい世界、社会のなかの孤島のようにそれ自体閉ざされてはいるが、貧困が家族と連帯の代わりとなるような世界から今しがた引き離され、もはや自分のそれではない未知の世界、すべてに心が通じていたあの人よりも教師たちに学識があるとは信じられない世界に投げ込まれたのだということを、前もって知っていたかのようであった。これからは、手助けなしで、学び、理解し、助けをもたらしたただ独りの人間の助けなしで一人前の男になり、いかなる代価を払ってでもたった独りで成長していかなくてはならないだろう。

7　モンドヴィ――植民地化と父親

今や、彼は成長していた……ボーヌからモンドヴィに通じる街道で、J・コルムリイの乗った車は、銃をいっぱい突き立て、ゆっくり走るジープと擦れ違った……。*a

「ヴェイヤールさんですか？」

「そうですが。」

小さな農家の入口の框（かまち）に姿を現し、ジャック・コルムリイを眺めている男は、小柄だがずんぐりしていて、肩も丸かった。左手で開けたドアをつかみ、右手でドアの枠をしっかりとつかんでいるので、家の中に通ずる道を開けたのにもかかわらず、その道を塞（ふさ）いでしまっていた。ローマ人の頭を思わせる薄いごま塩頭から判断して、四十歳くらいであるに違いなかった。しかし、明るい目が輝く日焼けした端正な顔と、やや動きはぎこちないが脂肪もついておらず、カーキー色のズボンの下の腹も出ていないその体と、サンダルと、ポケットのついた青シャツが、彼をもっとずっと若く見せていた。彼はジャックの説明を身じろぎもせずに聞いていた。それから「お入りなさい」と言って、脇(わき)に寄った。ジャックが、壁を白く塗り、ただ茶色い箱と先端の曲がった木製の傘立てしか置いてない廊下を進んでいくと、背後で農場主の笑い声が聞こえた。「要するに、巡礼ってわけですな！　結構です、率直に言えば、今がいちばんよいときです。」――「どうしてですか？」とジャックがたずねた。「食堂にお入りなさい」と農場主が答えた。「そこがいちばん涼しい部屋なんですよ。」食堂の半分はヴェランダになっていて、そのしなやかな藁(わら)のブラインドは、一つを除いて、みな降ろされていた。テーブルと現代風の明るい色の木製の食器棚を別にすれば、部屋の調度品は籐椅子(とういす)とデッキチェアだけだった。ジャックは振り返ってみて、自分独りなのに気づいた。彼はヴェランダの方に進んだ。するとブラインドの間からのぞく空間に、セイヨウニンジンボクが植わり、その間に鮮やかな二台の赤のトラクターがピカピカ光っているのが見えた。その先に、まだ凌(しの)ぎやすい十一時の陽光を浴びて、葡萄畑(ぶどうばたけ)が広がっていた。それからすぐに、農場主がお盆にアニス酒の瓶とグラスと冷えた水の瓶をのせて入ってきた。

農場主は乳白色の液体をいっぱいに注いだグラスをあげた。「もう少し後だったら、ここで何も見つけられなかったかもしれません。でもいずれにせよ、あなたに情報を提供できるフランス人はもう一人もおりませんよ。」――「ご老体の先生によれば、あなたの農園が私の生まれた農園だということです。」――「そうです、この農園は以前サン＝タポートルの領地に入っていました。でも私の両親が戦後にここを買い取ったのです。」ジャックは周囲を見回した。「あなたがここで生まれたのではないことは確かです。私の両親がすっかり建て直しましたから。」――「ご両親は戦前の父を知っていられたのですか？」――「そうは思いません。両親はチュニジアとの国境のすぐ近くに住んでいましたが、その後文明に近づこうとしたのです。二人にとってソルフェリノは文明なのでした。」――「ご両親はもとの管理人のことをお聞きになったことはありませんでしたか？」――「いいえ。あなたもここのご出身ですからそれがどういうことかおわかりでしょう。ここでは保存はしないのです。壊して、作り直すのです。みんな未来のことを考え、後のことは忘れてしまうのです。」――「わかりました」とジャックは言った。「ただお邪魔をしただけのようですね。」――「いや」と相手は言った。「嬉(うれ)しいことです。」そしてジャックに微笑(ほほえ)みかけた。ジャックはグラスを飲み干した。「ご両親は国境近くにいらしたんですか？」――「いいえ、禁止地区です。ダムの近くのね。それにあなたは私の父をご存じないようですな。」彼もまた残りのグラスを飲み干した。そしてあたかも何か特別おかしいことを思い出したかのように、急に笑い出した。「父は古い入植者（コロン）です。古代風のね。ほら、パリで馬鹿（ばか）にされているような。父がいつもきつい人だったのは本当です。六十歳です。でも長身で、痩（や）せていて、まるで〔馬の〕顔をしたピューリタンのようです。家父長的な人物でしてね、おわかりですか。父はアラブ人の労働者を酷（ひど）い目にあわせましたが、それでも公平を期するために、自分の息子たちも扱（こ）き使ったのでした。ですから、昨年、立ち退（の）かなければならなくなったときは、大騒ぎでした。あそこは人が住めなくなっていたんです。銃を抱いて寝なければなりませんでした。ラスキ農園が襲撃されたときのことを覚えていらっしゃいますか？」——「いいえ」とジャックが言った——「そんなことはないでしょう。父親とその二人の息子が喉（のど）を掻（か）き切られて、母親と娘が長々と凌辱（りょうじょく）されたあげくに、殺されて……つまり……知事は残念ながら、農場経営者を集めて、〔植民地〕問題とアラブ人の扱い方を考え直さなければいけないし、今やページが一枚めくられたのだと言わねばなりませんでした。知事は、老いた父が、この世の誰であろうと自分のところに掟（おきて）は設けさせないと言うのを聞いていました。しかしそれから老いた父はただ口を開けているだけではなかったのです。夜中に起き上がって、外に出ていくことがありました。母がブラインドの間から観察していると、父が自分の土地を横切って歩いて行くのが見えました。立ち退き命令が下ったとき、父は何も言いませんでした。収穫は終わっていましたし、葡萄酒は醸造桶に入っていました。父は桶の栓を抜き、それから昔自分の手で迂回させた塩気のある水源に行って、自分の土地に真っ直ぐ引き入れたのです。そして大鋤のついたトラクターを一台手に入れました。三日の間、帽子も被らず、黙々としてハンドルを握り、所有地の葡萄を全部引き抜いてしまいました。その姿を想像してごらんなさい。か細い老いた父はトラクターの上で体を震わせながら、葡萄の幹が他のより太くて、鋤が掘り起こせないときには、ギアのレバーを押しながら、食事のときにも手を休めようとはしませんでした。母がパンとチーズと「ソーセージ」を持っていくと、父は落ち着いて呑み込み、まるですべてをやり遂げてしまったかのように、最後のパンの一切れを放り出して、またアクセルを踏むのでした。そんなことが日の出から夕方まで続きましたが、父は報せを聞いて集まってきて、遠くから父のすることを、やはり黙って眺めているアラブ人の方にも、地平線の山にも目を向けませんでした。そして誰の報せを受けたのかわかりませんが若い大尉がやってきて、説明を求めたとき、父はこう言いました。〈お若い方、私たちがここでしたことが罪なら、それを消してしまわねばいけませんな。〉すべてが終わると、父は農場に戻り、桶から流出させた葡萄酒に漬かっている中庭を横切って、荷作りを始めました。アラブ人の労働者たちは中庭で父を待っていました（なぜかはよくわかりませんが、大尉が派遣したパトロール隊もいました。隊長の親切な中尉は命令を待っていました）。〈親父さん、これからどうする気かね？〉――〈もし私があんたの立場にいれば、マキに入るだろうよ。奴らの勝ちさ。フランスにはもう人間はいないな。〉」

農場主は笑った。「ねえ、さっぱりしたもんでさあ！」

「ご両親はあなたと一緒にいらっしゃるんですか？」

「いいえ、父はもうアルジェリアのことを耳にしたがらなくなってしまいました。今はマルセイユの近代的なアパートにいます。母は父が部屋の中でうろうろしていると手紙に書いてきます。」

「で、あなたは？」

「おお、私はここに残ります。最後までね。何が起ころうと、残るつもりです。私は家族をアルジェにやりました。私はここでくたばるでしょう。パリではこんなことはわかりますまい。私たちを除いて、こんなことが理解できる人間を知っていますか？」

「アラブ人です。」

「その通り。我々は理解しあうようにできてるんですよ。我々と同様に愚かで、粗野だけれど、彼らにだって同じ人間の血が流れているんですからね。これからもさらに殺しあい、睾丸（こうがん）を切り取りあい、少々苦しめあうでしょう。でもそれからまたふたたび人間同士として暮らし始めるのでしょう。この国が望んでいるのはそれです。アニス酒をもう一杯いかがですか？」

「少し頂きます」とジャックが言った。

しばらくして、二人は外に出た。ジャックが誰か彼の両親と知り合うことのできた者がこの地方に残っていやしないかと尋ねたからだった。ヴェイヤールによれば、ジャックを取り上げたあと、ソルフェリノに住みながら引退してしまった老人の医者以外には、誰もいないということだった。サン＝タポートルの領地は二度ほど人の手に渡り、二つの戦争の間に大勢のアラブ人労働者が死に、また多くの者が生まれていた。「この辺はすっかり変わってしまいました」とヴェイヤールが繰り返した。「急速に、とても急速に変わるんで、みんな忘れてしまう。」でもひょっとして年老いたタムザルが……あれはサン＝タポートルの農園の一つの管理人だった。一九一三年には、彼は二十歳くらいであったはずだ。いずれにしても、あなたは自分が生まれたこの土地を見てまわることになるでしょう。

北側を除いて、この地方は遠くを、正午の熱気が輪郭を朧(おぼろ)にしてしまう山々に囲まれていた。それはまるで巨大な石の固まりと明るい霧のようであったが、その内側のかつては沼であったセイブーズの平原には、北の海まで、熱で白々とした太陽の下で、細縄で引っ張られた葡萄畑が広がっていた。硫酸銅溶液で青くなった葉とすでに黒くなった房の見えるその畑は、ところどころ列をなす糸杉か小さなユウカリの森で断ち切られており、その陰に家々が身をひそめていた。二人が農道を歩いていくと、各自の足元から赤い埃(ほこり)が舞い上がった。前方では、山まで空間が震え、太陽が唸(うな)っていた。プラタナスの木立ちの後ろの小さな家に着いたとき、二人は汗まみれであった。姿を見せずに吠(ほ)えたてる犬の鳴き声が二人を迎えた。

かなり荒れはてたその小さな家の桑の木でできたドアはきっちりと閉められていた。ヴェイヤールがノックした。犬の鳴き声が激しくなった。その鳴き声は家の反対側の、四方を閉ざされた中庭から聞こえてくるようだった。しかし誰一人動く気配がなかった。「信用第一ですよ」と農場主が言った。「家の者はいるんですよ。でも待っているんです。」

「タムザルさん！」と彼は叫んだ。「ヴェイヤールですよ。」

「六ヵ月前、義理の息子さんが引っ張られたんです。息子さんがマキの食料の調達をしていたのかどうか知りたかったんですよ。息子さんの噂（うわさ）はそれっきりないんです。一月前、タムザルに入った情報によれば、息子は恐らく逃亡をはかって、殺されたらしい。」

「そうですか」とジャックが言った。「で本当にマキの食料調達をしていたのですか？」

「そうかもしれないし、そうでなかったのかもしれない。しょうがないでしょう。戦争なんですから。歓待を旨（むね）とする国でドアが開くのに時間がかかるのはそういうわけなんですよ。」

丁度そのときドアが開いた。小柄で、［　*1　］な髪をし、鍔広（つばひろ）の麦藁帽子を頭にのせ、継ぎのあたった青いつなぎ姿のタムザルが、ヴェイヤールに微笑みかけ、ジャックに目を向けた。「こちらは友人なんだ。ここで生まれた。」――「お入りなさい」とタムザルは言った。「お茶を飲んでらっしゃい。」

タムザルは何も覚えていなかった。ええ、多分。数ヵ月滞在した管理人のことを叔父の一人から聞いたことがあります。戦争の後のことでした。「前です」とジャックが言った。前だったかもしれない。あの頃の私はとても若かった。で、あなたの父君はどうなったんで？　戦争で死にました。「メクトウブ」[*2]とタムザルが言った。「でも、戦争ってのはよくないな。」——「いつだって戦争はあるさ」とヴェイヤールが言った。「でもみんなすぐ平和に慣れてしまう。だからそれが当り前と思っているのさ。そうじゃない、当り前のものが戦争なんだ。[*b]」——「戦争っていうと、人間はおかしくなる」とタムザルは言って、隣の部屋で顔を背けている女の手から紅茶の盆を取った。彼らは熱い紅茶を飲んで、お礼を言い、葡萄畑を横切る過熱した道をとって返した。「タクシーでまたソルフェリノに戻ります」とジャックが言った。「先生が昼食に招待してくれているんです。」——「私だってご招待しますよ。待っててください。食料を調達しておきます。」

その後、アルジェに戻る飛行機の中で、ジャックは蒐集（しゅうしゅう）した情報を整理しようと試みていた。本当を言えば、ほんの一握りの情報しかなかった。そして直接父親に関するものはまったくなかった。奇妙なことに、夜が目に見えるくらいの速さで地上から上がってくるように思われ、それがしまいにまるで夜の厚みの中に直接分け入っていくねじのように、揺れもせずに真っ直ぐ飛んでいる飛行機を包み込んでしまうのであった。しかし闇（やみ）がさらにジャックの不安に重なって、飛行機と闇とに二重に囲まれているように感じ、呼吸が苦しくなった。ジャックは戸籍簿と二人の証人の名前、パリの看板で〔見掛ける〕ような純粋にフランス的な名前を見直していた。年老いた医師は、ジャックの父親の到着とジャック自身の誕生とを話した後、問題は最初にやってきた二人、彼の父親の世話をすることを引き受けたソルフェリノの二人の商人だと語ってくれた。その二人は確かにパリの郊外に住む人たちの名前であったが、しかしソルフェリノは二月革命によって建設されたのだから、別に驚くこともなかった。「ああ、そうですか」とヴェイヤールが言っていた。「曾(そう)祖父母もそうでしたよ。それで父は革命分子になったというわけです。」そして彼は最初にこの地に生まれた祖父母について、祖父はフォブール・サン＝ドニの大工で、祖母は腕の良い洗濯女であったことを明らかにした。パリでは当時たくさんの失業者がおり、不穏な動きがあったので、憲法制定議会は植民団を送るために五千万フランの予算を議決した。[*c] 各人にたいして二から十ヘクタールの居住地が約束された。「応募者がいたのかとお考えなんでしょう。千人以上おりました。そしてみんなが〈約束された土地〉を夢見ていました。特に男はね。女たちは未知のものにたいして恐怖を感じていました。しかし彼らといったら！　彼らはやみくもに奮い立ったのではありませんでした。それはサンタクロースを信じるようなものでした。そして彼らのサンタクロースはアラブ人の頭巾(バヌース)をかぶっていたのです。それで、彼らは自分たちのささやかなクリスマスをもったというわけです。彼らは四九年に出発し、五四年の夏に最初の家を建てました。その間に……。」

やっとジャックは呼吸が楽になってきた。さきほどまでの闇が薄れ、潮のように逆流すると、後ろに星々が残った。そして今や満天の星空だった。ただ彼の下にあるエンジンの重苦しい音がまだ頭をふらふらさせていた。彼は年老いたイナゴ豆と毛皮の商人の顔を思い浮かべようと努めた。その男は彼の父親を知っていて、曖昧な記憶を掘り起こして、「話好きではなかったな、あいつは話好きではなかった」と繰り返していた。しかし爆音がジャックの頭を麻痺させてしまい、一種の好ましからざる放心状態に追いやった。それでも彼は、この広大で敵意のある国の背後に隠れてしまい、この村とこの平原の人知れぬ歴史の中に溶け込んでしまった父親と再会しようと、またその姿を想像してみようと努力したが無駄だった。医師の家での会話から引き出した細部は脳裏に蘇ってきたが、それは、医師が言うように、パリからの入植者をソルフェリノに運んできた平底船と同じような展開の中にあった。それは同じ展開だった。当時は汽車などありはしなかった、ありはしなかった、いやあった、でもリヨンまでしかなかった。そこで、もちろん市の吹奏楽団が「マルセイエーズ」と「出陣の歌」を演奏し、セーヌ河の両岸で司祭が祝福するなか、引き船馬に引かれた六隻の平底船が旗を立てて出発した。旗には、まだ存在しないけれど、乗客たちが魔法をかけたように出現させようとしていた村の名前が刺繍されていた。平底船はすでに漂い始め、パリは滑りだし、流れていき、もうすぐ姿を消そうとしていた。あなた方の試みに神の祝福あれ。心の強い者も、バリケードの勇者も、胸が締めつけられて、黙していた。彼らの妻たちは日頃の健気さに反して脅えていた。そして船倉では、衣擦れの音を立てながら藁の上に寝なければならず、頭の高さには汚い水があった。しかし先ず女たちは代わる代わる交代で持ち上げたシーツの下で服を脱がなければならなかった。こんなことのどこに彼の父親の姿があったというのか？　どこにもありはしない。とはいえ、百年前の晩秋に運河の中を馬に引かれ、一ヵ月の間、最後の落ち葉に覆われ、灰色の空のもとでハシバミと葉のない柳の木に守られた川や大河を漂い、各都市で公式のファンファーレに迎えられ、未知の国に向かう新たな放浪者たちを積み込んで前進していったこの平底船の方が、ジャックにとっては、彼が探しに行った「古ぼけて」雑然とした記憶よりも、若くしてサン＝ブリウーで死んだ人間について、多くのことを教えてくれた。今やモーターの回転数は変わっていた。この黒っぽい固まり、眼下の黒々とした断層や峰の断片、それはカビリア、この国の原始的で血なまぐさい部分、長い間原始的で血なまぐさいままの部分であった。百年前、手漕ぎ軍艦に詰め込まれた四八年の労働者たちはここに向かっていたのだった。「ラブラドール号」と年老いた医師は言った。「それが船の名前です。想像してごらんなさいな、蚊と太陽に向かう〈ラブラドール〉号を。」いずれにしても〈ラブラドール〉号はありったけのオールを動かし、ミストラルが台風となって吹き上げる冷たい水を掻き回していた。甲板は五日間も昼夜冷たい風に吹きさらされ、船倉の奥にいる征服者たちは、死ぬかと思われるほどの病気にかかったり、互いに嘔吐物をかけあい、死んだ方がましだと考えていた。やっとボーヌ港の入口にさしかかったとき、すべての住民が桟橋に押し掛け、たいそう遠くからやって来た、青い顔の冒険家たちを音楽で迎えた。彼らはヨーロッパの首都を離れ、妻や子供や家財道具とともに、五週間も彷徨ったあげくに、よろめきながら遠くが緑色にけぶるこの土地に上陸した。そしてびくびくしながら、堆肥と香辛料と［　*3］からなる奇妙な匂いに接したのであった。

　ジャックは座席で寝返りをうった。うとうとしていたのであった。彼はまだ一度もあったことがなく、その背丈さえ知らない父親を見ていた。船旅を生き延びた貧相な家具がウインチで下ろされ、なくなった家具をめぐって悶着が起きている間、ボーヌの桟橋で移民たちに囲まれている父親の姿を見ていた。父親は決然として、沈んだ様子で、歯を食い縛ってそこにいた。それから結局、四十年近く前、二輪馬車に乗って、同じ秋空の下で、父親はボーヌからソルフェリノまで同じ道を辿ったのではなかったのか？ しかし移民にとって道は存在しなかった。女子供は軍の輜重車に山積みにされ、男たちは徒歩で、ところどころで距離を置いて監視しているアラブ人の一団の視線を浴びながら、湿原や刺のある密生した灌木地帯をおよその見当をつけて突っ切っていった。アラブ人たちはカビリア地方のよく吠える犬の群れを連れていた。移民たちはやっと日暮れに、ジャックの父が四十年前に到着したのと同じ地方の高い山に囲まれた平地に出たが、そこには一軒の家もなく、狭い耕地とてなく、土色をした一握りの軍用テントを除いては、ただ剝き出しの、荒れ果てた空間があるばかりであった。彼らにとってそれはきつい空と危険な大地の間の地の果てであった。そこで女どもは、夜、疲労と恐怖と失望から涙を流していた。

見すぼらしく敵意ある土地への、同じような夜間の到着、同じ男たちが、繰り返し、繰り返し……何てことだ！ ジャックは父親にとってはどうかわからなかったが、他の者たちにとっては、同じことの繰り返しであった。笑い興じている兵士の前で体を震わせ、テントを張らなくてはならなかったのだ。家はもっと後になって建てられることになったろう。家を建設し、土地を分配することになるだろう。労働が、聖なる労働がすべてを救うことになろう。「すぐにどうというものではないけれど、労働は……」とヴェイヤールが言っていた。雨、盛大で、突然の、いつ止むともしれないアルジェリアの雨が、一週間降り続いて、セイブーズ河は氾濫した。沼地はテントの端まで広がり、彼らは外に出ることができなかった。何人も一緒に詰め込まれたテントの中では、兄弟たちまで反目しあい、その巨大なテントは際限のない土砂降りの雨で鳴り響き、悪臭を避けるために、葦の茎を切ってきて、中から外へと小便ができるようにした。そして雨が止むやいなや、実際に大工の指導のもとに、簡便なバラックの建設に取り掛かった。

「ああ！　健気な人たちでした」とヴェイヤールは言って、笑った。「彼らは春には小さなあばら屋を建て終わりました。それから当然のようにコレラにかかったんです。古老の言を信じるなら、祖先の大工はそれで娘と妻を失ってしまった。妻子たちは出発する前に躊躇していたけれども当たっていたのです。」——「そりゃそうだ」と、そこらをぐるぐる歩き廻り、あいかわらず背を真っ直ぐに伸ばし、得意そうにゲートルを巻いて、決して座ったままでいられない老いた医師が言った。「コレラで日に十人位は死んでいたな。いつもより早く暑くなり、バラックの中は焼けるようだった。それに衛生状態ときたら、わかるだろ？　つまり一日に十人位死んだんだよ。」同業者たちは軍医であり、みなお手上げだった。それにしても奇妙な同業者たちだった。

薬は底をついてしまった。そこで一計を案じた。血液を温めるために、ダンスをしなければならなかった。それで毎晩、仕事が終わった後、入植者たちは、二つの埋葬の間に、ヴァイオリンの音色に合わせて踊っていた。果たしてそれはそれほど悪い思いつきではなかった。暑さも手伝って、この健気な人びとは思いっきり汗をかいた。そして疫病は止んだ。「もっと掘り下げてみてもいい思いつきだな。」そう、それは一つの妙案だった。暑くじめじめした夜、病人が眠っているバラックの間で、まわりで蚊や昆虫がブンブン唸りをあげるランタンを近くに置いて、箱に座ったヴァイオリン弾きが調べを奏でる間、ロングドレスやウールの服を着た征服者たちは茂みから取ってきた木を盛大に焚いて、踊り狂い、大汗をかいていた。その間このキャンプの四方に見張りが立ち、黒いたてがみのライオンや家畜泥棒やアラブ人の一団から住民たちを守るために監視していた。またときとして気晴らしと食料を求める他のフランス人の群盗の襲撃もあった。後にやっと土地の分配が行われたが、それはバラックの村から遠いところに散在しているごく少量の土地であった。その後、土塁をめぐらした村が建設された。しかしアルジェリアのどの地方もそうであったが、移民の三分の二は、鶴嘴にも鋤にも手を触れることなく、死んでしまっていた。他の者は畑でもパリっ子であり続け、オペラハットを被り、銃を肩にかけ、パイプをくわえながら、労働に従事していた。蓋つきのパイプだけが許されており、火災を起こすといけないので、紙巻き煙草は禁止されていた。また彼らはキニーネをポケットの中に入れていたが、それはボーヌのカフェとモンドヴィの酒保で日常的な薬として売られていたものであった。そのうえ彼らは、楽しいことに、絹のドレスを着た女どもを伴っていた。しかしつねに鉄砲と兵士が傍におり、セイブーズ河に下着を洗濯に行くときでさえ、護衛が必要だった。彼女たちはかつてアルシーヴ通りの洗濯場で、洗濯をしながら、呑気にお喋りをしていたのだが。五一年のときのように、村自体が夜襲されることさえしばしばあった。そうした蜂起のうち、一回は頭巾つきの袖なし外套をきた百人ばかりのアラブの騎馬隊が城壁のところに押し掛けてきたが、包囲された村人がストーブの排煙管を大砲のように見せかけたため、彼らはついに逃げていったこともあった。そうして移民たちは、占領を拒否し、何にもかにも復讐しようとする敵の土地で建設をし、労働に励んでいたのであった。ジャックは飛行機が上がったり下がったりしている間に、なぜ母のことを考えていたのだろうか？　また、ボーヌの街道で馬車が泥の中に嵌まってしまい、移民たちが身重の女性を一人残して助けを呼びに出掛け、戻ってみるとその女が下腹部を剝き出しにし、両方の乳房をえぐられていた、という場面を思い返していた。「戦争だったからな」とヴェイヤールは言っていた。——「えこひいきは止めにしよう」と年老いた医師は言った。「最初のベルベル人の一族郎党を洞窟の中に押し込んで、そうとも、そうとも、睾丸を切り取ってしまったのはこちらなんだからな。ベルベル人の方だってまた……だから最初の犯罪者に遡るってわけだ。知っているだろ、そいつはカインて呼ばれてた。それにそら戦争だってことになると、人間は恐ろしいものになるのさ。とくに獰猛な太陽の下ではね。」

そして昼食の後、彼らはこの国のどこにでも見られる何百もの村と同じような作りの村を横切った。村には十九世紀末のブルジョワ風の様式の小さな家が何百軒も建っており、そこに何本もの道が通され、共同組合や貸付銀行やホールなどの大きな建物のところでは直角に曲がっていた。すべての道は、金属の骨組をもち、メリーゴーランドか大きな地下鉄の入口に似た音楽堂に向かい、そこでは何年もの間、市や軍の吹奏楽団が、祝祭日にはコンサートを開いていた。すると晴れ着で着飾ったカップルたちがピーナッツの皮を剝きながら、暑さと埃もいとわずに、その廻りを歩き回るのであった。今日もまた日曜日だったが、軍の心理作戦班が音楽堂にラウドスピーカーを設置していた。群衆は大部分がアラブ人であったが、広場のまわりをうろつくことなく、じっとして、ときどき演説で中断されるアラブの音楽にじっと聞き入っていた。そして群衆の中に飲み込まれてしまったフランス人はみんな似通っており、まるでかって〈ラブラドール〉号でここにやってきた連中や、同じ条件のもとで他の土地に上陸し、貧困や迫害を避けながら、同じ苦痛を味わいつつ、精神的な苦しみと石ころだらけの土地に立ち向かっていった連中のように、みんな一様に沈んだ表情を見せながらも、未来の方を見つめていた。ジャックの母もその後裔となるマオン出身のスペイン人や、七一年に独軍の支配を拒否してフランスを選択したアルザス人のように。彼らには殺されるか投獄されるかした七一年の反徒たち、反徒たちのうちのかなりの部分を占めた徴兵拒否者、つまり被迫害者であり迫害者でもある者の土地が与えられた。ジャックの父親もその末裔であり、四十年後に、同じように沈んで、拗ねたような顔をしながらも、すっかり未来の方に目を向けてこの土地に到着したのであった。それはまるで過去をきらい、過去を否定する人間のようであった。父親はまたこの大地の上に、足跡を残さぬままに生きており、また生きたすべての移民たちと同じであった。彼らが生きた証拠といえば、ヴェイヤールが立ち去った後老いた医師とともにジャックが最後に訪れたのと同じような小さな入植者のための墓場の、磨り減って、緑がかった敷石だけだった。一方、蚤の市やがらくた市みたいに飾りたてた、最近流行の、新しくもおぞましい墓も建設されており、そこでは現代の信仰が失われていくのであった。他方、尖った松の葉や糸杉の実が散在する小道の通る古い糸杉林の中や、根元にカタバミがその黄色い花を咲かせている湿った壁の近くでは、ほとんど土と一体になってしまった古い墓石の字は読み取れなくなっていた。

一世紀以上も前から、大勢の人間がここにやってきて、地面を耕し、畝を作った。ある畝はところどころますます深く穿たれ、他の畝はだんだん浅くなって軽い土で覆い隠されてしまった。そして土地は野生の植物群に戻り、彼らは子を生んでは、姿を消していった。子供たちもまたしかりであった。そして息子や孫は、ジャック自身が存在したのと同様にこの土地に存在し、過去もなく、学問もなく、道徳もなく、宗教もなく、だが存在すること、夜と死を前にして苦悶しながらも、光の中に存在することを幸せに思っていた。こうした幾世代の人間が、たいそうさまざまな国からやってきたすべての人間が、すでに夕暮れの気配の漂うこの素晴らしい空の下で、なんの足跡も残さず、自分自身の中に閉じこもったまま亡くなっていったのである。彼らの上には広大な忘却の層があり、事実、この大地が与えるものはそれであったし、夜の訪れに胸を締めつけられ、不安でいっぱいになりながら、村へと戻っていく三人の男たちの上に降りかかる夜と一緒に空から下りてくるのもまさしくそれであった。急速に訪れる宵闇が海上に、苦しげな山々に、高原に降りてくるとき、アフリカの人間が一様に捕われるあの不安、それは宵闇が同じ効果を生じさせ、寺院や祭壇をくっきりと浮き上がらせるとき、デルフォイの山の中腹に漂うのと同じ聖なる不安であった。しかしアフリカの土地では、寺院は破壊されてしまい、心にのし掛かるあの耐えがたく、甘美な重さしか残っていない。そうだ、なんと多くの人間が死んでいったことか！　またなんと多くの人間がこれからも死んでいくことか！　彼らは黙って、すべてに背を向けて、彼の父親と同様に、生まれ故郷から遠く、訳のわからぬ悲劇の中で死んでいったのだ。父親の生活は一生意にそまぬものであった。孤児院から病院まで、当然のように結婚し、彼のまわりに、意思に反して、一つの生活が形成され、それが戦争まで続くと、今度は戦死して、埋葬され、以後は家族にも息子にも決して知られることなく、彼もまた自分の種族の人間の最終的祖国である広大な忘却に飲み込まれてしまった。それは根なし草で始まった人生の到達点であり、ただ当時の図書館の中に子供向きの本として、この国の植民地化について多くの記憶を留めただけであった。そうだ、ここでは誰もが見出され、見失われた子供であり、束の間の都市を建設し、最終的には、彼ら自身のうちでもまた他の者にとっても永久に死んでしまうのだ。あたかも人間の歴史、ほとんどなにも足跡を残さぬままに、その最も古い土地の一つで絶えず歩みを進めてきたこの歴史が、本当に歴史を作り、暴力と殺人の危機と、憎しみの炎と、すぐにかっとするがまるでこの国の水無し川のようにすぐに収まってしまう血の気の多さと直面してきた人びとの記憶と一緒に、絶え間なく照りつける太陽の下で、蒸発してしまうかのように。いまや夜が大地自身から立ち昇ってきて、あいかわらず存在している得も言われぬ空のもとで、死者も生者もひっくるめて、すべてを溺れさせかけていた。いや、ジャックは決して父親を知ることはないだろう。父親はあそこで、永久に灰の中に面影を失い、眠り続けることだろう。この男のうちには神秘が、ジャックが解き明かしてみたかった神秘があった。しかし結局は、名前も過去もない人間を作り出してきた貧困、世界を作り出した後で永久に姿を変えてしまった名もない死者の膨大な群れの中に彼らを組み込んでしまう貧困という神秘があるだけだった。というのも、彼の父親が〈ラブラドール〉号の人たちと共通点があるのはまさしくその点なのだから。サーヘルの丘のマオン人、オー・プラトーのアルザス人、それに加えてこのうえなく深い静寂が今や覆い始めた砂漠と海とに挟まれた巨大な島、そうしたものはすなわち、血と勇気と労働と残酷であると同時に哀れみ深い本能のレヴェルで、匿名性をもつものであった。そして名のない国から、群衆から、名のない家族から逃れようと願ったが、心のうちのどこかで絶えず無名と匿名を執拗に望み続けてきたジャック、右手に息づかいが聞こえる年老いた医師の傍で、宵闇の中を盲滅法に歩き、広場から聞こえてくる音楽の一節を聞いている彼もまたそうした部族に属していたのである。ジャックは音楽堂の周囲にいるアラブ人の強張った、独立心の強い顔や、ヴェイヤールの笑い声と作ったような表情を、また爆弾テロのときの母親の不安に満ちた表情を、心がきりきりと痛むような優しさと悲しみを込めて思い起こしていた。彼は何年もの間、忘却の土地の暗闇の中を進んできたのだったが、そこでは一人一人が最初の人間であり、父親もなく、彼自身が自分の力だけで成長しなければならなかったし、父親が話相手になる年まで息子の成長を待って、家族の秘密や昔の苦しみや人生経験を語るあの瞬間を、滑稽でおぞましいポロニウスが突然大きくなってラエルテに語りかけるあの瞬間を決して知ることはなかった。彼は十六歳になり、ついで二十歳になったが、誰一人として彼に語りかける者はいなかった。そして独りで学び、独りで成長し、力と支配力を身につけ、自分の道徳と真理を見つけなければならなかった。そして男として誕生することによって、その後さらにもっと過酷な条件からの誕生、つまり他者のために、女性たちのために誕生することを学ばなければならなかった。この国に生まれた男たちはすべてそうであったが、一人一人が、根もなく、信仰もたずに、生きる術を学ぼうと努め、今日ではみんなが一様に、決定的な匿名性とこの世を通り過ぎたという聖なる証すらもなくする危険に曝されているのだ。今や墓場では、宵闇が立ち込めてしまったが、解読不能になった墓石は他者に、今や排除されてしまった巨大な征服者の群れに誕生の秘密を教えていたのに違いない。征服者たちはこの地でジャックたちに先立ったのであり、今度はジャックたちが人種と運命から同胞愛を認めてやらなければならなかった。

飛行機は今やアルジェに向かって下降しつつあった。ジャックは兵士の墓がモンドヴィ[+]の墓よりもきちんと管理されている小さなサン＝ブリウーの墓場のことを考えていた。彼の中では、地中海は二つの世界に分かれていた。一つは計算された空間の中で、記憶と名前が保存されている世界であり、もう一つは砂嵐が広大な空間の中で、人間の足跡を消してしまう世界であった。ジャックは匿名性と無知で執拗な貧困生活を抜け出そうと努力してきた。この全面的な忍耐のレヴェル、単刀直入で、差し迫ったもの以外には何の計画もない世界に生きることはできなかった。世界を駆け巡り、人間たちを感化し、想像し、燃え立たせてきたのであり、彼の日々はバリバリ音がするほどはち切れていた。とはいえ、今や心の奥底では、サン＝ブリウーとそれが表しているものが何の意味をもたぬものであることを知っていた。彼は今し方別れを告げたばかりの磨滅して、緑がかった墓石のことに思いを馳せ、ある種の奇妙な喜びを覚えながら、死が彼を真の祖国に連れ戻し、今度は怪物的だが［平凡な］人間の記憶を広大な忘却で覆ってしまうのを受け入れていた。それまでの彼は助けも援助もなく、貧困の中で成長し、人を感化し、幸福な岸辺で世界の最初の黎明(れいめい)を浴びつつ、ただ一人で、記憶も信仰もなく、同時代の人間たちの世界と、その恐ろしいが、心踊るような歴史の世界を受け入れていたのであったのに。

第二部　息子あるいは最初の人間

1 リセ

その年の十月一日、ジャック・コルムリイ[*a]は、大きな新しい靴を履いて足元もおぼつかなく、まだぱりっとしたシャツに首まで包まれ、ニスと革の匂(にお)いのする鞄(かばん)をこれみよがしに肩にかけ、ピエールと一緒に動力車の前方に陣取って、運転手がレバーを第一ギアに入れるのを眺めていた。[*b]重い車両がベルクールの停留所を離れたときには、振り返って、その数メートル離れたところで、母と祖母がまだ窓から身を乗り出して、訳のわからないリセへの最初の旅立ちに少しでも参加しようとしている姿を見ようと試みた。しかし隣の男が「ラ・デペッシュ・アルジェリエンヌ」紙を広げて読んでいたので、二人の姿を見ることはできなかった。そこで前方に目を戻し、鉄の線路が規則正しく動力車に飲み込まれ、頭上で電線が爽(さわ)やかな朝の中で揺れるのを見ていた。

やや胸を締めつけられる思いで、家に、またときたま遠出をするときを除いて一度も本格的に離れたことのない古い界隈に背を向けて（中心街に行くときにはみんな〈アルジェに行く〉と言っていた）、ますます早くなるスピードに身をまかせつつ、ピエールが親しげにほぼぴったりと肩を寄せてくるにもかかわらず、どのように行動したらよいかわからぬ未知の世界に向かうときの孤独な不安を感じていた。

実際に、誰一人として二人に助言を与えることはできなかった。ピエールとジャックはたいそう早くに自分たちが独りぼっちであることに気がついた。二人は迷惑をかける勇気がなくて、尋ねはしなかったが、ベルナール氏だって、自分の知らないリセについては二人に何も言うことができなかったろう。二人の家では、みんなもっと無知であった。ジャックの家族にとって、例えばラテン語は厳密に言っていかなる意味をもたぬ言葉であった。誰もフランス語を話さなかった時期があったということ（獣のような状態であった時期を除いては。もっともその時代については反対に想像力を働かせることができた）、何世代にもわたってその習慣や言語がたいそうかけ離れた文明（この言葉は彼らにとって何ものも意味しなかった）が相次いだこと、こうした真実を彼らは知るにいたっていなかったのである。絵も、書かれた物も、耳から得た情報も、平凡な会話から生まれる皮相的な文化も、彼らのもとには届いていなかった。新聞もなく、ジャックが外から持ち込むまで本もなく、またラジオもなく、実利的なものしかなく、客を迎えることも滅多になく、ほとんど離れずにいつも同じ無知な家族の者たちと鼻を突き合わせている家庭では、ジャックがリセから持ち帰るものは馴染めぬものであり、家族と彼の間には沈黙が大きくなっていった。一方、リセでさえ、たとえ彼が家族について口を閉ざすもとになった抗いがたい羞恥心を乗り越えたとしても、自分の家族が口では言い表せないほど特異なものであると感じていたので、家族のことを口にすることはできなかった。

彼らを孤立させていたのは階級の違いですらなかった。この移民と成り上がりと急速な破産の国では、階級の差は人種の差ほどに顕著ではなかった。子供たちがアラブ人であるときには、彼らの感情はもっと痛ましく、苦々しいものとなった。その上、公立小学校では仲間がいたけれど、リセにまで通うアラブ人は例外的で、彼らは決まって裕福な名士の息子たちであった。いや、こうした違いはピエールよりもジャックの方に強く感じられた。というのもそうした特異性はピエールの家族よりも彼の家の方に顕著であったからだ。その特異性を何かの価値や伝統的な極り文句に関連づけることはできなかった。学期の初めに質問をされたとき、彼はそれが一つの社会的地位であるので、父親は戦死したと、またみんなに理解されるので、国家の保護を受ける戦争孤児であると、はっきりと答えることができた。しかし他のこととなると、苦労が始まった。配られた書類の〈両親の職業〉という欄になんと書いたらよいかわからなかった。最初〈主婦〉と書いたが、一方ピエールは〈郵便局員〉と書いていた。しかしピエールは彼に向かって、主婦とは職業ではなく、家を守り、家事をする者だと指摘した。「違うよ」とジャックが言った。「母は他人の家で家事をやっているんだ。とくに向かいの小間物屋のね。」——「そうするとね」とピエールは躊躇（ちゅうちょ）しながら言った。「家政婦と書かなければいけないと思うよ。」ジャックはそんなことは一度も考えたこともなかった。この語は珍し過ぎたし、彼の家で一度も口に出されたことがなかったというだけの理由であったが、——それにまた彼らの家では彼女が他人のために働いているという感情は誰も抱いておらず、何よりもまず子供たちのために働いていたという理由からでもあった。ジャックはこの語を書き始めたが手を止めた。にわかに、にわかに[*1]恥ずかしくなり、また恥ずかしくなった自分を恥じた。

子供はそれ自体では何者でもない。子を見れば親がわかる。子供は両親によって測られるし、世間の目にたいして決定的にされてしまう。子供は両親を通して本当に裁かれたと、即ち（すなわ）上告なしの確定判決を受けたと感じるものである。ジャックが今しがた発見したのはそうした世間の判決と、自分のものである気まずい思いにたいする自分自身の判決であった。大人になれば、そうした気まずい思いを知らずに過ごすことは、それほど重要なことではなくなるということを、彼はまだ知ることができずにいたのであった。というのも、みんな良かれ悪しかれ、その人となりで裁かれ、家族で裁かれることはもっとずっと少ないのだし、家族の方が今度は成人した子供によって裁かれることとすらあるのだから。しかしジャックにとって見つけたばかりの発見について苦しまぬためには、類のないほど英雄的で純粋な心をもたねばならなかっただろう。また同様に、その苦しみによって自分の性格が開示されるということについて、怒りと恥辱のこもった苦しみを味わわずに済むためには、不可能なほどの謙虚さが必要であっただろう。彼はそうしたものはすべて持ち合わせていなかった。しかし少なくともこの場合には役に立った頑で、誤った矜持をこめて、書類の上にしっかりとした手で〈家政婦〉と書き込み、険しい顔をしながら復習教師にそれをもっていったが、教師の方はそんなことには無頓着であった。そんなことがありながらも、ジャックは自分の状況も家族も決して変えようと望んではいなかった。あるがままの母はあいかわらず、世界で最も愛している者であった。たとえそれが絶望的な愛であっても。とはいえ、貧乏な子供がときとして、決して何かを羨んでいるわけではないにしろ、恥ずかしさを感ずることがあるということをどうして理解してもらえるだろうか？

他の機会に、信仰のことを尋ねられると、ジャックは〈カトリック〉と答えていた。宗教教育の授業に登録しようかと言われたとき、祖母の危惧を思い出して、結構ですと答えた。「要するに君は」と真面目な顔で冗談を言う復習教師は言った。「掟を実践しないカトリック教徒なのだね。」ジャックは家で起こったことを説明することができなかったし、宗教にたいする家族の奇妙な対応を言うこともできなかった。そこで力を込めて、「そうです」と言ったが、それがみんなの笑いを誘い、彼がこの上なく途方に暮れている瞬間に、反骨の人間であるという評判を得たのであった。

他の日に、国語の教師が学内規定に関する問題を刷ったプリントを生徒に配り、両親の署名をつけて持ちかえるように頼んだ。そのプリントにはすでに、武器からグラビア雑誌まで、さらにはトランプにいたるまで、学校にもちこんではいけないものが列挙されており、たいそう気取った文章で書かれていたので、ジャックは易しい言葉で母と祖母にそれを要約してやらなければならなかった。プリントの下に下手な署名を書けるのは母親だけだった。*夫の死後、彼女は戦争未亡人として四半期毎に年金を受け取ることになり、✣財務局の機関として——しかし彼女はたんに金庫に行ってくると言っていた。彼女にとって財務局とは意味のない一つの固有名詞にすぎず、反対に子供たちはそれが酌み尽くせない財源をもった神話的な場所で、彼らの母親がときどきわずかな金を受け取りに行くのを許されている場所であると考えていた——役所はいつも署名を求めていた。最初は難しかったが、ある隣人（？）がカミュ未亡人[*2]という署名をモデルにしてなぞることを教えたので、どうやらこうやら書けるようになり、役所もそれを受け入れていたのだ。しかしながら、翌朝ジャックは、早朝から開店する店を掃除しに、彼よりずっと早くに出掛けてしまった母が署名をし忘れたことに気がついた。祖母は署名ができなかった。その上祖母は丸を書いてそれに一、二本線を引き、それぞれ十とか百の単位を表すという表記法で計算をするのであった。ジャックは署名のないプリントをもっていかなければならず、母が署名を忘れたと言った。そして誰か家に署名のできる人間がいるかと尋ねられ、いないと答えたときの教師の驚いた表情に接して、彼はこうしたケースはそれまで考えてきたこと以上に稀なことであると知ったのであった。

　ジャックがそれ以上に困惑を覚えたのは、父親の転勤によってアルジェに移ってきた本国の若者たちにたいしてであった。彼にもっとも考える機会を与えたのはジョルジュ・ディディエ[*d]であり、フランス語と読解のクラスにおける共通の趣味が、たいそう親密な友情にいたるまで二人を近づけたので、ピエールが嫉妬するくらいであった。ディディエの父親ははなはだ敬虔なカトリック教徒の士官であった。彼の母親は〈音楽をしていて〉、姉（ジャックは会ったことは一度もなかったが、その姉について楽しい夢を見た）は刺繍が趣味で、ディディエは、彼の言によると、司祭職を志していた。ことのほか頭がよい彼は、信仰と道徳の問題に関しては一徹であり、彼の確信は徹底していた。彼が品の悪い言葉を口にしたり、他の子供たちが尽きせぬ興味をもってするように、トイレでの悪癖や性生活のことを仄めかしたりすることは決してなかった。もっともそうしたことにたいして彼らは口にするほどはっきりと知っていたわけではなかったが。二人の間に友情が生まれたとき、ディディエがジャックから最初に取りつけた約束は、これからは無作法な態度を取らないということであった。彼にたいしてそうするのは造作もないことだった。しかし他の子供たちにたいしては、ジャックは会話のなかに不作法な言葉を混ぜることに何の苦労もなかった。（すでに多くの事柄をたやすくさせ、さまざまな言葉を話すことができ、あらゆる環境に順応でき、多彩な役割を演じることができる彼の性格がそこには表れていた。ただ……）ジャックがフランスの中産階級の家庭がどんなものであるかを理解したのは、ディディエのおかげであった。彼の友はフランスに代々続く家をもっており、休暇にはそこに帰っていたのだが、その家についてジャックに話したり、しばしば手紙を書いてきた。その家には古いトランクがたくさん置いてある屋根裏部屋があり、そこにはまた家族の手紙や記念品や写真が置いてあった。彼は祖父母と曾祖父母とトラファルガーの戦いで水兵をしていた祖先の歴史を知っていた。そしてその長い歴史が、想像力の中では活き活きと蘇り、彼に日々の行動と規範を与えてくれるのであった。「お祖父さんの言によれば……、パパが望んでいるのは……」そんな風にして自分の厳格さと、人と掛け離れた純粋さを正当化していた。ディディエはフランスのことを語るときには、「我々の祖国」と言っていて、その祖国が要求するかもしれない犠牲を予め受け入れていた（「君の父君は祖国のために亡くなったのだ」とジャックに言っていた……）。一方、ジャックにとってこの祖国という概念は意味のないものであった。自分がフランス人であり、そのためある種の義務が伴うことを知っていたが、しかし自分にとってフランスは引合いにだしても無駄な国であり、その国はときどき義務を求めはするものの、それは自分の家以外のところで耳にしたあの神、明らかに、善と悪との至高の分配者であり、人間の手では及びもつかないが、向こうの方では、反対に、人間の運命についてなんでもなしうる神がなすのに似ていた。ましてや一緒に暮らしていた女たちは、彼と同じ感情を抱いていた。「お母さん、祖国*って何なの？」とある日彼は尋ねた。自分がわからないときはいつでもそうだが、彼女はぎょっとした顔をした。「知らない。わからないよ」と言った。――「それはフランスのことなのさ。」――

「ああ、そうなの。」そして安心した風に見えた。ディディエはそれが何であるか知っていたし、何世代も経過してきた家族が彼にとって力強く存在していた。それに自分が生まれた国の歴史があった。彼はジャンヌ・ダルクをジャンヌとその名前だけで呼んでいた。また同様に、善と悪は彼にとっては現在と未来にわたる運命のようなものと規定されていた。ピエールもそうであったが、わずかとはいえ、ジャックは自分は人種が違うという感じを抱いていた。つまり過去もなく、代々続く家もなく、手紙と写真でいっぱいの屋根裏部屋もなく、屋根が雪に覆われる訳のわからぬ祖国の理論上の市民である彼らは、真っ直ぐに照りつけてくる、野性的な太陽の下で成長し、例えば彼らに盗みを禁止したり、母親や女性を守るよう促したりはするが、女性や目上のものに関する数多くの問題……（等々）には触れていない、この上なく基礎的な道徳だけを身につけていたからである。それに彼らはまた神から知られず、神を知らない子供たちであって、未来の生など認識しえなかった。それほど現在の生が、彼らにとっては、太陽や海や貧困といった無関心な神々の保護のもとで、日々汲み尽くせないもののように思われていた。正直に言えば、ジャックが深くディディエに惹かれたというのも、それは恐らくこの子供が絶対的なものに夢中になり、忠誠心（ジャックは忠誠心という言葉を、今まで何回となく書物の中で読んではいたが、初めて直接耳から聞いたのはディディエの口を通してであった）に浸されてはいても、人を引きつける優しさをもっていたからである。しかしそれはまた、ジャックの目からすれば、ディディエの風変わりな点にもあった。ディディエの魅力はジャックにとって正しく異国的なものとなり、それがあまりにも強かったので、成人してからも、ジャックは逆らいようもなく異国的な雰囲気をもつ女性に惹かれていった。家族や伝統や宗教をもつ子供は、ジャックにとっては、奇妙で理解しがたい秘密のうちに閉じこもった、熱帯帰りの日焼けした冒険家と同じような魅力をもっていた。

しかし草もなく、太陽に蝕まれた草木のない山岳地方で、コウノトリが飛び立ち長い旅路を経てやってくる北国に一日中思いを馳せながら、この鳥が通り過ぎるのを眺めているカビリア地方の羊飼いは、夕方になると乳香樹の草原へ、長いドレスを着た家族のもとへ、自分が根を下ろした粗末なあばら屋へと帰っていくのである。かくしてジャックはブルジョワの伝統の奇妙な媚薬（？）に酔い痴れることができたが、実際には自分に最もよく似ているものにあいかわらず心を寄せていた。それはピエールであった。毎朝、六時半に（日曜日と木曜日を除いて）、ジャックは家の階段を四段ずつ駆け降りて、暑い季節には湿気に包まれながら、冬には頭巾つきマントをスポンジのように膨らませる土砂降りの雨の中を駆け出していって、ピエールの家のある通りの泉水のところを曲がり、そのまま階段を二つ駆け昇って、静かにドアをノックした。心が広く美人のピエールの母親がドアを開けてくれたが、それは直接貧相な家具のある食堂に通じていた。食堂の奥には、両側にドアがあり、それぞれ寝室に通じていた。その一つはピエールの部屋で、母親と共有していた。もう一つは逞しい鉄道員で、寡黙だがにこやかな叔父たちの部屋であった。食堂に入ると、右手に窓も明かりもない小部屋があって、台所と洗面所に使われていた。ピエールは決まって準備ができていなかった。冬には石油ランプで照らされ、防水布を掛けた食卓に座って、釉のかかった茶色い陶器の大きな茶碗を両手にもって、母親が注いでくれたばかりの熱いカフェ・オレを熱いまま飲み干そうとしていた。「吹きなさい」と母親は言っていた。彼は息を吹き掛け、ピチャピチャと音をたてて飲んでいたが、ジャックはそんな[*f]彼を眺めながら、体重をかける足を変えていた。飲み終えると、ピエールはまだ蠟燭の火の灯る台所に行かなければならなかった。そこでは亜鉛の流しの前で、特別な歯磨粉の厚いテープを巻きつけた歯ブラシの入ったコップが彼を待ち受けていた。歯槽膿漏を患っていたのだった。彼は頭巾つきマントに手を通し、鞄を肩にかけ、帽子を被った重装備のまま、長い間ごしごしと歯を磨いてから、亜鉛の流しに音を立てて吐き出すのであった。歯磨粉の薬品の匂いがカフェ・オレの匂いと混ざり合った。ジャックは軽い吐き気を感じ、いらいらすると同時に、それを面に表した。そしてその後、かえって友情の絆となるとはいえ、仏頂面が続くことも稀ではなかった。それから二人は黙って通りに出て、にこりともせずに市電の停留所まで歩いていった。そうでないときには、反対に、鞄をラグビーのボールのように投げ合いながら、追いかけっこをすることもあった。停留所では、二、三人の運転手のうちのどの車に乗るかを探ろうとして、赤い車両の電車がくるのを待ち受けていた。

というのも、後ろの二両に乗るのをいつも嫌っており、先頭に陣取るために動力車まで進んでいこうとするのであったが、電車は中心部まで行く労働者たちで一杯であり、鞄が邪魔になって前進できないので、大変なことであった。先頭までくると、乗客が下りるのに乗じて、鉄とガラスでできた仕切り板と細長いギアボックスの所に身を押しつけた。ギアボックスの上には把手のついたレバーがあり、それが円に沿って水平に回ると、盛りあがっている太い鋼鉄の線がニュートラルを示し、他の三つはそれぞれのスピードの速さを、五つ目の線はバックを示していた。このレバーを操作できるのは運転手だけであり、頭上には話し掛けることを禁ずるという張紙があった。彼らは子供たちから半神のような威光を享受していた。運転手たちは軍服に似た制服を着用し、庇のある煮しめた革の帽子を被っていたが、アラブ人の運転手だけはシェシア帽を被っていた。二人の子供はその顔つきによって彼らを区別していた。華奢(きゃしゃ)な肩をした青年のような顔つきの「好感のもてる小柄なお兄さん」もいたし、背が高く、力がありそうで、粗野な顔をして、いつも前方をきっと見据えているアラブ人の茶色い熊(くま)もいた。さらにはまた顔色は冴(さ)えないが、明るい目をして、レバーの上で背を丸めている老いた動物好きのイタリア人もいた。動物の友というあだ名は、彼が不注意な犬を避けるために電車をほとんど止めてしまうことからついたものだった。一度など厚かましくも、線路の間で糞(ふん)をしている犬を避けたこともあった。それにダグラス・フェアバンクスのような顔と小さな髭(ひげ)をたくわえた阿呆(あほう)の大男であるゾロもいた。*g 動物の友はまた子供たちの心の友でもあった。しかし子供たちが夢中になって見ほれていたのは茶色い熊の方だった。彼は平然として、しっかりした足台の上に突っ立ち、喧(やかま)しい音のする電車を全速力で運転していた。大きな左手でしっかりとレバーの木製の把手を握り、周囲の交通の事情が許せばすぐに把手をサード・ギアまで回し、右手を用心深くギアボックスの右手にある大きなブレーキの装置に置き、いつでもぐるぐる回せるようにしていた。レバーの速度をゼロにすると、動力車はレールの上を重たげに滑るのであった。カーブやポイントにくると、動力車の上に大きな渦巻きバネで固定されている太いトロリーポールが、ドーナツ型の小さな輪の中を通っている電線からしばしば外れてしまうのも茶色の熊が運転しているときであった。すると電線が大きな振動音を立てて、ぱちぱちと火花が散る中でポールは跳ね上がってしまった。そんなときは車掌が電車から飛び下りて、ポールの先端に固定された金属線をつかむと、それは自動的に動力車の後ろにある黒い金物の板箱のなかに入った。そして鉄の輪の抵抗に負けまいとして力いっぱい引っ張ると、ポールが後ろの方にくるので、車掌はそれをゆっくりと持ち上げながら、火花がぱっと散る中で、ポールをドーナツ型の輪の中に入れ直そうと努力していた。動力車の外に身を乗り出したり、もし冬なら窓ガラスに鼻をぴったり押し当てながら、子供たちは作業を目で追っていたが、それが上手（うま）くいくと、誰ともなくそれを知らせるので、運転手は直接誰かと話をするのを禁じられていても、違反することなく状況を把握できた。しかし茶色の熊は一切動じなかった。彼は規則通りに、車掌が動力車の後ろに垂れている紐（ひも）を引っ張り、前部にあるベルを鳴らして発車の合図をするまで待っていた。するとさして注意することなくまた電車を走らせるのであった。前部に陣取った子供たちは、雨の日や陽が燦々（さんさん）と輝く朝、金属の道が目の前と頭上を走っていくのを眺めていた。そして電車が全速力で荷馬車を追い抜いていくときや、反対にしばらくの間のろまの自動車とスピードを争ったりするときには快哉（かいさい）を叫んだ。停留所ごとにアラブ人やフランス人の職人たちの一部が下りると、また新しい乗客が乗り込んできたが、中心部に近づくにつれて乗客の身なりはよくなってきた。電車はベルを鳴らしてまた発車し、長々と広がっている半円状の町の端から端まで走り抜け、突然、港と水平線に浮かぶ青みを帯びた高い山々まで広がっている広大な湾の空間に出るのであった。そこから三つ目の終点である〈グーヴェルヌマン広場〉で、子供たちは下車した。この広場は木に囲まれていて、三方にアーケード付きの家が立ち並び、白いモスクと港の空間の方にだけ開いていた。中央には目映い太陽の光のせいで馬が足を跳ね上げている一面に緑青がついたオルレアン公爵の騎馬像が建っていた。しかしそのブロンズは雨期に雨が流れ落ちるので真っ黒になっていた（製作者の彫刻家は、轡をつけるのを忘れたために自殺したと、まことしやかに語られていた）。一方馬の尻尾からは、この像を保護するための鉄柵の中の小さな庭にいつはてるともなく水が流れ落ちていた。広場の残りの部分には艶のある敷石が敷いてあり、子供たちは市電から飛び下りると、長く滑りやすい敷石の上をバブ＝アズーン通りに向かって駆け出していった。そこからリセまでは五分で行けた。

バブ＝アズーン通りは両側にアーケードのある小路で、四角い大きな柱が立っているため、よけい狭く、この界隈と町の最も高い一郭とを結ぶ他の会社の市電の線路がやっと通るくらいの幅しかなかった。暑い日には、濃紺の空が、まるで蓋(ふた)をするように、通りの上に照りつけていたが、アーケードの下は涼しかった。雨の日には、通り全体が湿気を帯び、テカテカ光る深い石の塹壕(ざんごう)でしかなかった。アーケードに沿って、ずっと商店が立ち並んでいた。正面を沈んだ色で塗り、明るい色の生地が暗い店の奥でかすかに光っている生地問屋、丁字(ちょうじ)とコーヒーの匂いのする乾物屋、アラブ人の商人が油と蜂蜜(はちみつ)のしたたる菓子を売っている露店、この時間にもうパーコレーターがポコポコ音を立てている暗く、奥深いいくつかのカフェ（一方、夕方になると、剝(む)き出しのランプで照らされたこうしたカフェは、寄木張りの床に敷かれたおが屑(くず)の上で足踏みをしながら、乳白色の液体の入ったグラスとルピナスや鰯(いわし)やセロリのみじん切りやオリーヴや揚げ物やピーナッツを山盛りにした小さな皿がいっぱいにのったカウンターの前で、ありとあらゆる種類の人間たちが犇(ひし)めきあって、騒音と話声で満たされていた）、さらには絵葉書や派手な色彩のモール人のスカーフを飾った回転式陳列台に挟まれた平らな飾り棚に、東洋風の趣味の悪い彩色ガラス細工を並べて売っている観光客相手の雑貨屋があった。

　アーケードの中程にあるそうした雑貨屋の一つは太った男が経営していたが、いつも暗い奥の方か電気の光の下に座っており、巨体で色が白く、石か木の幹を持ち上げるときに見られる動物のように目が飛び出しており、なによりもつるつるの禿げ頭であった。リセの生徒たちは、そのような特徴から、彼に「蝿のスケート場」とか「蚊の自転車競技場」というあだ名をつけていた。この禿げ頭のように何もない表面では、この昆虫でもカーブも切れないし、バランスを保つこともできないからという理由であった。しばしば、夕方、彼らは椋鳥の群れのように、蝿が滑って「ズズズ」という音を立てるのを真似しながら、店の前を駆け抜けて商人の顔を見、この不幸な男のあだ名を叫んでいった。その太った商人は彼らを罵り、一、二度、身のほど知らずにも子供たちを追いかけようとしたが、諦めなければならなかった。急に叫び声とからかいの一斉射撃を前にしても平然としているようになった。何日もそのままだったので、子供たちは大胆になって、終いには彼の鼻先で叫ぶようになった。ところがある日の夕方、商人からお金を貰ったアラブ人の若者たちが、突然隠れていた柱の陰から飛び出して、子供たちを追跡し始めた。ジャックとピエールは、その夕方は、掛け離れた俊敏さを発揮するだけで折檻を免れた。ジャックはただ頭の後ろに平手打ちを食ったが、ショックから立ち直ると、相手を引き離してしまった。しかし仲間の二、三人はひどい往復びんたを食らった。その後、生徒たちは店の品物を盗むとか、店主の体を痛めつけてやろうとか陰謀をめぐらしたが、実際にはそのような腹黒い計画を実行に移すことは一切せず、自分たちの獲物を追い詰めるのを止めて、いつも殊勝げに向かい側の歩道を通るようにした。「みんなぶるってやがる」とジャックは苦々しげに言った。——「結局、悪いのはぼくらだからな」とピエールが答えた。——「悪いのはぼくらでも、みんなぶたれるのを怖がってるのさ。」ずっと後になって、人間というものは法を遵守する振りをするのであって、力の前にのみ頭を下げるものであることを（本当に）理解したとき*h、彼はこの話を思い出すことになった。

バブ＝アズーン通りの真ん中はアーケードの片側が切れていて、サント＝ヴィクトワール教会があるため、そこだけが膨らんでいた。この小さな教会は元のモスクの跡地を占めていた。石灰で白く塗られた正面には、奉献台（？）のようなものが彫り込まれていて、そこにはいつも花が飾ってあった。人通りの少ない歩道の上には、子供たちが通る時間にはもう花屋が開店していて、アイリスやカーネーションや薔薇やアネモネなどのとてつもなく大きな束が、季節に応じて丈の高い缶に突っ込まれていたが、絶えず花に水を掛けるせいで、缶の上部は錆びていた。その同じ歩道にまた小さなアラブの揚げ菓子屋があったが、それは本当に狭い店で、二、三人も入れば一杯だった。その小さな店の片側に周辺部分に青と白の陶製タイルを張った炉が切ってあって、中央には煮えたぎる油の入った大きな鍋が音を立てていた。炉の前には、アラブ風のキュロットをはいた奇妙な人物が、昼間や暑い日には上半身裸同然で、他の日には折り返しの部分を安全ピンで止めたヨーロッパ風の服を着て、胡座をかいていた。彼はその坊主頭と細い顔と歯の抜けた口元とによって、眼鏡を外したガンジーに似ており、手に赤いエナメルの杓子をもって、こんがり揚がる丸い揚げ物の揚がり具合を監視していた。揚げ物が丁度よく揚がると、つまり外側が黄金色になり、一方真ん中の極端に薄い練り物が、半透明になると同時にぱりぱりしてくると（透明なフライド・ポテトのように）、彼は慎重に杓子を揚げ物の下にまわし、素早く油から引き上げ、鍋の上で三、四回杓子を動かして油を切り、それからそれを目の前のガラスで保護された台の上に並べ、すでにできあがった蜂蜜入りの小さな細長い揚げ菓子と平たく丸い揚げ菓子*が並んでいる穴の開いた陳列棚に押し込んだ。ピエールとジャックはこの菓子に目がなかった。そして例外的なことながら、どちらか一方が少しばかり金をもっているときには、店の前でゆっくりと立ち止まって、油で揚げた菓子を一枚の紙に包んでもらったが、紙はたちまちのうちに油が染みて透明になった。あるいは細長い揚げ菓子を買うこともあったが、そのときには店の主は手渡す前に傍らの炉の側においてある壺にたくさん入っている黒っぽい色の蜂蜜に漬けてくれたが、そこには小さな揚げかすが一杯入っていた。子供たちはこの御馳走を受け取ると、服を汚さないように、上半身と顔を前に突き出し、リセの方に向かって走りながら、がぶりと噛みついた。

新学期が始まるとすぐに、サント＝ヴィクトワール教会の前から、燕が立ち去っていった。実際、通りの上手の、ここだけ膨らんだ場所には、たくさんの電線が張り巡らされており、かつては市電の運行に使われていて、いまだに撤去されていない高圧線もあった。寒くなり始めると、といっても凍るわけではないので比較的寒くなると、それでも何ヵ月もの間重苦しい暑さが伸しかかっていた後だけに、寒く感じられる頃になると、普通は海の前の大通りや、リセの前の広場や、貧民街の空を、ときどき鋭い叫び声をあげながら、無花果の実や、海に浮かぶ塵や、あるいは新鮮な糞を漁っていた燕*jは、初めは一羽ずつバブ＝アズーン通りの回廊に姿を現し、市電の方に向かって少し低く飛ぶかと思うと、突然高く舞い上がり、家並の上の空の中に姿を消した。ある朝急に、燕たちはサント＝ヴィクトワール教会の小広場のすべての電線の上や、建て混んでいる家々の上に止まり、半分喪服を着ているような小さな胸の上の頭を動かしながら、新しく来たものに場所を空けるために、尾を振りながら少し脚をずらし、歩道をその灰白色の小さな糞で覆ってしまった。そして全体でクワックワッという短い鳴き声の混じるたった一つの重苦しい鳴き声を発し、朝方から通りの上で絶えずひそひそ話のように聞こえていたそれが、少しずつ大きくなって、夕方になってまた子供たちが帰りの電車の方に駆けて行く頃には、ほとんど耳を聾するばかりになっていったが、突然定かならぬ命令に従うかのように、それがぴたりと止んで、何千もの小さな頭や黒と白の尾を、眠っている鳥のように下に傾けた。二、三日の間、サーヘルの丘の方々から、またときにはもっと遠くの方から、燕はかなり大きな群れをなしてやってきて、すでに到着していたものの間に少しずつ身を置こうと努め、徐々に通りの軒蛇腹や重だった家の両側に羽根を休め、次第に数を増しながら通行人の頭上で羽ばたき、一斉にピーピー鳴き始めるのだったが、それは終いに耳を聾するばかりになった。そして、ある朝、また突然に通りから燕がいなくなった。夜の間に、丁度明け方になる直前、燕は一斉に南部に向かって飛び立って行ったのだ。子供たちにとって、そのときが冬の始まりであった。暦よりはずいぶん早かったが、彼らにとってまだ暑い夕方の空に鋭い鳴き声がなければ、夏ではなかったのだ。

バブ゠アズーン通りは最後には大広場に通じていたが、そこには左右に向き合ってリセと兵舎があった。リセは、丘に沿って這い上がり始めた急勾配で湿気のある通りからなるアラブ人街に背を向けていた。兵舎は海に背を向けていた。リセの向こう側にはマランゴ公園が始まっており、兵舎の向こうは貧民街で、半ばスペイン人街であるバブ＝エル＝ウエドに続いていた。七時十五分より何分か前にピエールとジャックは、全速力で階段を駆け昇った後、正面入口の隣の小さな通用門から、生徒たちの流れに合流した。二人が大きな正面階段に達すると、その両脇には成績表が貼ってあった。さらに階段を全速力で駆け上がると、踊り場に出たが、その左手に各階に上がる階段が始まっており、ガラスの嵌まった回廊によって大きい中庭から隔てられていた。踊り場の一本の柱の陰に、遅刻者を待ち受けている〈犀〉の姿が認められた（〈犀〉というのは背の低い神経質なコルシカ人で、そのカイゼル髭からついたあだ名であった）。今までとは違った生活が始まっていた。

ピエールとジャックは〈家族の経済状態〉から、半寄宿生の奨学金を貰っていた。それで二人は一日中リセで過ごし、学食で食事を取ることになった。日によって違うが、授業は八時ないし九時に始まっていたので、寄宿生の朝食は七時十五分に用意されていて、半寄宿生もそこで食べる権利があった。二人の子供の家族は、何かの権利を受ける機会がほとんどなかったので、それが何であれ権利を放棄するなどということは思ってもみなかった。ジャックとピエールはしたがって、七時十五分に白く丸い学食にやってくる数少ない半寄宿生であった。眠そうな寄宿生たちはすでに亜鉛板を張った長いテーブルに座り、大きなコップと乾いた大きなパン切れが入った巨大なバスケットを前にしていた。その間、ほとんどがアラブ人であったが、ごわごわした生地の前掛けで身をくるんだ子供たちが、先ほどまで煮えたぎっていたコーヒーの入った肘型の大きな注ぎ口つきのポットをもって列をまわり、コーヒーよりチコリの方が多い熱い液体をコップに注いでいた。自分たちの権利を行使すると、子供たちはその十五分後に、自分も寄宿生である復習教師に見張られながら、勉強に加わり、授業が始まる前に学科を予習することができた。

公立小学校との大きな違いは、教師の数の多さであった。ベルナール氏は何でも知っていて、すべてを同じ方法で教えていた。リセでは教科ごとに教師が変わり、教え方も人によって異なっていた。*k 比較が可能になったのだ。つまり好きな教師とまったく嫌いな教師との間で選択を行う必要ができてきたのであった。この見地からすれば、小学校の教師は父親の存在に近く、父親の役目をほぼ全的に果たし、ベルナール氏のように有無を言わせないものであり、必要性の一部をなしていた。好きだとか嫌いだとかいう問題はしたがって現実的には生じえなかった。たいていはみな教師を愛していた。絶対的に彼に依存していたからである。しかしたまたま子供が教師を好きにならなかったときには、あるいはあまり好きにならなかったときには、依存と必要性だけが残り、愛とは似ても似つかぬものになってしまう。反対にリセでは、教師たちはやや叔父たちに似ており、みんな選ぶ権利をもっていた。とくに生徒は教師を愛さないことが可能であり、例えばある物理の教師は極端なほどのお洒落で、権威主義的で、言葉遣いも荒く、ジャックとピエールは何年もの間に二、三回彼と付き合わなければならなかったにもかかわらず、決して〈耐え忍ぶ〉ことができなかった。一番愛される幸運に恵まれたのは国語の教師で、ジャックとピエールは他の教師より彼に会う回数が多く、ほぼすべての彼のクラスで愛着を感じていたのだが、[1]教師の方は彼らのことは何も知らず、授業が終われば、見知らぬ世界に立ち去ってしまうので、彼に縋ることはできなかった。彼らもまたリセの教師がまったく住んでいそうもない遠くの街に戻るのであり、市電の中で教師や他の生徒たちに出会うことはまったくなかった――赤い電車（CFRA）は下町を走り、優雅さで知られる山の手には反対に緑の車両の別の電車（TA）が走っていた。その上TAはリセまでやってきたが、CFRAの方はグーヴェルヌマン広場が終点で、後はみんな下からリセまで「　」[3]した。その結果、放課後に二人の子供はリセの出口のところで、あるいはその少し先のグーヴェルヌマン広場で、違和感を味わうことになった。というのも陽気な仲間たちと別れて、最も貧しい界隈に向かう赤い電車の方に歩いて行ったからである。しかし彼らが感じていたのはまさしく違和感であって、劣等感ではなかった。自分たちは他の所にいる、ただそれだけのことだった。

授業中には、反対に、違和感は消えてしまっていた。多かれ少なかれ優雅なエプロンのおかげで、彼らはみな似通っていた。競争といえば、授業の間の知能の差と遊んでいるときの敏捷（びんしょう）さの違いだけであった。この二種類の競争では、二人の子供は下の方ではなかった。二人の子供は公立小学校でしっかりした教育を受けていたので、最初から優位にたち、第六学級からもう先頭グループに属していた。しっかりとした書体、確実な計算、鍛えられた記憶力、またとりわけあらゆる種類の知識にたいして教え込まれた［*4］尊敬は、最初の授業の際、少なくとも彼らの主要な切札となっていた。もしジャックがもう少し落ち着きがあったら、決まって成績優良者として名前を貼り出されることになっただろうし、またもしピエールがラテン語にもう少し身を入れていれば、彼らの成功は完全なものになったことだろう。いずれの場合にも、教師たちの励ましを受けていたので、尊敬の的であった。遊びについて言えば、問題はなによりもサッカーだった。そしてジャックは最初の休み時間に、それから何年もの間情熱の対象となるべきものをもう発見していた。試合は学食での昼食の後の休み時間と、寄宿生と半寄宿生と放課後残って自習する者にとって、四時の最終時間の前の一時間の休みに行われた。この時には、一時間の休み時間を利用して子供たちはおやつを食べることができたし、翌日の予習をする二時間の授業を前にしてくつろぐことができた。*m ジャックにとっておやつを食べるなどということは問題外であった。サッカーに取りつかれた連中と一緒に、彼はセメント敷の中庭に飛び出したが、その中庭は四方を太い柱に支えられたアーケードに取り巻かれ（その下を、作文の良くできる者や勉強家がお喋(しゃべ)りをしながら散歩していた）、四つか五つの緑色のベンチが並び、また鉄柵(てっさく)で保護された大きな無花果の木が植えられていた。二つのチームが中庭を二分し、ゴールキーパーが両側の奥の柱の間に位置すると、大きな柔らかいゴムのボールが真ん中に置かれた。審判はおらず、キックオフと同時に叫び声と突進が始まった。すでにクラスの最も優れた生徒たちと対等に話をしていたジャックが、優れた頭をもたない代わり、たいていは力強い脚とスタミナに恵まれていた出来の悪い生徒たちからも尊敬され、愛されたのは、このコートの上であった。そこでは、初めてジャックはピエールと離れた。もちろんピエールも巧みであったが、競技には加わらなかった。ピエールはジャックよりも華奢(きゃしゃ)になり、より早く背が伸びていき、髪のブロンドも濃くなったが、まるで移植にあまり成功しなかった植物のようであった。*n ジャックの方は成長が遅く、そのことから、〈超低空飛行〉とか〈短足〉とかという立派なあだ名を頂戴(ちょうだい)することになったが、彼は気にかけず、夢中になって足でボールを追い、次々と木や相手の選手を避けていくのであった。彼は自分が中庭と人生の王者であるような気がしていた。休み時間の終わりと授業の始まりを告げる太鼓の音が響き渡ると、彼は本当に茫然として、セメントの上にぴたっと止まり、息をはずませ、汗を流しながら、時間のたつのが早いことを憤慨していたが、そのうち徐々に現状認識を取り戻し、袖で顔の汗を拭いながら、ふたたび仲間の列の方に駆けて行った。それから急に靴底の鋲が磨滅したのではないかと怖くなって、授業の始めに、不安げに調べてみて、前日との違いと鋲の光り具合を確認しようとし、磨滅の度合いを計ることができないときには心からほっとするのであった。ただ底がぱっくりと口をあけてしまったとか、靴の甲が切れてしまったとか、踵が曲がってしまったとか、繕いようのない損傷が家に帰ってどんな仕打ちを受けるかを雄弁に物語っているときには別で、そうなると唾を飲み、腹に力を入れて二時間の授業の間、罪を償うために、ひとしお勉強に打ち込んでみたが、どんなに努力をしてみたところで、叩かれるのが怖くて上の空になってしまった。この最後の授業はその上最も長く感じられる授業であった。最初は二時間続いた。そのうち夜まで、あるいは夕方の始めまで続くようになった。高い窓がマランゴ公園に向いていた。並んで座っているジャックとピエールの周りでは、生徒たちは勉強と遊びに疲れ、最後の義務を果たそうと打ち込んでいて、普段より静かであった。とくに年末には、夜は公園の大きな木や花壇やバナナの木の植え込みの上に落ちてきた。町の喧騒がより遠くに、より鈍くなる一方、空は徐々に緑色を帯びて少しずつ膨張していった。たいそう暑いときや、窓の一つが半開きになっているときには、小さな庭の上を飛び交う最後の燕の鳴き声が聞こえてきたり、バイカウツギや大きなマグノリアの香りがインクや定規のもっと甘酸っぱく、ほろ苦い匂いを消しに来た。ジャックは奇妙に胸を締めつけられながら、自分も学部に進学する準備をしていた若い復習教師に注意されるまで、ぼんやりとしていた。最後の太鼓の音を待たねばならなかった。

七時になると、リセの外はラッシュで、喧しい生徒のグループがバブ＝アズーン通りに沿って駆け出していった。通りの商店はどれも明々と明かりを灯し、アーケードの下の歩道は人で溢れていたので、ときどきは電車の姿が目に入るまでは車道の線路の間を走らなければならなかった*。電車が来るとアーケードの下に飛び込み、目の前にグーヴェルヌマン広場が広がるところまで進んでいった。広場の周囲にはキオスクやアセチレンランプで照らされたアラブ人の商人の物売り台が並び、子供たちはうっとりとしてその匂いを胸一杯に吸い込んだ。赤い市電は、朝方はもっと乗客が少ないのに、すでにはち切れんばかりに人を乗せて待っていた。そこでときどきは停留所で乗客たちが下りるまで、後ろの車両のステップに乗ったままでいなければならないこともあった。これは禁止されてはいたが黙認されていた。子供たちは人込みを掻き分けて、離れ離れになり、いずれにしてもお喋りをすることもできずに、肘と体を使ってゆっくりと手摺りの一つの方に向かっていく羽目になった。手摺りから暗い港が見えたが、そこでは光で斑点模様のように見える大きな客船が、海と空の闇の中に、燃焼した後の燠火と同様に、焼け落ちた建物の残骸のような姿を呈していた。明かりをつけた大きな市電は、大きな音を立てながら、海岸の上手を走り、それから少し下手に下り、だんだん貧しくなる家の間を通って、ベルクール街まで走っていった。そこで彼らは別れ、ジャックはいつも明かりの灯っていない階段を、防水布とテーブルの周りの椅子を照らしている丸い石油ランプの明かりの方に登っていった。部屋の他の部分は暗がりで、その中でカトリーヌ・コルムリイは食器を並べようと食器棚の前で立ち働いており、一方祖母は台所で昼の残りのシチューを温め直しており、兄はテーブルの片隅で冒険物語を読み耽っていた。ときにはムザブ人の乾物屋に塩とか最後になって足りなくなったバターを四分の一ポンド買いに行ったり、カフェ・ガビイで長広舌を振るっている叔父のエルネストを迎えに行かなければならなかった。八時にみな黙々と夕食を取った。ときには叔父が訳のわからない話をして一人で大笑いしたが、いずれにしてもリセのことは決して話題に上らなかった。ただ祖母がジャックに良い点を取ったかどうか聞くことがあったが、彼が大丈夫と答えると、もう誰も問題にしなくなった。また母は彼が良い点を取ったと認めたときには、頷(うなず)き、優しい目で彼を眺めたが、いつでも何も言わずに、「そのままにしててね。チーズを取ってきます」と彼女の母に言うのであった。その後はテーブルの上を片づけようとして立ち上がる最後まで、何もありはしなかった。ジャックが夢中になって「レ・パルダイヤン」を読み耽っているので、「お母さんの手伝いをしなさい」と祖母はよく言っていた。彼は手伝いをして、ランプの下に戻り、決闘と勇気について語る厚い本をてかてかした剝(む)き出しの防水布の上に置くと、その間に母親は椅子をランプの光の外に引き出し、冬には窓に背を向けて、夏にはバルコニーに出て、徐々に少なくなっていく市電や車や通行人を眺めていた。*p 翌日の朝は五時半に起きなければならないからもう寝なければいけないよ、とジャックに言うのはまたしても祖母であった。彼はまず祖母に、それから叔父に、最後に母にキスをするのだったが、母は優しいが無頓着(むとんちゃく)なキスを返すと、ふたたび薄暗がりの中で不動の姿勢をとって、道路と今彼女がいる高みの下で飽くことなく繰り広げられる生活の方に虚(うつ)ろな視線を向けるのであった。息子の方は、胸を詰まらせながら、飽くことなく暗がりの中の母親を観察し、彼が理解しえぬ不幸を前にして、訳のわからぬ不安を一杯感じながら、背をかがめている母親の瘦(や)せた後ろ姿を眺めていた。

鶏小屋と鶏の首切り

ジャックはリセから家に帰るとき、未知のものと死を前にした不安、すなわち速やかに光と大地を食いつくしてしまう宵闇(よいやみ)と同じくらい素早く夕方にはもう心を占領してしまう不安をつねに感じていた。その不安は祖母が石油ランプに火を灯(とも)し、防水布の上にガラスの覆(おお)いを置いて、少し「爪先(つまさき)立ち」、食卓の縁に尻(しり)をのせて前屈(まえかが)みになり、笠(かさ)の下のランプの火口をもっとよく見ようとして首をねじり、片手でランプの灯心を調節するためのつまみを探り、もう一方の手にもった火のついたマッチで、灯心が炭化するのを止めて、ふたたび明るいきれいな炎になるよう煤(すす)を削(そ)ぎ落とすまで終わることがなかった。それから祖母はガラスの覆いを嵌(は)めたのだが、それは銅製の溝にあたって少しギイギイと音がした。その次にはふたたびテーブルの前に真(ま)っ直(す)ぐに立って、片手をあげて黄色く温かい光が大きな円形を描くまでまた灯心を調節するのであった。ランプが防水布にあたって反射するときのようなより穏やかな光を放ち、テーブルの反対側でこの儀式を見つめている母や子供の顔を照らし出すと、光が広がるにつれて彼の心はゆっくりと休らいでいった。

ときどき何かの折りに、祖母が中庭に行って鶏を一羽取ってくるように命じたとき、つまり誇りと虚栄から勇気のあるところを見せようと努めるときも、ジャックは同じような不安を感じていた。それはいつも復活祭とかクリスマスとかいった重要な祝日か、彼らより裕福な親戚(しんせき)の訪問がある日の前夜のことであった。彼らはその親戚に敬意を払うと同時に、体面を保つために一家の実情を隠していたのであった。リセに入った頃、実際に祖母は日曜日に商売に出るジョゼファン叔父にアラブの雛鳥(ひなどり)を買ってきてくれるよう頼み、叔父のエルネストを動員して、中庭の奥の、湿気でねばねばした地面の上にじかに粗末な鶏小屋を作らせた。そこに五、六羽の鶏を飼っていたが、それは卵を産んだし、ときには血を供給した。祖母が初めて首を締める決心をしたとき、家族はみなテーブルにおり、祖母は上の子供に犠牲(いけにえ)を取りに行くように頼んだ。しかしルイ[*1]はしりごみして、怖いと、はっきり口に出して言った。祖母はせせら笑い、彼女の時代の片田舎の子供たちはなにも恐れなかったのに、家の子供たちは贅沢(ぜいたく)だといってなじった。「ジャックや、お前の方が勇気があるのはわかってるからね。お前が行っておいで。」実際には、ジャックは自分の方が勇気があるとはまったく感じていなかった。しかしそうまではっきり言われれば、引き下がることはできなかった。そしてその最初の晩、彼は出掛けていった。暗がりの中を手探りで階段を下り、あいかわらず暗い廊下を左に曲がり、中庭に出る扉を探し、それを開けなければならなかった。夜の闇は廊下ほど暗くはなかった。中庭に下りる滑りやすく緑色をした四段の階段が見分けられた。右手の床屋とアラブ人一家の住む小さな家のブラインドから、微かな光が洩れていた。正面に、彼は地面か糞まみれの止まり木の上にいる白っぽい鶏[*a]の姿を認めた。鶏小屋に着いてぐらぐらする小屋に手を触れ、跪いて、金網の大きな目から鶏の頭上に指を差し入れるやいなや、クワックワッという重苦しい鳴き声がし始め、それと同時に排泄物の生暖かく胸の悪くなるような臭いが立ち昇った。地面すれすれに設置されている格子戸を開け、しゃがんで片方の手と腕を滑り込ませると、気持ちの悪いことに、地面や汚れた止まり木にあたったので、すぐに手を引っ込めてしまった。羽根と脚のばたばたする音が聞こえるや、恐怖に胸をどきどきさせていた。鶏はあちこちに飛んだり、駆け回ったりしていた。とはいえ一番勇気があるとして指名された以上、決心しなければならなかった。しかし暗がりの中の、この暗く汚い片隅にいる鶏たちの騒ぎは、彼を不安で一杯にさせ、脅えさせた。彼は待ち、頭上の夜そのものを、明々と静かに星が光っている空を見上げた。それから前に身を乗り出し、手の届く最初の脚をつかみ、脅えてさかんに鳴いている鶏を小さな戸のところまで引き寄せた。それからもう一方の手で二本目の脚をつかみ、手荒く鶏を小屋の外に引っぱり出した。鶏の羽根の一部は戸の桟にあたってもう取れてしまった。その間小屋中が取り乱したクワックワッという鋭い鳴き声に満たされたので、年寄りのアラブ人が、突然切り取られた四角い光の中から、様子を見に出てきた。「ぼくだよ、タハールさん」と子供はうつろな声で言った。「お祖母さんの代わりに鶏を取りにきたんだよ。」――「ああ、坊やかい。それならいいんだ。泥棒じゃないかと思ったもんでね」と言ってタハールはふたたび中庭を暗がりの中に沈めつつ去って行った。そこでジャックは駆け出した。鶏は狂ったようにもがいていたので、それを廊下の壁や階段の手摺りにぶつけた。掌に伝わる両脚の鱗の生えた、冷たく、分厚い皮の感触が気色悪いのと、怖さで、気分が悪くなって、いちだんと足を早めて踊り場と家の廊下に駆け上がり、やっと食堂に勝利者として姿を現した。その勝利者は、髪を振り乱し、膝を中庭の苔で緑色に汚し、できるだけ体から鶏を遠くに離し、恐怖で青い顔をしながら入口に現れた。「ほらご覧」と祖母は上の子に言った。「この子はお前より年下なんだよ。恥ずかしいじゃないか。」ジャックがこの正当な誇りで鼻を膨らませて待っていると、祖母はしっかりした手つきで鶏の脚をつかんだ。すると鶏はまるで今や容赦のない手に落ちたと観念したかのように、突然静かになった。兄は弟の方を見ずにデザートを食べているか、そうでなければ、馬鹿にしたような顔をしてみせたが、かえってそれはジャックの満足感を増長させることになった。しかしながら、この満足感は長くは続かなかった。祖母は男らしい孫に満足し、ご褒美として、台所で鶏の首を掻き切るのに立ち会うよう促したからであった。祖母はもう大きな青いエプロンを身につけ、片手でずっと鶏の脚をつかみながら、床の上に白い陶器の深皿を置いた。と同時にエルネスト叔父が細長く黒い砥石で定期的に研いでいた長い台所包丁を手にしたが、それは刃先が磨滅してたいそうほっそりしてしまい、光る糸にしか見えなかった。「おまえはそこにいるんだよ。」ジャックは指示通りに、台所の奥に立った。祖母の方は鶏と子供が逃げるのを防ぐために、入口に立って出口を塞いだ。ジャックは、腰を流しに押しつけ、〔左〕肩で壁に寄り掛かり、ひどく脅えながら、供犠者の手慣れた仕種を眺めていた。よく見えるように祖母は入口の左手の木製のテーブルの上に置かれた小さな石油ランプの明かりの真下に皿を置いていた。鶏を床の上に横たえ、右膝を床について鶏の脚を押さえつけ、両手でじたばたしないように鶏を押しつぶし、それから左手で頭をつかみ皿の上にくるように後ろに引っ張った。そして剃刀のようによく切れる包丁で、人間なら喉仏のある場所にゆっくりと刃を入れ、頭を捩ると傷口が広がって、同時に包丁が、恐ろしい音を立てながら、軟骨のあたりまでより深く入った。祖母がそのまま押さえつけていると、鶏は恐ろしいもがきを止めて、じっと動かなくなった。一方鮮血が白い皿に流れ落ち、それを眺めているジャックは、足が震え、あたかも自分の血がなくなっていくような感じがしていた。いつ果てるかもわからぬほどの時間がたってから、「皿を持つんだよ」と祖母が言った。鶏はもう血を流してはいなかった。ジャックはすでにどす黒くなっていた血の入った皿を注意深くテーブルの上に置いた。祖母は皿の脇に、艶を失った羽根をつけ、目をどんよりとさせた鶏をほうり投げた。鶏の目にはもう丸く皺のある瞼が被さっていた。ジャックはだらしなく垂れている合わさった足の指と、輝きを失ってぶよぶよした鶏冠をつけたままじっと動かぬ死体、つまり死を見つめていた。[*b] それから食堂の方に行った。「ぼくはあんなの見ていられないよ」と兄のルイが最初の夜、怒りを押し殺してジャックに言った。「あれは見るもいやだな。」——「そんなことないよ」とジャックはどっちつかずの声で言った。ルイは憎たらしいとでもいうかのように探るような顔をして、彼を見つめていた。それでジャックは立ち上がった。彼は不安を、夜を前にしたときに襲われたパニックのような恐怖を、また恐ろしい死を閉じ込めてしまい、矜持の中に、矜持の中だけに、やがては現実に勇気として役立ってくれる勇気への意思を認めていた。「お兄ちゃんは怖いだけだろ。」――「そうとも」と戻ってきた祖母が言った。「今後もジャックに鶏小屋に行ってもらうよ。」「そうだ、そうだ」とエルネスト叔父が嬉しそうな顔をして言った。「この子は勇気がある。」ジャックはじっと動かずに、少し離れたところで、卵状の木の玉を入れて靴下を繕っていた母の方を見た。母も彼を見た。「そうよ」と彼女は言った。「それがいいわ。お前は勇気があるから。」そして通りの方を向いてしまった。ジャックは注意深く母親を眺めながら、苦しい胸の中にまたもや不幸が根を下ろすのを感じていた。「もう寝なさい」と祖母が言った。ジャックは寝室にある小さな石油ランプに火を灯さずに、食堂から洩れてくる薄明かりの中で服を脱いだ。彼は二人用のベッドの端に寝て、兄に触らぬよう、また邪魔にならないようにしていた。ショックと極度の疲労からすぐに眠り込んでしまった。しかしときどきは彼よりも遅く起きるため壁際に寝ようとして、彼をまたぐ兄や、服を脱ぐとき暗がりの中で箪笥にぶつかる母のせいで、目が覚めてしまうことがあった。母は静かにベッドに上がると、あまりにも軽やかに寝息を立てるので、目を覚ましているのかと思うほどだった。彼はときどき母が目を覚ましていると思い、呼んでみようという気持ちに駆られたが、どのみち聞こえないだろうと考えて、母と一緒に目を覚ましていようと努力して、かたりとも音をたてずに、母と同じくらい軽やかに寝息を立てていたが、それは眠気がすでに洗濯か家政婦の辛い一日を過ごした後の母を打ちのめしたのと同じように、眠気が彼を打ちのめすまで続いた。

木曜日とヴァカンス

木曜日と日曜日だけは、ジャックとピエールは自分の世界を取り戻した（ただ何回か木曜日に居残り勉強、つまり特別学習をするときは別で、学監の通知状に書かれている通り、ジャックは母親に罰を受けたと簡単に報告した後で署名をしてもらわなければいけなかった）。そんな日には八時から十時まで二時間（ときとして罪が重いときには四時間）リセで、他の罪人に混じり、休日に動員されて機嫌が悪い復習教師の監視のもとに、特別の部屋でまったく不毛な罰を受けなければならなかった。[*a] ピエールは八年間のリセ生活で一度も居残りをさせられたことはなかった。しかしジャックは元気がよ過ぎるとともに虚栄心をも持ち過ぎていたために、自分を目立たせようとして馬鹿（ばか）な真似（まね）をし、居残りの回数を増やしていった。彼が祖母に罰は素行に関するものだけだといくら説明をしても、祖母は勉強ができないことと悪い行いとの区別をつけることはできなかった。祖母にとっては、良い生徒とは、必ず行いも良く勉強もできる者であった。同様に、良い行いは知識と直結するものでもあった。それゆえ、木曜日の罰は、少なくとも最初の何年かの間は、水曜日に最悪の叱責を受けるもととなった。

罰のない木曜日と日曜日には、朝のうちは買物と家の用事に費やされた。午後はジャン[*1]とピエールは一緒に外出できた。季節のよいときには、サブレットの浜か練兵場に行った。練兵場は大きな空き地であって、そこにざっとラインの引かれたサッカー場やペタンクのコートがいくつもあった。サッカーは頻繁に行われ、布のボールを使って、即席に作られたアラブ人とフランス人の子供たちのチームで戦われた。しかし別の季節には、二人の子供はピエールの母親が郵便局を辞めたあと、最終的に布類整理係の責任者をすることになったクーバ[*b]の傷夷軍人センターに行った。クーバは市電[*c]の路線の終点にあたるアルジェの東の丘の名前であった。実際町はそこでお終いで、そこから調和のとれた低い丘陵や比較的豊富な水や肥沃な牧場や食欲をそそる赤い土の畑のあるサーヘルの丘が始まっており、そのところどころを高い糸杉や葦の叢が断ち切っていた。葡萄や果樹や玉蜀黍が、たいして手入れもしないのに、豊富に育っていた。その上市内やじめじめして暑い貧民街からやってきた者には、空気はすがすがしく、健康によいと思われていた。一財産できるか、あるいはなにがしかの収入があったアルジェっ子はすぐにアルジェの夏を逃げ出して、もっと気候の穏やかなフランスに向かうのだったが、どこかで吸いこむ空気が少しでも爽やかであれば、もうそれだけでそれを〈フランスの空気〉と呼ぶに充分であった。したがって、クーバではみなフランスの空気を吸っていた。戦後すぐに年金生活をする傷夷軍人のために建てられたこの傷夷軍人センターは、市電の終点から五分のところにあった。それは元の僧院で、広大で、複雑な建て方をしており、いくつもの翼があり、壁には厚く石灰を塗ってあった。天井つきの回廊もあった。それに大きな丸天井の涼しい部屋がいくつもあって、食堂と管理室はそこにあった。ピエールの母親のマルロン夫人が管理していた布類整理室はこの大きな部屋の一つにあった。最初彼女は、一人はアラブ人でもう一人はフランス人である部下たちの間で、アイロンと湿った布の匂いの立ち込めるその部屋に子供たちを迎え入れた。めいめいにパンとチョコレートのかけらをくれ、腕まくりをして、みずみずしく、逞しい、きれいな腕を見せながら、「四時までポケットに入れておくのよ。庭に行ってなさい。私は仕事があるから」と言った。

子供たちはまず回廊の下や中庭を歩き回り、たいていは、嵩張るパンと指の間でべとべとするチョコレートを片づけるためにすぐに食べてしまった。子供たちは、片腕がなかったり、片足がなかったり、自転車のタイヤを嵌めた小さな車に乗った傷夷軍人たちに出会った。顎を折られたり、目が見えない者はおらず、ただ手足をもがれた者だけがいた。彼らはこざっぱりした服装をしており、勲章をつけているものも多く、シャツや上着やズボンの足を丹念にまくり、目に見えない切断の部分を安全ピンで止めていた。それは別に恐ろしくはなく、人数も多かった。子供たちは、最初の日の驚きが過ぎると、彼らのことを何か新しいものを発見したかのように思い、直ちにそれを世界の秩序の中に組み入れてしまった。マルロン夫人は子供たちにこの人たちは戦争で片手か片足を失ったのだと説明していた。確かに戦争は二人の世界の一部をなしていた。人びとは戦争の話しかしていなかった。戦争は二人の周囲にあまりにも大きな影響を与えていたので、そこで手足を失うことがあるということ、また戦争を手足を失う人生の一時期と定義することも容易に理解できた。それゆえ、足を失った者の世界は、子供たちにとって、少しも悲しいものではなかった。確かに、寡黙で沈んでいる者もいたが、大多数は若者で、よく笑い、自分たちの傷のことについてすら冗談を飛ばしていた。「俺は足が片方しかない」と逞しい角張った顔のブロンドの若者が言った。布類整理室にもよく遊びにくるその男は、「でも君の尻をまだ蹴飛ばすことができるぜ」と子供たちに言っていた。そう言って、右手をステッキの上に置いて、左手で回廊の手摺りをつかみながら身を起こすと、一本だけの足を子供たちの方に蹴りあげるのであった。子供たちは一緒に笑い、それから全速力で逃げ出した。その時の彼のように、走ったり、両手を使ったりするのは自分たちだけであることも、二人にとっては当り前のように思われていた。ただ一度、ジャックはサッカーをしていて足を捻挫し、数日のあいだ足を引きずらざるをえなかったとき、木曜日の傷夷軍人たちは生涯、そのときの彼のように走ったり、市電のステップに乗ったり、ボールを蹴ったりできないのだという考えが頭をよぎったことがあった。人間の体の働きの中にある素晴らしいものが急に彼の心をとらえたが、同時に自分もまた手足をもがれることがあるのではないかという盲目的不安に陥った。しかしすぐに忘れてしまった。

✣

彼らはブラインドが半分閉まり、全面に亜鉛板を張った大きなテーブルが暗がりの中で微かに光っている食堂と、巨大な容器や鍋やシチュー鍋から残飯のしつこい臭いが立ち込めている調理室に沿って歩いていった。最後の建物では、白い板が張られ、灰色の毛布の掛かったベッドが二、三脚ある部屋を見つけた。それから外階段を通って庭に下りていった。

傷夷軍人センターはほとんど手入れの施されていない大きな公園に囲まれていた。

何人かの傷夷軍人たちは瘦せた葦の生け垣で囲まれた小さな果樹園は別にして、センターの周囲の薔薇の植え込みや花壇を世話するのを義務としていた。しかしその向こうの、かつては素晴らしかった公園は荒れ地になっていた。巨大なユーカリの木や、立派なヤシの木や、ココヤシの木や、巨大な幹をもちその低い枝が少し離れたところで地面に根を下ろし、暗がりと秘密に満ちた植物の迷路を作りだしているゴムの木や、*d 葉の生い茂った丈夫な糸杉や、逞しいオレンジの木や、ピンクと白の花を咲かせた驚くほど大きな月桂樹の茂みが、粘土が砂利に被さり、バイカウツギとジャスミンとクレマチスと時計草と根元を逞しいクローバーやカタバミや野草の分厚い絨毯に覆われてそれ自体茂みとなっているスイカズラの芳香のある葉叢に浸食されて、跡形もなくなった何本もの小道の上に覆い被さっていた。この良い匂いのジャングルの中を散歩したり、腹這いで進んだり、身をかがめて鼻を草と同じ高さにもっていったり、ナイフで入り組んだ道を切り開いたり、そこから足に引っ掻き傷を作り、顔に水滴をつけて出てきたりすることは、この上なく楽しい遊びであった。

しかしまた恐ろしい毒薬を作ることも午後の遊びの大部分を占めていた。子供たちは野葡萄で覆われた壁面に凭れ掛かっている古い石のベンチの下に、アスピリンのチューブと薬瓶と古いインク壺と欠けた皿と把手のとれたコップなど細々した用具一式を積み上げておいたが、そこが彼らの実験室となった。公園の一番奥に入り込み、人の目に触れないようにして、自分たちの神秘的な霊薬を作りだした。ベースになるのは夾竹桃だったが、それはただその陰は不吉であり、その根元で眠りこむ不注意者は二度と目を覚まさなくなるということを、しばしば周囲で耳にしていたからであった。季節がくると夾竹桃の葉と花は二つの石の間で時間をかけてすりつぶされ、不吉な(体に悪い)ペースト状になるのだったが、それを見ただけで恐ろしい死が約束された。このペーストを天日に晒しておくと、たちまち見るからに恐ろしい虹色の輝きが出てくるのであった。その間に、子供たちの一方が古い瓶に水を汲みに駆け出していった。次に糸杉の実がすりつぶされた。子供たちは糸杉が墓場に生えている木だという定かならぬ理由で、それが悪い作用をもつということを確信していた。しかし実は木に登って取ってきた。地面に落ちているのは乾燥して固いので健康そうに見えて都合が悪かったからだ。*e それからこの二種類のペーストを古いボールに入れて、水でのばし、汚いハンカチで漉した。こうして得られた不気味な緑色のジュースは、子供たちによって、猛毒を扱うように、ごく慎重に扱われた。それはアスピリンのチューブか薬瓶に注意深く移され、液体に触れることのないように蓋がされた。残ったものには、摘んでこられるいろいろな漿果を潰して混ぜ、だんだんにこくのある一連の毒薬を作り出していった。それに番号を振って、醱酵がこの妙薬を完全に不吉なものにするために、翌週まで石のベンチの下に置いておいた。この謎めいた作業が終了すると、JとPは楽しそうに恐ろしい瓶のコレクションを眺め、緑の糊で汚れた石から立ち昇るいがらっぽく、酸っぱい匂いを嬉々として吸い込んだ。しかしこの毒薬は誰かのために作られたものではなかった。この化学者たちはこの薬で毒殺しうる人間の数を算定した。そして町中の人間を亡き者にしてしまえるほどの量を作ったと算定するほど、そのオプティミスムを押し進めることもあった。とはいえこの魔法の薬で仲間とか憎まれている教師を亡き者にしようなどとは一度も考えたことはなかった。実際に誰をも憎んでいなかったからだ。このことは後に彼らが大人になり、社会に出て生きなければならなくなったとき、おおいに彼らをまごつかせることになったに違いない。

しかし最も凄い日は風の強い日であった。公園に向いているセンターの一つの面は、以前はテラスであり、まだその石の手摺りが赤いタイルを張ったセメントの大きな台座の根元の草の中に埋まっているところで終わっていた。センターの三つの面に張り出したテラスからも、公園が見え、その公園の先にクーバの丘とサーヘルの高台とを切り離す峡谷を望むことができた。テラスの方向がそのようだったので、アルジェではつねに強烈に吹く東風のときには、テラスは横なぐりの風をまともに受けることになった。子供たちは、そんな日には、近くの椰子の木のところに駆けていった。その根元にはいつも乾燥した細長い椰子の実が落ちていたからである。彼らは下の部分を引っ掻いて刺を抜き、両手でそれを抱えられるようにした。それから椰子の葉を後ろに引き摺りながら、テラスの方に駆けて行った。風は猛烈な勢いで吹いていて、天辺の枝を激しく動かしている高いユーカリの木の間をヒューヒューと吹き抜け、椰子の木の毛を逆立て、紙を丸めるような音を立てながら、ゴムの木のつやつやした幅の広い葉をくしゃくしゃにしていた。テラスに攀じ登り、椰子の実を引き上げ、風に背を向けなければならなかった。子供たちはそのとき乾いて軋む椰子の実を両手で抱え、一部は体で保護し、それから急に風の方に振り返った。一気に椰子の実は彼らの方に吸いつき、二人は埃と藁の匂いを吸い込んだ。そうなると遊びは徐々に椰子の実を高く上げながら、風の吹く方向に進むことだった。先ず風に椰子の実を取られずにテラスの端まで行くことができ、両手の先に椰子の実を掲げて、一歩足を前に進め、できるだけ長く風の猛烈な勢いに逆らって、もっとも長く風と戦うことのできた方が勝ちだった。全速力で巨大な雲が飛んでいく空の下で、公園とざわざわと音を立てる木々の生えた高台を見下ろしながら、ジャックは風がこの国の外れから吹きつけ、椰子の実と彼の両腕にまで下りてきて、彼を力と興奮で満たし、絶えず長い叫び声を上げさせるかのように感じていた。その叫び声は無理をしたために腕と肩がだるくなるまで続いた。ついに椰子の実を離すと、台風のような風が一気にぴゅっと吹いてきて、彼の叫び声とともに持ち去ってしまうのであった。そしてそんな日の晩、くたくたに疲れて、ベッドに横たわり、母が軽やかな寝息をたてている寝室の静寂の中で、まだ彼の方に吹きつけてくる、怒り狂ったような猛烈な風の音を聞いていた。生涯ジャックはこの音を愛することになった。

木曜日[*f]はまたジャックとピエールが市立図書館に出掛けていく日でもあった。いつもジャックは手当り次第にさまざまな本を貪(むさぼ)り読み、生きたり、遊んだり、夢想したりするときと同じような貪欲(どんよく)さでそれを飲み込んでいった。しかし読書は無垢(むく)な世界の中に逃げ込むよすがにもなった。というのも、そこではすべてが非現実的なので、富も貧困も同じような面白さをもっていたからであった。厚い絵入り本である「ラントレピッド」は仲間の間で回し読みをされたので、しまいに厚紙で装丁されている表紙は灰色になり、がさがさしてきて、中のページは折り返されたり、むしられたりしてしまった。この本はなによりもジャックを滑稽(こっけい)な、あるいは英雄的な世界に連れ去り、ジャックのうちの二つの本質的な欲求である陽気さと勇気にたいする志向を満足させてくれた。この英雄主義と勇敢さへの志向は、騎士任侠(にんきょう)ものの小説を考えられないほど多く読んでいることと、「レ・パルダイヤン」の登場人物たちを簡単に自分たちの毎日の生活に結びつけてしまうことから判断するに、恐らくこの二人の少年のうちにたいそう強く作用していたに違いなかった。彼らのお気に入りの作家は実際ミッシェル・ゼヴァコであり、なによりもローマやフィレンツェ風の宮殿の中で、また王や教皇の豪華絢爛(けんらん)たる生活の中で過ごされた、短剣と毒薬に彩(いろど)られたイタリアのルネッサンス期は、この二人の貴族のお気に入りの王国であり、ときどきピエールが住んでいた埃っぽく黄色い通りで、［　］[*2]のニスを塗った長い定規を抜いて決闘状が交わされ、ごみ箱の間で猛烈な決闘が行われることがあった。[*g]彼らの指はその後も長い間その痕跡(こんせき)を留めていた。その頃の彼らはほとんど他の本に出会うことはできなかった。この界隈(かいわい)では本を読む人間がとても少なかったのと、自分の金で本を買うこともできなかったし、稀(まれ)に買うことがあっても、本屋の店先に出回っているのは大衆的な本だけだったからである。

しかし二人がリセに入学した頃、ジャックが住んでいた通りよりもっと立派な一郭が始まっている高台との中間あたりに市立図書館が新設された。その一郭には小さな庭に囲まれた別荘があり、その庭にはアルジェの湿った暑い傾斜地で逞しく成長している、芳香を放つ植物がたくさん生えていた。それらの別荘は、女子しか受け入れない宗教学校サント＝オディールの寄宿舎の大きな庭を取り巻いていた。彼らの住む一郭から近いけれど掛け離れているこの界隈で、ジャックとピエールはこのうえなく深い感動を味わった（今はまだ話すときではない、そのうち話すことになるだろう、等々）。この二つの世界の境界線は（一方は埃っぽく、樹木もなく、すべての場所が住民と彼らを住まわせる石で占められており、もう一方は花と樹木がまことに贅沢な世界をもたらしていた）、両側の歩道に見事なプラタナスの植わったかなり幅の広い大通りによって表されていた。通りの片側には別荘が立ち並び、もう一方には安っぽい小さな建物が並んでいた。市立図書館はその安っぽい一郭に開設された。

図書館は週に三回開館した。そのうち木曜日は仕事が終わる夕方と、午前中に開いていた。かなり不器量な若い小学校の女教師が無給で何時間かをこの図書館のために捧げていて、相当幅の広い白い机の後ろに座っていて、貸出簿をつけていた。部屋は四角で、壁はすべて白い木製の書棚で覆いつくされ、黒いクロス表紙の本が並んでいた。また急いで辞書を引く人のために、小さな机があり、その周りにいくつか椅子が置かれていた。というのもそこは貸出専用の図書館であり、アルファベット順のカードボックスがあったが、ジャックもピエールもそれを利用することは決してなかった。彼らのやり方は、書棚の前を歩き回り、表題で、また稀には作家で本を選び、その番号を青い用紙に書き込み、それをもっていって、貸出を頼むことだった。貸出の権利を得るには、わずかな納付金を払い、その領収書をもっていくだけでよかった。すると折り畳みのできるカードを貰(もら)え、そこに貸し出す本が記載され、同時に若い女教師がつけている帳簿に記載された。

図書館にはたくさんの小説が所蔵されていたが、大部分は十五歳以下の子供には貸出禁止となっていて、別の場所に並べられていた。また二人の子供たちのまったく直感的な選び方は、他の本と比較しながら本格的に選ぶというようなものではなかった。しかし偶然は、文化に関する事柄においては、最悪のものであるわけではなかった。そして飢えた二人の子供は、なんでもかんでも一緒くたにして、最悪の本と同時に最良の本をも読むことになった。その上何も覚えようとせず、実際にほぼ何も覚えておらず、ただ奇妙で強烈な感動を味わうだけだった。その感動は何週間か何ヵ月か何年かの間に二人のうちに毎日生きている現実に還元しえないイマージュと記憶の世界を生じさせ、それがどんどん大きくなっていった。しかしその世界は自分たちの生活と同じくらい激しく自分たちの夢を生きている情熱的なこの子供たちにとっては、まさしく現実的なものであることは確かだった。*hi

これらの本の内容は結局取るに足りないものであった。大切なのは図書館に入ると彼らが先ず何を感じるかであった。彼らは黒い本の並ぶ壁を見ることはなかった。しかし入口を通るや、自分たちの町の狭い空間から引き離され、さまざまな空間や領域を感じ取るのであった。それからめいめいが貸出限度の二冊の本をもち、それを肘で脇腹にしっかりと挟み、その時間には暗い通りを、プラタナスの大きな実を足で踏みにじりながら、帰って行くときがきた。彼らは自分たちの本から引き出しうる楽しみを推量し、前の週に借りた本の楽しみと比較しながら、大通りまでやってくると、点灯し始めた街灯の薄明かりの中で、本を開いて、何行か拾い読みを始めた（例えば、〈彼は力の強いことにかけてはほとんど並ぶ者がいなかった〉）。そうした文章は彼らの陽気で、執拗な希望をいちだんと強いものにしてくれた。二人は早々に別れを告げ、家に駆け戻って、防水布の上の石油ランプの光の下に、本を置くのであった。指にも引っ掛かる雑な装丁の本から糊の匂いが漂った。

その本の印刷の仕方は、それだけで、そこから引き出される喜びを読者に伝えていた。ＰとＪは著者や洗練された読者が喜ぶ、余白のある大きな活字は好きではなく、行間が狭く、小さい活字がいっぱいに詰まり、目いっぱい単語や文章で埋まっているようなページが好きだった。それはあたかも、田舎のたっぷり過ぎる料理と同じで、どんなに時間をかけてたくさん食べても決してなくならず、ただある種の猛烈な食欲だけを満たしうるようなものであった。彼らは洗練されたものは必要としていなかった。何も知らなかったので、何でも知りたかったのである。本の出来が悪く、構成もよくないときでも、ただそれがはっきりと書かれていて、激しい生活を描いたものでありさえすれば、そのようなことは二人にとってはどうでもよかった。そのような本も、二人だけには、夢の糧を与えることができ、二人はその後で、それを思い返しながら、ぐっすりと眠ることができた。

さらに本は印刷されている紙に従って、一冊一冊がどれも特殊な匂いをもっており、どの場合でも心地好く、神秘的な匂いがしていたが、それはあまりにも特殊なので、ジャックは目をつぶっていても、それが当時ファスケル社から刊行されていた普及版のネルソン叢書であることはすぐに嗅ぎ分けることができた。またそれぞれの匂いは、読み始める前からジャックをすでに〔守られた〕約束で一杯の別の世界に誘ってうっとりとさせるのであった。その世界はすでに彼のいる部屋を暗がりに沈め、街自体とその騒音を消し去ろうとしており、狂ったように情熱をこめて興奮状態で彼が読書を始めるやいなや、町と世界全体が完全に消えてなくなり、終いに子供は完全な陶酔状態に陥り、何回命令を受けても、そこから出ることはできなかった。*j「ジャック、食事の支度をおし、これで三回目だよ。」彼はやっと食事の支度をしたが、目はうつろで、生気がなく、読書の中毒にかかったように、やや血走った目をして、まるでまったく中断しなかったかのように、また読書に戻るのであった。「ジャック、おあがり。」彼はやっと食事をしたが、食事が現実的な厚みをもっているにもかかわらず、本の中で見つけた食事よりも、現実的でなく、確固たるものでないように思われた。彼は食器を片づけるとふたたび読書に戻った。ときどき母親が、自分の場所に座りにいく前に、近寄ってきた。「図書館だね」と言ったが、この言葉をうまく発音できなかった。母親はそれを息子の口から聞いたことがあったが、それは何を意味するものでもなかった。しかし本の表紙でそれとわかった。*k「そうだよ」とジャックは顔を上げずに言った。カトリーヌ・コルムリイは息子の肩ごしに覗きこんだ。光の下の二重の四角形と規則正しい文章の配列を眺めていた。また匂いを嗅いだし、ときどきは洗濯のためにかじかみ、皺のよった指をページの上に走らせた。あたかもそれは本とは何かをもっとよく知ろうとし、自分にとっては神秘的で訳のわからないそれらの印に少しでも近づこうと努力しているかのようだった。しかし息子はしょっちゅう何時間も、母親にとっては未知の生活を見つけ、そこから戻ってくると、まるで見知らぬ女を見るように、視線を投げかけてきた。形の変わってしまった手が少年の頭を撫でたが、何の反応も示さなかった。母親は溜め息をついて、ジャックから離れた自分の場所に座りに行ってしまった。「ジャック、もう寝なさい。」祖母が命令を繰り返した。「明日、遅刻をするよ。」ジャックは立ち上がり、翌日の授業のために鞄の中身を整え、小脇に抱えた本を離さずに、本を枕の下に入れて、まるで酔っぱらいのように、深い眠りに落ちていった。

かくして、何年もの間、ジャックの生活はちぐはぐな二つの生活に分離されていたが、それを結びつけることはできなかった。一つは太鼓の音で区切られた十二時間の間、子供たちと教師の世界で、また遊びと勉強のうちに過ごす時間。もう一つは昼間の二、三時間の間、貧者の眠りの中でしか本当に母親と一体になることのなかった旧市街の家で過ごす時間。以前の生活は現実にこの界隈であったが、今の生活、さらには希望はリセにあった。その結果、ある意味で、この界隈は終いに夜と睡眠と夢と一つになってしまった。それにこの界隈は存在していたのであろうか、この界隈は夕方は無意識的になる子供にとって、砂漠となるのではなかったのだろうか？　セメントの上の昏倒……いずれにしても、ジャックはリセの誰にも、自分の母親と家族のことを話したことはなかった。そして家族の誰にも、リセのことを話すことはできなかった。いかなる友人も、いかなる教師も、バカロレアにいたる年月の間に、彼の家を訪れたことはなかった。また母も祖母も、一年に一回、七月の始めに、優等賞の授与が行われるときを除いて、リセには決してやってこなかった。確かにその日だけは、二人は晴着で着飾った両親や子供たちの群れに混じって、正面の入口から入ってきた。祖母は外出用のドレスに黒いスカーフを巻き、カトリーヌ・コルムリイは栗色のチュールと蠟でできた黒い葡萄の飾りのある帽子を被り、夏用の栗色のドレスを着て、彼女がもっている唯一の中ヒールを履いていた。ジャックは半袖の開襟シャツと、初めは半ズボンをその後は長ズボンをもっていたが、いつも前日に母親が丹念にアイロンを掛けてくれた。二人の間に入って、ジャックは自ら、午後の一時頃、赤い市電の方に連れていった。動力車の椅子に二人を座らせ、自分は前の方に立って、ガラスを通してときどき彼に微笑みかける母親を見ていたが、彼女は電車に乗っている間中、帽子の被り具合やストッキングのずれや細い鎖の先につけた聖母を彫った金のメダルの位置を気にしていた。グーヴェルヌマン広場からは、子供が一年に一回二人の女と一緒に歩くいつもながらの道を、バブ＝アズーン通りに沿って歩いていった。ジャックは母親がこのような機会にふんだんにつけるローション「ランペロ」の匂いを嗅いでいた。祖母は背をのばし、毅然として歩きながら、足が痛いとこぼす娘を叱りつけていた（「あんたの歳にしては小さ過ぎる靴を履くからこうなるのよ」）。その間ジャックは二人に飽きもせずに、自分の生活の中でとても大きな位置を占めていた商店や商人について説明するのだった。リセでは正面の入口が開かれていて、堂々とした階段の両側には上から下まで鉢植えの植物で飾りつけがされており、早く来た両親や生徒たちがすでに上り始めていた。コルムリイ一家は、ほとんど社会的義務や喜びをもたず、時間に遅れるのではないかと心配になる貧乏人がつねにそうであるように、もちろん充分に時間的余裕をもってやってきていた。*1 それからみんなはダンスパーティーやコンサートの企画業者から借りた椅子の列で埋められた上級生用の中庭に入った。一方中庭の奥の大時計の下には、横いっぱいに演台が設(しつら)えられ、そこに肘掛け椅子や椅子が並び、またふんだんに緑の植物で飾られていた。中庭は徐々に明るい色の衣装で埋まってきたが、大部分は女性であった。早くにやってきた者は木の下の席を選んで、太陽を避けていた。他の者は細い藁を編んで、回りに赤い毛糸のポンポンの飾りをつけたアラブ風の団扇(うちわ)を使っていた。出席者の頭上には青空が凝固しており、照りつけはだんだんきつくなってきた。

二時に会場からは見えない二階の回廊で、軍隊のオーケストラが「ラ・マルセイエーズ」を演奏し始めると、みんな起立した。四角いベレー帽を被り、専門によって色の違う布地でできた長いローブを着た教師たちが、校長と今年はこの厄介な役目を引き受けることになった公式の賓客（たいていそれは総督府の高級官僚であった）を先頭に、入場してきた。教師たちが着席するときには、軍隊が別の行進曲を演奏した。それからすぐに賓客が挨拶をして、フランス全体ととりわけ教育に関する見解を披露した。カトリーヌ・コルムリイは耳を傾けても聞こえなかったが、それでも決していらいらした様子もうんざりした様子も見せなかった。祖母の方は聞いていたが、あまりよく理解できなかった。「話が上手だね」と祖母が娘に言うと、娘はさもわかったような顔をして頷いた。それで祖母は自信をもって隣の男性や左側の男女を見る余裕ができ、彼らに微笑みかけながらいましがた下した判断についてそうでしょうという風に頷いた。最初の年、ジャックは年老いたスペインの女がしている黒いスカーフを巻いているのは祖母だけなのに気がついて、気詰まりだった。はっきり言えば、正当ではないこの恥ずかしさは、ずっと彼に付き纏った。ジャックがおずおずと祖母の帽子のことをもちだすと、祖母は無駄金はないし、そのスカーフをしていると耳が温かいのだと答えたとき、ただそれについてはどうすることもできないと決めてしまった。しかし祖母が優等賞の授与が行われている間に、隣人たちと話をするときには、恥ずかしさから顔が赤くなるのを感じた。賓客の挨拶が終わると、普通その年に本土からやってきたもっとも若い教師が立ち上がり、例年通りにもったいぶった演説をする役目を引き受けた。この演説は三十分から一時間も続くことがあった。大学を出たばかりのその若手教師は、必ず話の中に深い教養を仄めかし、ユマニスト的な繊細さをちりばめたので、このアルジェの大衆には何のことか理解できなかった。暑さも手伝って、出席者の注意力は散漫になり、団扇がますます早く動いていた。祖母でさえうんざりしてしまって、あらぬ方を眺めていた。ただカトリーヌ・コルムリイだけは注意深く、休みなく降りかかってくる碩学と知識の雨を、瞬きもせずに受け入れていた。一方ジャックは足を踏みならしてピエールや他の仲間たちを目で探し、互いにブロックサインを交換しながら、顔をくしゃくしゃにして彼らだけの長い会話を始めていた。割れるような拍手がやっと上手く話を結んだ講演者に報いると、賞品の授与が始まった。それは上級生のクラスから始まった。それから一年生のクラスになるのだったが、二人の女にとっては、午後一杯、ジャックのクラスの順番がくるのを待ちながら椅子に座っていることになった。優等賞だけは、見えないオーケストラのファンファーレで讃えられた。だんだん若くなる受賞者は立ち上がって、中庭に沿って歩き、演台に上がり、極り文句の褒め言葉をふんだんにばらまかれながら握手をしてもらった。それから校長が本の包みを渡した（本がたくさんのったワゴン車が置いてある演台の下の階段を受賞者より先に昇ってくる助手から渡してもらった後で）。続いて受賞者は、音楽が奏でられる中を、満場の拍手喝采を浴びながら、本を小脇に挟み、階段を下りて、晴れやかな顔で、涙をぬぐっている幸せな両親を目で探した。空は少し曇りがちになり、海上のどこか目に見えないところに破れ目ができて、暑さもやや薄らいできた。大勢の受賞者たちが壇に昇ったり下りたりし、次から次へとファンファーレが鳴らされていって、中庭が徐々にすき始め、空が緑色を帯び始める頃、ジャックのクラスの順番がきた。自分のクラスの名前が呼ばれるやいなや、彼は悪戯を止めて、真剣になった。名前が呼ばれると、立ち上がったが、頭ががんがんしていた。後ろで、よく聞こえなかった母が自分の母親に「コルムリイって言ったの？」と言っているのが微かに聞こえた。――「そうだよ」と祖母は感動で顔を薔薇色に染めていった。ジャックが通って行ったセメントの道、演台、時計を鎖で吊るしている賓客、校長のにこやかな微笑、演台の大勢の人間の中に混じった教師たちの一人のときたまの愛情のこもった視線、それから音楽とともに、すでに通り道に立っている二人の女のもとへの帰還。母親はある種の驚きの入り雑じった喜びを込めてジャックを見つめていた。ジャックは母親に分厚い受賞者名簿を手渡した。祖母はほらねという感じで隣人に視線を向けた。いつ終わるかわからない長い午後が過ぎると、あとはあっと言う間に終わった。ジャックは急いで家に帰り、貰った本[*m]を早く見たかった。

彼らはたいていはピエール[*n]とその母親と一緒に帰った。祖母は黙って二つの本の包みの厚みを比べていた。帰宅すると、ジャックは先ず受賞者名簿を取り出し、祖母の頼みを受けて、彼女が隣人たちや家族に見せられるように、自分の名前の載っているページを折った。それから賞品の一覧表を作成した。まだそれが終わらないとき、母がすでに着替えて、スリッパを履き、麻のブラウスのボタンをかけながら戻ってきて、椅子を窓の方に引っ張っていくのが見えた。母親は彼に微笑みかけ、「よく勉強したんだね」と言った。そして彼を見つめながら頷いた。彼もまた母親を見つめていた。彼は待っていたが、何を待っているのか自分でもわからなかった。そうこうするうちに母親は通りの方を向いて、見慣れている姿勢を取った。今はもうリセから遠くにいるのだし、母親は一年たたなければふたたび出向くことはないだろう。一方暗闇が部屋に侵入してきて、最初の街灯が輝き始め、通りには顔の見えない散策者しかもう通っていなかった。

確かに母親はほんのわずか垣間見たリセから永久に離れてしまったのだが、ジャックの方は家族とこの界隈と再会しても違和感はなく、もはやそこから出ていくことはなかった。

少なくとも最初の二年間は、ヴァカンスもまたジャックを家族のもとに引き戻した。彼の家では誰も休暇を取る者はおらず、一年中休みなく働いていた。ただ仕事中の事故だけは、この種の危険にたいして保障をしてくれる会社に勤めている者に時間的余裕をもたらしたので、ヴァカンスを病院か医者のところで過ごすことになった。例えばエルネスト叔父は仕事に疲れると、「保障だ」と言いながら、わざと大鉋で掌の肉を分厚く切り取るのであった。女たちはどうかと言えば、カトリーヌ・コルムリイは休みなく働いていた。休息は彼らにとっていつもより簡単な食事を意味するという立派な理由からであった。なんの保障もない失業は彼らがもっとも恐れている不幸であった。そのことが、ピエールの家でもジャックの家でも、こうした労働者たちが日常生活においてはこのうえなく寛大な人間であっても、こと仕事の問題となると外国人嫌いとなる原因であった。彼らはイタリア人、スペイン人、ユダヤ人、アラブ人を次から次へと非難し、終いには彼らから労働を盗む世界全体を非難する始末であった――確かにプロレタリアを理論化するインテリを狼狽させる態度であったが、しかし彼らはたいそう人間的で、咎め立てされるような人間ではなかった。こうした不測のナショナリストたちがもう一つのナショナリストと対立しているのは、彼らが世界の支配や金と余暇の特権を得ようとしているのではなく、服従の特権を求めている点であった。この界隈では労働は美徳ではなく、必要性であり、それは彼らを生かすために、死に導くものであった。

いずれにしても、アルジェリアの夏はあまりにも厳しいので、人を満載した船が役人や裕福な人たちを、快適な「フランスの空気」を吸いに連れて行くのにたいし（またそこから戻った裕福な人たちは、八月の最中に水が流れている肥沃な牧場という夢のような、信じ難い話を持ち帰った）、貧民街ではなに一つ生活に変化はなく、中心部のように人口が半分に減るどころか、子供たちが通りに溢れ出てくるので、反対に人口が増えたかのような印象を与えていた*。

乾いた通りを彷徨い歩き、穴のあいたサンダル履きで、古い半ズボンと小さな綿の丸首シャツを身につけたピエールとジャックにとって、ヴァカンスとは何よりも暑さであった。最後の雨は四月か遅くとも五月であった。何週間も何ヵ月も、太陽はますます動かなくなり、ますます暑く、すべてを乾燥させ、干からびさせ、焼きつけるので、壁の塗料は剝げ落ち、石や瓦は細かい埃となり、たまたま風が吹くとその埃が通りに立ち込め、商店のウインドーや木々の葉を覆った。そうなると、七月には、昼間のうちはこの界隈全体が灰色と黄色の*p人気のない迷路のようなものになった。どの家もブラインドを全部丹念に閉めていたが、そこを太陽が獰猛に支配し、家の戸口にいる犬や猫をへたばらせ、生きものたちに陽が届かない壁ぎわにぴったり寄り添うことを余儀なくさせた。八月になると、太陽は、暑さで灰色になり、重苦しく、湿った空が鈍重な麻屑の層のように広がっている後ろに姿を消した。そこから洩れてくる散光は白っぽく、目を疲れさせるもので、通りから最後の色彩の跡を消し去ってしまった。樽工場では、ハンマーの音はいつもより鈍くなり、職人たちはときどき仕事の手を休めて、汗だらけの顔と上半身をポンプから出てくる冷たい水のシャワーの下に突っ込んだ。*q アパートでは、水の瓶と、もっと稀だが、葡萄酒の瓶は湿った布でくるんであった。ジャックの祖母は裸足で、薄いシャツを着て薄暗い部屋を歩き回り、機械的に団扇を動かしながら、午前中は働き、昼寝をするためにジャックをベッドに引きずり込み、涼しくなる夕方を待ってまた働き出すのであった。何週間にもわたって、夏と夏の臣下たちは、かくして、涼しさと冬の水✣の冷たさを忘れてしまうほど、重苦しく、湿っぽく、焼けるような空の下を這いまわっていた。それはあたかも世界が風や雪や清水を知らず、世界の創造からこの九月の日まで、灼熱の坑道によって掘られた巨大な乾いた鉱石に他ならなかったかのようであった。その坑道では埃と汗にまみれた人間たちが、目を凝らし、多少血迷ったように、ゆっくりと仕事をしていた。それから一挙に、空が極端に緊張するまで引き締まって、それから二つに割れた。九月の初めての雨は激しく、ふんだんに町を水浸しにした。町のすべての通りは光り始め、同時に無花果の葉は艶々とし、電線と市電の線路も色が出てきた。町を見下ろす丘の上には、もっと遠くの畑からやってくる湿った土の匂いが漂い、それが夏の虜たちに空間と自由のメッセージをもたらした。そうなると子供たちは通りに飛び出し、雨の中を軽装のまま駆け回り、通りの泡立つ深い流れの中を嬉しそうにのろのろ進んで行った。そして深い水溜りの中で、肩を組みながら円くなって、叫び声や笑い声で顔をくしゃくしゃにし、降り続く雨の中を仰向きながら、拍子を取ってこの新しく収穫された葡萄の汁を口に含み、葡萄酒よりも酔わせる汚い水をプーと吐き出すのであった。

そのとおり、暑さは猛烈で、しばしばほとんどすべての人びとを気が狂ったようにし、日一日と苛立たせていったが、彼らは反応したり、叫んだり、罵ったり、打ち勝とうとするような気力もなく、熱気と同じように苛立ちが募っていって、ついには褐色で悲し気なこの界隈では、あちこちでその苛立ちが爆発していた——例えば、丘の赤い粘土で作られた墓場の周りにあり、マラブーと呼ばれていたアラブ人街のほぼ外れにあるリヨン通りで、ある日ジャックは埃だらけのモール人の床屋から、青い服を着て、頭を剃った一人のアラブ人が出てくるのを見た。その男は奇妙な姿勢で、前かがみになって子供より数歩先の歩道の上を歩いていたが、現実にはありえないほど頭を後ろに傾けていた。実際そんなことは可能ではなかった。頭を剃っていた床屋が気が触れて、長い剃刀で一息に差し出されている喉を切ったのだった。相手は柔らかく切りつけられたために、血で窒息させられるのではないかと、それだけを感じていた。そして首を切られかけた家鴨のように店から駆け出した。その間、床屋はすぐに他の客に押さえつけられながら――まるでいつ果てるかもしれぬこうした日々の暑さ自体と同じように――凄い勢いで叫んでいた。

雨、空から落ちてくる土砂降りの雨は、乱暴に木々や屋根や壁や夏の間の通りの埃を洗い流した。濁水となった水は急速に川を溢れ出させ、下水口で烈しくごぼごぼと音を立て、ほぼ毎年、下水管自体を破裂させ、そうなると水は路上に溢れ出て、車や市電の前部で跳ね返るのだったが、それはまるで輪郭のはっきりした黄色い二枚の羽根のようであった。海自体も浜辺や港では濁水になってしまった。その後最初の太陽が家々や通りを、つまり町全体から水蒸気を立ち昇らせた。暑さが戻ってくることはあっても、もはや支配することはなかった。空はより開け広げで、呼吸も楽になり、光の厚みの後ろには空気の震えがあり、雨の気配があってそれが秋と新学期*の訪れを告げていた。「夏は長過ぎるね」と同じように安堵の溜め息を洩らしながら、秋の雨とジャックの出発を受け入れた祖母が言った。炎熱の日が続くとき、ブラインドを閉めた部屋の中で、退屈したジャックの足踏みの音は、余計そのいらいらに拍車をかけていたのだ。

その上祖母は、この時期、学校ではとくに何もしなくていいように定められているということを知らなかった。「この私はヴァカンスなんて取ったことがないよ」と言っていた。そのとおりであった。祖母は学校も余暇も知らず、子供のときから働き、それ以後、休みなく働いてきたのだった。祖母は将来の利益のために、孫が数年間家に金を入れないことを認めていた。しかし最初の日以来、祖母は無駄に過ごされるこの三ヵ月についてさまざまなことを考え始めていた。そしてジャックが三年目に入ったとき、ヴァカンスの間だけ働き口を見つけるときがきたと判断した。「今年の夏は働くんだよ」と学年度の終わりに言った。「そして少しお金を家に入れなさい。そんな風に何にもしないでいてはいけないよ。[s]」実際にはジャックは水浴びをしたり、クーバに出掛けたり、スポーツをしたり、ベルクールの通りを散歩したり、絵入り本や大衆小説を読んだり、ヴェルモの年鑑やサン＝テチエンヌの武器製造工場の読み出したら止まらないカタログを読んだり、することがたくさんあると考えていた。[t]その上祖母が命じる家のための買物とかちょっとした仕事があった。しかし祖母にとっては、そんなことはまさしく何もしないのと同じだった。というのも子供はお金を稼いでこないし、学校があるときほど勉強しないので、祖母にとってはこの無為の時は地獄の業火（ごうか）のように光っていたからであった。もっとも簡単なことは、子供に働き口を見つけることであった。

本当を言えば、それは容易なことではなかった。確かに新聞の小さな広告欄を見れば、店員とか配達係とかの求人は見つかった。バターの匂いの立ち込める乳製品店のおかみさんで、床屋の横に店をもつベルトウ夫人（油の匂いに慣れた鼻孔や口蓋にとっては突飛な匂いであった）が、祖母にそれを読みあげてくれた。しかし雇用者は常に少なくとも十五歳以上の働き手を求めており、ジャックは十三歳にしては体が大きくなかったので、あからさまに年齢を偽るのは難しいことだった。他方広告をのせる者はいつも自分たちのところで一人前に叩き上げることを夢見ていた。祖母が（いつもの外出のときと同様に、例のスカーフも含めて、おめかしをして）ジャックを連れて行った最初の雇用者たちは、まだ若過ぎると考えるか、あるいは二ヵ月だけの雇用は駄目だときっぱり断った。「こうなったら、ずっと働くと言うしかないね。」――「でもそれはいけないよ。」――「どうってことないさ。みんなそのうちお前を信用してくれるさ。」ジャックが言いたかったのはそんなことではなかった。本当を言えば、自分が信用してもらえるかどうかということを知ろうなどとは考えてもいなかった。ただその種の嘘が喉につかえているような気がしていたのだった。言うまでもなく、これまでも家でしばしば嘘をついてきた。でもそれは罰を免れるためとか、二フラン硬貨をくすねるとか、あるいはもっと頻繁にただ話をする喜びとか虚栄を張るときに限られていた。しかし家族にたいして嘘をつくことは許されうると思われても、他人にたいしては致命的であると考えていた。漠然と愛する者にたいして、しかも重要なことについて嘘をついてはならないと感じていた。そうすればもうその人たちと一緒に暮らしていけないし、愛することもできなくなるというのがその理由であった。雇用者たちはジャックについて、こちらから言うことしか知らないのだし、彼のことはしたがって知ることができないわけで、嘘は全面的なものになってしまうだろう。

「さあ、行ってみよう」とある日祖母はスカーフを結びながら言った。ベルトウ夫人がアガーの大きな金物屋が、選別をする若い店員を探していると教えてくれたのだった。その金物屋は中心部に登っていく斜面の一つにあった。七月半ばの太陽は斜面を焼き、歩道の方から立ち昇ってくる小便とアスファルトの臭いをひときわ強くしていた。一階にあるその店は間口は狭いがたいそう奥が深く、鉄の破片や鍵のサンプルがいっぱいのっているカウンターによって縦に二つに別れていて、壁の大部分を占める引き出しには謎めいた名札が貼ってあった。入口の右手にあるカウンターの上には錬鉄の柵がのっていて、そこには会計の窓口が設置されていた。柵の向こうにいるぼんやりした、年増の女性が祖母に、二階の事務室に昇って行くように促した。店の奥の木の階段は、実際に、店にも事務所にも使えるような広い部屋に通じていて、そこに数人の男女が中央の大きなテーブルを囲んで座っていた。この部屋の一つの面にドアがあり、そこが社長室であった。

店の主人は上着を脱いで、カラーを外し[*u]、暑くるしい事務所の中にいた。背後に、中庭に面して小さな窓があったが、午後の二時だというのに、陽が差し込んでいなかった。主人は太った小男で、両手の親指を幅の広いスカイブルーのズボン吊りに差し込んで、せかせかと息をしていた。顔ははっきり見えなかったが、低い、息切れしたような声が出てきて、祖母に座るように勧めた。ジャックはこの店全体に漂っている鉄の匂いを吸い込んだ。主人がじっと動かなかったので、ジャックにはこちらを警戒しているのではないかと思われた。そして力強く、恐ろしいこの男の前で嘘をつくことになると考えると、足が震えてきた。祖母の方は震えなかった。ジャックはもうすぐ十五歳になるところで、職を見つけなければならず、まもなく働くことになるんです。主人によれば、ジャックは十五歳には見えないが、もし利口なら……ところで初等教育修了証書はもっているかね？ いえ、彼は奨学金を貰っておりまして。どんな奨学金ですか？ リセに行くためのです。そうするとリセの学生さんだね。クラスは？ 第三学級です。それでリセを辞めるのかね？ 主人は前よりもいっそう動かなくなった。今や顔がはっきり見えた。そしてその丸く、乳白色の目が祖母からジャックに移った。このように見つめられて、ジャックは体が震えた。「ええ」と祖母が言った。「私どもはひどく貧しいもので。」主人はそれとわからぬくらい気を弛めた。「それは残念ですな」と彼は言った。「だって勉強ができるんでしょう。しかし商売をやっても、立派な職につけますよ。」確かに立派な職も最初はつつましいものだ。毎日八時間働いて月に一五〇フラン稼ぐことになるだろう。翌日から働き始めることもできた。「ほら」と祖母は言った。「あの人は私たちを信用したじゃないか。」――「でも辞めるときは、なんて説明したらいいの?」――「私に任せておおき。」――「わかったよ」と子供は諦めて言った。ジャックは二人の頭上の夏の空を眺め、たいそう薄暗い事務所の中の鉄の匂いを思い出しながら、明日から早起きをしなければならない、ヴァカンスは始まったばかりで終わってしまったなと考えていた。

二年間ジャックは夏に働いた。初めは金物屋で、次に船舶仲買人のところで、毎回、仕事を辞めなくてはならない九月十五日という日がくるのを、びくびくしながら待ち受けていた[*3]。

夏は前と同じであったとはいえ、この二年間は暑さとともにジャックの退屈に終止符を打った。しかし以前彼を変容させたもの、つまり彼の空と空間と喧騒を失ってしまった。ジャックはもはや褐色の貧民街ではなく、中心部で日を過ごすことになったが、そこでは質のよいセメントが貧民街の粗塗りのセメントに取って代わり、家々はもっと上品だが、もの悲しい灰色に染まっていた。ジャックが鉄と暗がりの匂いがする店に入る時間の八時になると、すぐに心は光を失い、空が消えてしまった。彼は会計係に挨拶すると、二階の照明の足りない事務所に昇って行った。中央のテーブルの周りには座る席がなかった。そこには日がな一日吸い続けている手巻き煙草のせいで黄色くなった口髭をはやした年寄りの会計係や、三十歳位で頭が禿げかかり、牛のように逞しい上半身と顔をもった会計係の助手や、もっと若い二人の店員がいた。その一人は痩せていて、褐色の髪をし、筋肉質で、ハンサムな横顔をしており、いつも昼間は事務所に埋もれていなければならないので、店にくる前に堤防で泳いでくるため、濡れたシャツを背中に張りつけて、海の匂いを撒き散らしていた。もう一人は太っていて、よく笑い、その活発な生命力を押さえつけることができないでいた。また社長秘書のラスラン夫人もいた。少々馬面だったが、それでも麻のドレスか必ずピンクのジーンズを身につけたところはなかなか見栄えがした。しかしみんなに厳しい視線を投げ掛けていた。彼らと彼らの書類や出納簿や機械だけでもうテーブルの上はいっぱいになってしまっていた。したがってジャックは社長室のドアの傍に椅子を置いて座りながら、誰かが仕事をくれるのを待っていた。たいていの場合、仕事は請求書とか商用の文書を窓の両側にあるカードボックスに分類することだったが、最初のうち引き出し板のついた書類整理箱を引き出して、それをいじったり、匂いを嗅いだりするのが好きだった。しかしついに最初はよい匂いだった紙と糊の匂いは、彼にとって倦怠の匂いそのものになってしまった。あるいは長い計算を検算するよう頼まれることもあった。そんなとき椅子に座ったまま、膝の上で計算をした。あるいはまた会計係の助手が一連の数字を自分と一緒に〈照合〉するよう頼むこともあった。そんなときはいつも立ったまま、熱心に数字をチェックしたが、相手は同僚の邪魔にならないように、生気のない、くぐもったような声で数字を読み上げるのであった。窓からは通りと向かいの建物はよく見えたが、空はまったく見えなかった。ときどき、といってもそう度々ではなかったが、ジャックは店の傍にある文房具屋に事務所に必要なものを買いにやらされたり、至急の郵便為替を送りに郵便局に行かされたりした。大郵便局は二百メートルほど離れた、港から町が建設されている丘の上まで登っている広い大通りにあった。この大通りにくると、ジャックは空間と光を取り戻した。郵便局自体は巨大な円形の建物の中にあり、大きな三つのドアと広々した丸天井のせいで明るく、天井からは光が流れ込んでいた。*しかしたいていは、不幸なことに、ジャックが事務所を出て郵便物を送るよう言いつけられるのは一日の終わりだった。そんなときそれは余計な仕事となった。というのも、陽が陰り始める時間に、大勢の客が犇めく郵便局に駆けつけ、窓口で並ばなければならなかったので、待ち時間を入れると勤務時間を超過してしまったからだ。現実に、長い夏は、ジャックにとって、薄暗く光のない日々とつまらない仕事のために使われてしまった。「何もしないでいるわけにはいかないんだよ」と祖母は言っていた。ジャックがまさしく何もしないでいるという印象をもったのはこの事務所の中であった。彼にとって海やクーバでの遊びは何ものにも代えがたかったが、彼は働くことを拒否はしなかった。しかし真の労働というものは、彼にとっては、例えば樽工場での仕事のようなものであり、長い筋肉労働、一連の巧みで正確な動作、あるときはきつくあるときは軽やかな手の動きであり、その努力の結果が現れるのが目に見えるような労働であった。つまり亀裂が一つとしてなく、立派にできあがった新しい小樽、そのとき労働者たちはじっとそれを眺めることができた。

しかし事務所の仕事はどこから来るともなく、何ものにも行き着かなかった。売り買いというのは、すべて凡庸で些細な行為を中心にしていた。今まで貧困のうちに過ごしてきたとはいえ、ジャックはこの事務所の中に凡庸さを見つけ、光が失われたことを悲しんだ。同僚たちはこの息の詰まるような感じには関係がなかった。彼らはジャックには親切で、乱暴にものを言いつけることもなく、厳格なラスラン夫人でさえ、ときどき彼に微笑を向けた。彼ら同士では、陽気な仲間意識とアルジェリア人に特有の無関心が入り雑じっていて、ほとんど話をしなかった。社長が彼らより十五分後にやってきたときとか、何か命令を下したり、送り状を確認するために事務所を出てきたときには（難しい取引のためには、彼は年老いた会計係か担当の雇い人を自分の事務所に呼んだ）、あたかもこの男たちと女が権力との関係においてのみ定義づけられるかのように、彼らの性格がなおいっそう露わになった。年老いた会計係は不作法で独立不羈の態度を取り、ラスラン夫人は深い瞑想の中に逃げ込んだ。会計係の助手は反対にすっかり卑屈な態度を取った。しかし一日の他の時間は、自分たちの殻に閉じこもり、ジャックも椅子に座ったまま、誰かが命令をくれて、祖母が労働と呼んでいる取るに足りないことで動き回る機会を待っていた。*w

　もう我慢ができなくなると、ジャックは文字通り椅子の上で苛立って、店の裏の中庭に下りて行き、セメントの壁で、ほんのわずかしか照明がなく、いがらっぽい尿の臭いが立ち込めているトルコ式のトイレの中に一人閉じこもった。この暗い場所で、目を閉じ、慣れ親しんだ臭いを嗅ぎながら、夢想に耽るのであった。血と種のレヴェルでなにかしら暗く盲目的なものが彼のうちで蠢いていた。ピンの箱をラスラン夫人の前で落としてしまい、拾い集めようと膝をつき、ふと顔をあげるとスカートの中の開いた両膝の間にレースの上部に包まれた太股を見た日以来、彼はときどき彼女の脚を思い返していた。彼はそれまで女性がスカートの下に履いているものを一度も見たことがなかったし、この突然の光景は口を乾かし、異常なまでの震えが体を襲った。一つの神秘が開示された訳で、ジャックは絶えず経験の量を増やしていったとはいえ、その神秘を味わいつくすことは決してなかった。

一日に二回、正午と六時に、ジャックは外に飛び出し、坂道を急いで駆け降り、すべてのステップに乗客を鈴なりに乗せて、労働者たちをそれぞれの界隈［に］連れていく満員の電車に飛び乗った。重苦しい暑さの中で互いに押し合い、大人も子供も無言のまま自分たちを待っている家の方に向かっていた。みんな軽く汗をかき、人間的なものが感じられない労働とこの不愉快な電車での長い往復と帰宅後の即座の眠りとの間に振り分けられたこの生活を諦めて受け入れていた。ジャックはときどき夕方に、そんな彼らの姿を見ると胸が締めつけられる思いがした。彼はそれまで貧困の豊かさと楽しみだけしか知らなかった。しかし暑さと倦怠と疲労は彼に宿命的な不運、つまり泣きたくなるほどの馬鹿げた労働の不運を露わにした。その労働の果てしない単調さは毎日を長過ぎるものにすると同時に人生を短か過ぎるものにもしていたのだ。

船舶仲買人のところで過ごした夏は、事務所がフォン＝ド＝メール大通りに面していたし、また仕事の一部は港で行われたので、もっと快適であった。実際、ジャックはアルジェに寄港するさまざまな国籍の船に乗り込まなければならなかったし、薔薇色の顔に縮れ毛をはやした品のよい老人であるその仲買人は、さまざまな役所の代行をする責任をもっていた。船の書類はジャックが事務所に持ち帰り、そこで翻訳された。そして一週間後には、積荷のリストと船荷証券が英語で書かれていて、税関当局や船荷を受け取る大手の輸入会社に宛てられたものである場合には、彼は自分で翻訳を担当した。したがってジャックは定期的にそれらの書類を貰いにアガーの貿易港に出掛けなければならなかった。暑さが港に降りる通りに損傷を与えていた。通りに沿って設置されている鋳物の手摺りは焼けるようで、そこに手を置くことはできなかった。広い波止場の上には太陽が無人地帯を作り出していた。しかし寄港したばかりで、栈橋に横腹をつけている船は別で、その周りにはふくらはぎまで青いズボンを捲り上げ、日焼けした上半身は裸のまま、頭の上に両肩から腰のあたりまでくる袋をのせ、その上にセメントや石炭の袋や角の尖った荷物をのせている港湾労働者たちが動き回っていた。甲板から栈橋まで降ろされたタラップを行き来するか、あるいは大きく開かれた船倉のドアから直接貨物船の腹の中に入り、船倉と桟橋との間に掛けられた厚板の上を急いで歩いていた。桟橋から立ち昇る太陽と埃の匂いや、暑過ぎてタールが溶け、あらゆる金具が焼けている甲板の匂いを通して、ジャックはそれぞれの貨物船特有の匂いを嗅ぎ分けていた。ノルウエーの貨物船は木の匂いがし、ダカールやブラジルの船はコーヒーとスパイスの、ドイツ船は油の、イギリス船は鉄の匂いがした。Jはタラップに沿って登って行き、一人の水夫に仲買人の名刺を見せたが、その男はわからなかった。それから暗がりそのものまで暑い船内通路を通ってオフィサーか時には船長の船室に連れていかれた。*その途中、狭く、質素な、小さい船室を貪るように眺めた。そこには人間の生活に最小限度必要なものだけが詰め込まれていたので、この上なく豪華な船室よりこの方がよいと思い始めた。ジャック自身が優しく微笑んでいたし、ジャックはこうした荒くれ男たちの顔とある種の孤独の生活が誰にでも与える視線が好きだったし、それを隠そうとしなかったので、みんなジャックを親切に迎えてくれた。ときどき彼らの中の一人がフランス語を話すときには、彼に質問をしてきた。それから彼は満足して、燃え立つ波止場と焼けつくような手摺りと事務所の仕事に戻るのであった。ただ暑さの中のこうした使い走りはジャックを疲れさせ、こんこんと眠り、九月になると痩せて神経質になった。

ジャックは十二時間のリセの日々が近づくのを見てほっとする思いであった。しかし同時に事務所に辞職すると告げなければならないので、彼のうちには困惑が広がっていった。もっとも辛かったのは金物屋のときであった。彼は、意気地なく、店には行きたくない、祖母が口からでまかせの理由を述べに出掛けてくれた方がよいと思った。しかし祖母はあらゆる手続きを省略することはごく当り前のことと考えていて、ジャックが給料を貰ったあと、何の説明もせぬままもう二度と行くことはないと考えていた。ジャックは祖母が出掛けていって社長の怒りを買うのはごく当然のことと考えていた。ある意味では祖母が作り出したこのような状況と嘘については確かに祖母に責任があるとはいえ、それでも、理由を説明できないままこのような逃げ方をする自分に何となく怒りを感じていた。それで説得力のある論法を見つけた。「でも社長が誰かをここに寄越すだろうよ。」「そうだね」と祖母が言った。「それなら、お前は叔父さんのところで働くことになったと言えばことが済むだろうさ。」祖母が「先ず給料を貰うんだよ。話はその後にしなさい」と言ったとき、ジャックはすでに心に疚しさを覚えながら家を出た。夕方がくると社長は、雇い人の一人一人を自分の部屋に呼び、給料を渡した。「ほら、坊や」と言ってジャックに封筒を手渡した。ジャックはおずおずと片手を伸ばしたが、相手は微笑みかけた。「いいかい、君はとてもよく働いてくれる。ご両親にもそうお話ししていいよ。」すでにジャックはもう戻ってこないことを話し、その理由も説明し始めていた。社長は腕をまだ彼の方に突き出したまま、唖然として彼を眺めた。「なぜかね？」嘘をつかねばならなかったが、それは口をついて出てこなかった。ジャックが黙ったまま途方に暮れているのを見て、社長は理解した。「君はリセに戻るんだね？」――「はい、そうです」とジャックは言ったが、恐怖と困惑の中である種の安堵の気持ちが突然湧いてきて、涙ぐんだ。社長は怒って立ち上がった。「君はここに来たときそのことを知っていたんだね。君のおばあさんも知っていたんだ。」ジャックは頷いてそうだと言うことしかできなかった。今や怒鳴り声が部屋中に鳴り響いた。ジャックたちは不誠実だった。そして社長は不誠実が大嫌いだった。社長はジャックに給料を支払わない権利があるということを知っているのだろうか。払うとすれば馬鹿げた話だ。そう、社長は給料を支払ってくれないだろう。祖母がきて、快く迎えられたとき、真実を告げていたら、それでも社長はジャックを雇ってくれたかもしれない。しかし、ああ、こんな嘘をついてしまったのだ。「私どもはとても貧乏なもので、この子はもうリセに行けないんです。」そして社長は一杯食わされたのだ。「そのためなんです」と途方に暮れていたジャックが突然言った――「そのためとはどういう意味だ？」――「私たちは貧乏だからなんです。」それから黙り込んでしまった。相手はそんなジャックを見つめた後で、ゆっくりとこう付け加えた。「……だからこんなことをした。私に作り話をしたというわけか?」ジャックは歯を食いしばり、足元を見ていた。沈黙があり、いつ果てるとも知れなかった。それから社長は机の上の封筒を取って、それをジャックに差し出した。「君の金を取りなさい。出て行きたまえ」と社長は乱暴な口調で言った。——「要りません」とジャックは言った。社長は封筒をジャックのポケットの中に押し込んだ。「出て行きなさい。」通りに出ると、ジャックは今や泣きながら走り、ポケットを熱くしている金に触るまいとして、上着の襟を両手でつかんでいた。

ヴァカンスを取らないという権利を得るために嘘をつき、ジャックがあれほど愛していた夏の空と海から遠くで働き、リセの勉強を再開する権利を得るためにふたたび嘘をつくこと、このような不正は心を大いに締めつけた。というのも、最悪だったのは、喜びのための嘘ならつこうといつも機会を窺(うかが)っていたとはいえ、必要悪の嘘には従うことができなかった彼が、最後に声に出して言えなかったその種の嘘ではなく、なによりも喜びが失われたこと、心を奪われていた休暇の時間と光がなくなってしまったこと、一年が早起きと陰鬱(いんうつ)でせかせかした日々の連続となってしまったことであったからである。貧困生活にあって豪華なもの、あれほどふんだんに、貪るように満喫していた掛け替えのない富、それをそうした宝物の百万分の一も買えないようなわずかな金を稼ぐために失ってしまわなければならなかったのだ。とはいえ、そうしなければならないことは理解していた。そしてジャックのうちの何かが、最も激しく反抗したときでも、それを成し遂げたことを誇りに思わせていた。なぜならば、辛い嘘のために夏を犠牲にした代償を初めて給料を貰ってきた日に見つけたからだった。そのときジャックが食堂に入って行くと、祖母はジャガイモの皮を剝いてボールの中に入れていて、エルネスト叔父は座ったまま膝の間に辛抱強いブリヤンを押さえつけて蚤を取ってやっており、母親は帰宅したばかりで、テーブルの片隅で、洗濯するように頼まれてきた汚れた下着の包みをほどいていた。ジャックは進み出て、何も言わずに、テーブルの上に百フラン札一枚と帰る途中ずっと握りしめていた大きな硬貨を何枚か置いた。祖母は何も言わずに、二十フラン硬貨を彼の方に押しやり、残りを拾い上げた。手で祖母はカトリーヌ・コルムリイの横腹をつついて注意を引き、彼女に金を見せた。「息子が稼いだんだよ。」——「ええ」と彼女は言って、その悲しげな目で一瞬子供を愛しそうに眺めた。叔父は苦行が終わったと思ったブリヤンを引き止めながら、頷き、「よし、よし」と言った。「これでお前も男だ。」

そうだ、彼は男だった。自分にかかる費用を少し支払ったのだ。そして一家の窮乏を少しでも減らしたと考えると、自分は自由で、何ものにも服従しないと考え始める人たちと同様に、取るに足りない矜持が身内に広がっていった。そして実際に、新学期になって、上級生用の中庭に入って行ったとき、もう四年前、早朝にベルクールを離れ、鋲を打った靴のためによろけながら、自分を待ち受けている未知の世界のことを考えて胸をどきどきさせ、仲間たちに注ぐ視線もやや純粋さを欠いていた、あの途方に暮れた子供ではなかった。そのうえ多くのことが子供だった彼を変容させようとしていた。そしてある日のこと、まるでそれが子供の生活の不可避的な義務の一つであるとでも考えているかのように、それまで辛抱強く祖母にぶたれるのを受け入れてきた彼が、祖母の手から牛の腱で作った鞭を取り上げ、突然狂ったように乱暴になり、怒り狂い、祖母の明るいが冷たい目を見て我を忘れ、その白髪頭をぶとうと決意を固めているのを見て、祖母は理解し、後ずさりをして、小さな自分の部屋に閉じこもってしまった。祖母は確かに無情な子供たちを育てた不幸を嘆いてはいたが、それでもすでにもう二度とジャックをぶつことはできないということを納得していた。実際二度とジャックをぶてないと感じていたのも、この痩せて筋肉質で、もじゃもじゃの髪をし、怒りに駆られた視線をもち、夏中働いて家に給料を持ち帰り、リセのチームの正ゴールキーパーに選ばれ、三日前には初めて、気が遠くなるような思いで、若い女の子の唇を味わったこの青年のうちでは、以前の子供はもう死んでしまっていたからであった。

2　自己にたいする不可解さ

ああ！　そうだ、それはそのようなものだった。子供の生活というものはそのようなものだった。この界隈の貧困の孤島での生活はそのようなものだった。生活は、最小限度の必要性によって、体が不自由で無知な家族に囲まれながら唸りを上げる若い血潮、つまり生を貪り食らう貪欲さと荒々しく貪欲な知性とに結びつけられていた。その生活が続く間、熱狂的な喜びに急激にブレーキがかけられ、その度に未知の世界を押しつけられてきた。そのブレーキはその度に彼を狼狽させたが、すぐに立ち直り、自分が知らない世界を理解し、知り、何としてもそれに近づこうとしている以上、それに溶け込もうと努力してきた。そこで巧みに進もうとはせず、善意を持ち続けながらも卑屈にならず、最後まで決して冷静な確信を失うことはなかった。そうそれはひとつの自信であった。それは彼が望むことなら何でも成功に導いてくれたし、この世界のこと、ただこの世界のことなら彼にとって不可能なものはないことを保証してくれたからである。そうして彼は自分の場所をどこにでも見つけようと心掛けていた（またそれは子供時代の裸の生活によっても準備されていた）。なぜなら、彼はいかなる場所をも欲しがらなかったし、ただ喜びと自由な人間たちと力と人生がもつ神秘的でよい面だけを望んでいたからだった。それは金で買うことはできないし、これからも金で買うことはできないだろう。貧困ゆえに、決して望んだのではない金を受け取っても、決してその金の力に屈伏しないでいられるように心の備えを固めてきたジャックは、四十歳になって、多くのものの上に君臨している今でも同じで、この上なく貧しい人びとにたいしては上に立つことはないと確信していたし、いずれにしても母親にたいしてはそのように感じることはまったくなかった。そうだ、このように彼は海と風と通りの戯れの中で、重苦しい夏と短い冬のうっとうしい雨のもとで、父親も後世に伝えるべき伝統ももたず、だが彼が必要としたとき一年間だけ父親らしき人物をもっといった生活を送ってきたのだった。そして人間や「　」*1のものを通して前進し、一つの行為（当時彼に与えられた状況にとっては充分であるが、もっと後で世界の癌を前にしたときには不充分な）に似た何かを作り出すための、また自分のために彼自身の伝統を創造するための知恵が彼に開示されたのであった。

しかしこうした行為、遊び、大胆さ、血気、家族、石油ランプ、暗い階段、強風下の椰子の実、海中での誕生と洗礼、さらには暗くてやっかいな夏、それらがすべてであったのだろうか？　ああ、そうだ、そうしたことがあった。それはそのままのものであった。しかしまた人間の不可解な部分もあった。彼のうちでそれはあの頃の何年か、奥深いところを流れる水のように重苦しく蠢いていた。その水は地下の、迷路のような岩場を流れ、決して昼の光を見たことがなく、それでいてどこからくるとも知れぬ微かな光を発し、赤々と輝く大地の中心から、おそらく岩に張りつくシダによって地中に埋まったこの隠れ家の黒い空気の方へと吸い上げられ、さらにそれをねばねばした「圧縮された」植物が、生命のまったく感じられないところで生きるために糧としているといったようなものであった。そして彼の心の中のこの盲目的な動きは、これまで一度も止まることはなかったし、体の中に埋め込まれた黒い火のように今でもそれを感じていた。それはまるで表面は消えているが、内側は燃え続け、表面の割れ目を探しながら、植物のようにじゅうじゅうと汁を出す泥炭の火のようなものであった。その結果泥だらけの表面は沼沢地の泥炭と同じ動きをもち、そのどろどろした、それと感じられないうねりから、彼のうちに、日を経るに従って、欲望の中でも最も激しく、最も恐ろしいものが生まれてきた。それはまるで砂漠にいるような不安、このうえなく豊かな郷愁、裸一貫と節制へのにわかな欲求、また何物でもありたくないという渇望のようなものであった。そうだ、あの頃の年月を通してあり続けたこの不可解な心の動きは彼の周りのこの広大な大地と一致していた。ごく子供の頃、彼は目の前の巨大な海と、内陸と呼ばれている背後のどこで終わるともしれぬ山地や高原や砂漠の空間、さらにその二つの間にある、ごく当り前のことなので敢えて誰もそれを口にしない永遠の危険性とによって、この土地の大きさを測定していた。ビルマンドレの小さな農場の、壁を石灰で塗った丸天井の部屋で、寝る頃になると叔母がやってきて、板張りでない分厚い鎧戸に、とてつもなく大きな錠をしっかりと締めたかどうか確認にきたとき、その危険性を感じていた。それは彼がまさしく投げ込まれたと感じた土地に、まるで最初の住人か最初の征服者として、力ずくの法がまだ支配的で、良俗が予測しえなかったことを情け容赦なく罰するために正義が定められる土地に上陸したかのようであった。しかしそれはまた魅力はあるが不安気で、身近であると同時に遠い人びとが、昼の間は肩を並べて生活をし、ときとしてそこに友情や仲間意識が生まれることのある土地でもあった。しかしながら、夜がくると、よくわからない自分たちの家に閉じこもってしまい、決して顔を見せない女たちと一緒にしっかりと閂をかけてしまうので、中に入ることはできなかった。あるいは通りでもし女たちと出会っても、顔を半分覆ったヴェールと白い衣装の上の官能的で穏やかな目だけでは、女たちの様子を窺い知ることはできなかった。また彼らが集まり住んでいる一郭ではたいそう人数が多いので、忍従的で疲れた表情をしていても、その数だけで目に見えない恐怖を漂わせるのであった。その恐怖はときどき夕方一人のフランス人と一人のアラブ人との間で喧嘩が行われるときにも感じられた。喧嘩は同様にフランス人同士やアラブ人同士で行われることもあったが、取り巻きの反応は違っていた。界隈のアラブ人たちは洗いざらしのボイラーマンの作業服か見すぼらしいジェラバを着て、四方八方から少しずつ集まってきて、集団がはじけて大きくなるまで、まるで集会にでも行くときのように、暴力的なところは見せず、ゆっくりと止まらずに進んできた。フランス人も何人か野次馬に引かれてやってきた。そして喧嘩をする当のフランス人は後ずさりしながら、一挙に喧嘩相手と陰気でこわばった顔をした群衆の正面に立った。その顔はもし彼がこの土地で育ったのでなく、ここではただ勇気だけが生きていくことを可能にするということを知らなかったら、彼の勇気を打ち砕いてしまったろう。そのときこの脅迫的な群衆と向き合うこととなった。といっても決して男たちは脅しをかけるようなことはなく、ただその存在と男たちに固有の体の動きが不気味であっただけだ。たいていの場合、夢中で猛烈に争っているアラブ人を制止して、警官が来る前に逃がそうとするのは、この群衆であった。警官は有無を言わせず、喧嘩をした者をしょっぴいて、邪険に扱いながら、ジャックの家の窓の下を通って、警察署に連行した。「可哀相な人たちだね」とジャックの母親は、二人の男がしっかりと手首を縛られ、小突かれながら歩いていくのを見て言った。そして男たちが通った後、子供にとっては、脅迫と暴力と恐れが通りを徘徊することになり、定かならぬ不安で喉がからからになった。そうだ、この夜、つまりこの暗くこんがらかった根は、素晴らしいが、恐ろしくもあるこの土地に、また焼けるような昼間と胸が締めつけられるような素早い夕暮れにふたたび彼を結びつけた。それは恐らく第一の人生の日常的な現れの下に隠れていたもっと真実味のある生活、第二の人生のようなものであった。それを物語るには一連の暗い欲望と強力だが筆舌に尽くしがたい感覚とが必要であったろう。学校や、街の厩舎や、母親が手にする洗濯物や、山の手のジャスミンとスイカズラや、字引のページと貪り読んだ本の匂い、自宅と金物屋のトイレのすえたような臭い、授業の前や後に独りで入ったことのある大教室の匂い、好きな仲間の温かさ、温かい毛糸やディディエが引きずっていた糞尿の臭い、背の高いマルコニの母親がふんだんに息子に振りかけていて、教室の椅子に座っていたジャックを羨ましがらせ、いっそうその友の近くに行かせたオーデコロンの匂い、ピエールが叔母の一人からくすねてきて、雌の猟犬が通っていった家の中に入る犬のように不安で動揺しながら、二人で何回も匂いを嗅いだあの口紅の香り。*a 女というものはこのようなベルガモットとクリームのように甘い化粧品の固まりと同じなのだと想像すると、怒鳴り声と汗と埃からなる乱暴な世界の中にも、それは洗練され、繊細で、筆舌に尽くしがたい誘惑からなる世界が存在することを知らせてくれた。同時に口紅について声高に悪口を言ってみても、それは彼らを擁護することにはならなかった。それにごく小さいときから続いている肉体への愛着、浜辺での幸福、その生温かさを楽しいものにしてくれた肉体の美は、絶えず、確固たる考えもなく、いわば動物的に彼を惹きつけていたのであり、所有しようとするものではなかった。所有とは彼がまだなしえないことであった。ただ単にこうしたものの輝きの中に入っていき、仲間たちと肩を押しつけあうだけで、深い放心状態と信頼によってほとんど気を失いかけていたのである。とそのとき、市電の人込みの中で一人の女の手がやや長々と彼の手に触れた機会に、欲望が、そう、生きたいという、さらに生きたいという欲望が、また大地がもつ最も熱いものに加わりたいという欲望が湧いてきた。それはそれと知らずに彼が母親から期待していたものだったが、それを得ることができなかったし、あるいは多分得ようとする勇気がなかったのかもしれない。彼はそれをブリヤンが日溜りで彼の方に寝そべって、たいそう強い毛の匂いを発散させたとき、その犬のそばで見つけた。それはこの上なく強く、この上なく動物的な匂いのなかにあり、そこでは生活の恐ろしい熱気がそっくり保たれているとはいえ、彼にとってはそれなしで過ごすことはできなかった。

このような自分自身についての不可解さの中に、飢えにも似た情熱、いまでも心を離れず、今日でさえそっくりそのまま残っている狂おしいまでの生への情熱——ふたたび見出した家族と子供時代の面影を前にして——、青春のときが逃げて行ってしまうという突然の恐怖感をことさら苦々しいものにしている情熱が生まれてきた。彼が愛してきた女性と同じように。ああ、そうだ、彼は心から大いなる愛をこめて、また肉体的にも彼女を愛してきた。そうだ、欲望は彼女と一緒のときは豪華なものであった。そして声にならない大きな叫びをあげて、快楽の瞬間に、彼女から身を引いたとき、世界はその燃え立つような秩序を取り戻した。そして美しさゆえに、また独特のものであった寛大だが絶望的な狂おしいまでの彼女の生への情熱ゆえに彼女を愛してきた。そして他ならぬその情熱が彼女に拒否をさせてきたのだった。つまり彼女はこの瞬間にも時が過ぎ行くことを知っていたとはいえ、時が経過するのを拒否してきたのであった。それはいつの日か、彼女についてまだ若いと言われることを望まず、反対に永遠に若いと言って欲しいからであった。そして青春は過ぎていき、昼間が終わりに近づいたと笑いながら彼女に言った日に、彼は涙にくれたのであった。「ああ、違うわ、ああ、違うわ」と彼女は涙ながらに言った。「私はとっても愛が欲しいの。」多くの点からして、知的で優れていることが、というのも彼女はまさしく知的で優れていたのであるから、彼女にあるがままの世界を拒否させたのだ。彼女が生まれ故郷の外国に戻って、短期間滞在して叔母たちの葬儀に参列し、「叔母さんたちに会えるのもこれが最後ですよ」と言われ、実際に彼女たちの顔と体と死に接したときも同じであった。彼女は叫び声をあげて立ち去ろうとした。またずっと前に死んでしまって、ただ彼女だけが曾祖母の若さと喜びと生への貪欲さと若い盛りのときには自分と同じように飛び抜けて美人であったことを考えているのを除いて、誰もが曾祖母のことを考えずに、曾祖母が刺繍をしたテーブルクロスの上で夕食が始まった。そしてみんながテーブルで彼女にお世辞を言った。そのテーブルの周りの壁には若く美しい女たちの肖像画がかかっていたが、それは彼女にお世辞を言い、老いて疲労の色を滲ませている女たち自身であった。そのとき彼女は血潮が熱くなり、逃げ出そうと、誰も老いることもなく、誰も死なない世界に逃げ出したかった。そこでは美は不滅で、生はつねに荒々しく、目映いものとなるだろうが、そんな世界は存在しなかった。彼女は帰り道に両手で顔を覆って泣いていた。そして彼はそんな彼女を絶望的に愛していた。

それについては彼もまた、彼女よりもおそらく強く感じていたことだろう。なぜなら先祖も記憶もない土地に生まれ、そこでは彼よりも前の世代の人たちの消滅はさらにまた全面的なものであり、老いは文明国で受けるような憂愁という救いをもっていなかったのだから［……］[*2]。孤独で、つねに震えながら、一撃で、しかも永久に殺されてしまう剣士のような、また全的な死と対決するときの純粋な生への情熱の固まりだった、今日では、生や青春や人間たちが彼から離れていってしまい、しかもそれを救うことはまったくできないように感じていた。そしてただ何年もの間、彼を日々の生活の上に引き上げてくれ、ふんだんに糧を与えてくれ、この上なく厳しい状況にも変わることなく支えてくれたこの不可解な力が、彼に生きる理由を与えてくれたときと同じような変わらぬ寛大さをもって、今度もまたあくせくせずに老いて死ぬ理由を与えてくれるのではないかという盲目的な希望に身を委ねていた。

補遺

ノートI

(四) 船上。子供相手の昼寝+一四年の戦争

＊

(五) 母親の家——テロ

＊

(六) モンドヴィへの旅——昼寝——植民地化

＊

(七) 母親の家。少年時代の続き——彼は少年時代を再発見するが父親は見つからない。彼は自分が最初の人間であることを悟る。ルカ夫人。

＊

彼を抱き締めて、二、三回力を込めてキスをしてから体を離した後で、彼をじっと眺め、まるで（今示した）愛情の深さを探るかのように、もう一度キスをしようと彼を抱いたとき、彼女は自分にはその能力が欠けていると決めつけてしまったようでありました。[*1] それからすぐに、彼女は顔をそむけて、もはや彼のことを考えていない様子だったが、といって他の何かを考えていたわけでもなかった。そしてときどき、まるで彼が今や余計者で、彼女の動きまわる空虚で、閉ざされ、限定された世界を搔き乱しにやってきたかのように、奇妙な表情でときどき彼を眺めさえした。

ノートⅡ

一八六九年に一人の入植者が弁護士にこう手紙を書いた。

「アルジェリアが自分たちの医者の処方箋に抵抗するためには、根強い生命力をもたねばなりません。」

＊

堀か城壁（それも四隅に櫓のある）に囲まれた村々。

＊

一八三一年に送り込まれた六百人の入植者のうち、百五十人はテントの下で死んだ。アルジェリアにおける孤児の人数の多さはそのことに起因している。

*

ブーファリックでは、彼らは鉄砲を肩にかけ、ポケットにキニーネを入れて耕作をしている。「彼はブーファリック面をしている。」一八三九年には十九パーセントの死者が出た。キニーネはカフェで飲物と同じように売られていた。

*

ビュジョーは逞しい娘を二十人選ぶようにツーロンの市長に手紙を書いた後で、二十人の入植者の兵士たちをツーロンで結婚させた。それは「鳴り物入りの結婚式」であった。しかし実際に確かめたうえで、最善の場合には、婚約者を交換した。〈フーカ〉はそれで生まれた。

*

最初のうちは、共同で働いていた。軍隊式のコルホーズだ。

*

「地方の」植民地化。シェラガはグラース出身の六十六の園芸家の家族によって植民地化された。

＊

大抵の場合、アルジェリアの市役所には〈古い記録〉がない。

＊

トランクをもち、子供たちを連れて、少人数のグループで上陸したマオン出身者たち。彼らの言葉は特筆に値する。決してスペイン語は使わない。彼らはアルジェリアの沿岸地方を豊かな土地にした。

ビルマンドレとベルナルダの家。

ミティジアの最初の入植者である〔トナック医師〕の物語。

バンディコルンの『アルジェリアの植民地化の歴史』を参照すること。二一ページ。

ピレットの歴史、同書、五〇、五一ページ。

＊

ノートⅢ

一〇――サン＝ブリウー[*1]

一四――マラン

一四五——青年[*2]

ノートⅣ

喜劇というテーマもまた重要である。最悪の苦しみからぼくらを救ってくれるのは、見捨てられ孤独ではあるが、かといって〈他人〉が不幸のさなかにいるぼくらを〈顧みない〉ほど孤独ではないという感情である。この意味においては、ぼくらの幸福の瞬間が、誰からも見捨てられたという気持ちが膨らんでいって、終わりのない悲しみに突き落とされる瞬間となることがある。またやはりこの意味において、幸福はしばしば不幸にたいする自己憐愍（れんびん）に過ぎないものとなる。

貧乏人においてとくにはっきりと感じられることだが——神は病気の傍らに薬を置いたのと同様に、絶望の傍らに自己にたいする憐（あわ）れみを置いたのである。[*a]

＊

若い頃、ぼくは人びとが与えうる以上のものを彼らに要求していた。つまり長続きする友情とか、変わらぬ愛といったようなものを。

今のぼくは彼らが与えうる以下のものを彼らに要求する術を心得ている。つまり無言の伴侶といったようなものを。だから彼らの愛や友情や高貴な仕種は、ぼくの目には、奇跡的な価値をそっくりそのまま保ち続けることになる。これは正に恩寵の賜物だ。

マリー・ヴィトン：飛行機

ノートV

彼はこれまで目を見張るような才能と欲望と力と歓喜とを兼ね備えた人生の王であった。まさにそれゆえに、彼は彼女に許しを求めにやってきたのであった。彼女は日々の生活の奴隷であり、何の知識もなく、何一つ欲せず、何かを望む勇気もなく、それでいて彼がなくしてしまった真実、それだけが生を正当化できる真実をそっくりそのまま保ち続けていたのであった。

クーバでの木曜日

トレーニング、スポーツ
叔父
バカロレア
病気

おお、母よ、おお、優しき母よ、愛しき人よ、私の時代を越えて、押しつけられた歴史を越えて、私がこの世で愛したすべてのものよりも真である人よ、おお、母よ、あなたの闇のような真実の前から逃れ去ってしまった息子を許しておくれ。

祖母、暴君、でも彼女は立ったまま配膳をしていた。

自分の母を尊敬させようとして、叔父に打ちかかる息子。

最初の人間（覚書と筋書）

「つましく、人知れず、手に負えない生活を埋め合わせるものは何もない……」クローデル、『交換』

あるいはまた

テロリズムに関する会話——

客観的に言って、あの女に責任がある（連帯責任がある）

副詞を変えろ、さもないと引っぱたくぞ

何のことだ？

西洋をそのいちばん愚かな側面で捕らえてはいけない。もう客観的になどと言うな、さもないと引っぱたくぞ。

どうしてだ？

お前のおふくろさんはアルジェ＝オラン間の汽車（トロリーバス）の前に身を投げ出したのか？

おれは知らない。

汽車はふっ飛び、子供が四人死んだ。お前のおふくろは動かなかったのさ。もし客観的に言ってそれでも彼女に責任があるとしたら、お前は人質の銃殺を認めることになるぞ。

彼女は知らなかったのさ。

あの女もそうさ。もう決して客観的になどと言うな。

無実の者がいるということを認めたまえ。さもないと俺はお前も殺す。
俺だって殺しぐらいできることは知っているだろう。
ああ、そんな君を見たよ。

＊

ジャンは最初の人間である。[*a]
ピエールを目印として使うこと。そして彼に一つの過去を、国を、家族を、モラル（？）を与えること――ピエール――ディディエ？

＊

愛に満ちた浜辺の青春――また海の上に落ちかかる夕暮れ――それに星空の夜。

＊

サン＝テチエンヌでのアラブ人との出会い。フランスに亡命してきた二人の間に生まれたあの友情。

＊

動員。私の父は入隊したとき、それまで一度もフランスを見たことがなかった。彼はフランスを見て、殺された。

（私の家族のようなしがない家族がフランスに与えたものがそれだ。）

＊

Jがすでにテロリズムに反対していたときの、サドックとの最後の会話。しかし不可侵権は神聖なものなので、彼はSを受け入れる。彼の母の家。彼らの会話は彼の母の前で行われる。最後に、「見てみたまえ」とJは彼の母を指差しながら言った。サドックは立ち上がり、胸に手をやりながら、Jの母の方に行き、アラブ風のお辞儀をしながらキスをした。ところがJは彼がそうした仕種をするのを見るのが初めてだった。彼はフランス化されていたからだった。「この人は私の母だ」と彼は言った。「私の母は死んでしまった。私はこの人を愛し、自分の母のように尊敬している。」（彼女はテロの〈ために〉転んでしまった。彼女は怪我をしている。）

＊

あるいはまた――

そうだ、私は君を嫌っている。世界の名誉は、私にとっては、権力者のうちにではなく、虐げられた者の中に生きている。不名誉はただ権力者たちのうちにだけ存在している。いつか歴史上で、一人の虐げられた者は知るだろう……そのときには……

さようなら、とサドックが言った。

ここにいろよ、捕まってしまうぞ。

その方がいいさ。私は彼らを憎むことはできる。しかし私は憎しみの中で彼らと繋がっているのだ。君は私の兄弟だが、我々は掛け離れている。

……

夜、Jはバルコニーにいる……遠くで二発の銃声と人の逃げる足音が聞こえる……

──なんだろうね？　と母親が言った。

──なんでもないよ。

──ああ、お前のことが心配なんだよ。

彼は母親の方に倒れかかる……

それから泊まっていくことに決める。

パン屋にパンを焼きに行かされた　穴の中の二フラン

祖母、その権威、エネルギー

彼は小銭を盗んだ。

＊

アルジェリア人における名誉の感覚。

＊

正義とモラルを学ぶことは、結果に従ってある情熱の善悪を判断することと同じだ。

Jは何人もの女に身を任すことができる——しかし彼女たちが彼から時間を全部取り上げてしまうとしたら……

＊

「誰それは間違っている、誰それは正しいとするために生きたり、行動したり、感じたりすることはもうたくさんだ。他人が私について抱くイマージュに従って生きるのはもうたくさんだ。私は自主独立を決心した。私は相互依存の中で独立を要求する。」

＊

ピエールは芸術家になるのであろうか？

＊

ジャンの父親は荷車引きだったか？

＊

マリーの病気の後、Pはクラマンスと同じ類の発作に捕われる（私は何も愛さない……）。そのときその種の転落に異説を唱えるのはJ（あるいはグルニエ）である。

＊

世界（飛行機、全体で結ばれているが互いにかけ離れている国々で）と母親とを対峙させること。

＊

弁護士となったピエール。そしてイヴトン弁護士[*1]。

＊

「ぼくらが勇敢で、誇り高く、強いのと同じように……、もしぼくらが一つの信仰を、一人の神をもっているなら、僕らを傷つけるものは何もないだろう。しかしぼくらは何ももっていない。だからすべてを学び、いつかは失敗に終わる名誉のためにのみ生きなければならない。」

＊

それは〈同時に〉世界の終焉の歴史となるはずである——そこには光の年月を惜しむ気持ちが働くだろう。

＊

フィリップ・クーロンベルとティパザの大農場。ジャンとの友情。農場の上空における彼の飛行機事故死。横腹に操縦桿の柄が食い込み、ダッシュボードに顔を潰された姿で発見される。血の海にガラスの破片が散在する。

＊

表題——遊牧民。移住から始まって、アルジェリアの土地からの撤退で終わる。

＊

興奮を誘う二つのもの——貧乏な女とパガニスムの世界（知性と幸福）。

＊

ピエールはみんなに愛されている。Ｊの成功と自負は彼に敵意を生じさせる。

＊

リンチの場面——カスールの下に突き落とされた四人のアラブ人。

＊

彼の母はキリストで〈ある〉。

＊

Ｊについて話をさせ、彼を連れて行って、他人がみんなおおざっぱに描き出す相矛盾する肖像によって彼を描き出すこと。

教養があり、スポーツ好きで、道楽者で、孤独な人間であり、最良の友であり、意地悪で、非のうちどころがないほど誠実である等々。

「彼は誰も愛さない」、「これほど寛大な心をもった者はいない」、「冷たく、よそよそしい」、「温かく、情熱的である」。みんな彼を精力的だと見なす。ただ彼だけは別で、あいかわらず寝そべっている。

こんな風にこの人物を〈偉大に見せる〉こと。

次のように彼が口を開くとき。「私は自分が無垢であると信じかかっている。私はツァーであった。私は好きなようにすべてのものの上に、万人の上に君臨してきた(等々)。それから私は自分が心底から愛する気持ちを充分にもっていないことを悟った。そして自分自身にたいする軽蔑から死んでしまうのではないかという気がした。次に私は他人だって心底から愛しているわけではない、大体誰でもしているように存在することを受け入れなければならないのだと認めた。

それから私はそうしてはならない、充分に偉大でないことを自分一人の責任にして、将来偉大になる機会が与えられるのを待ちながら、それまで好きなように絶望していればよいと決心したのだ。

言葉を変えて言うなら、私はツァーでありながら、その喜びを享受しない瞬間を待っているのだ。」

＊

あるいはまた――
人は真実と共に生きることはできない――「それを知りながら」、――それを知った者は他人と袂を分かつ。彼はもうまったく彼らと幻想を共にしえない。彼は怪物である――そしてそれが現在の私の姿なのだ。

＊

マクシム・ラスティユ――一八四八年の入植者たちのキリスト磔刑像。モンドヴィ――

モンドヴィの歴史を挿入するか？

例えば（一）墓、モンドヴィと［　］[*2]への帰還

（一乙）一八四八年から一九一三年にかけてのモンドヴィ。

＊

彼のスペイン人的側面。　節制と官能、精力と無。

＊

J――「誰もいま私が耐え忍んでいる苦しみを想像することすらできない……偉大なことを成し遂げた人間たちは尊敬される。しかしあるがままの自分に反して、この上なく重い罪を犯さぬよう自制できた何人かの人びとは、もっと尊敬されるに違いない。そうだ、私を尊敬したまえ。」

＊

落下傘部隊の中尉との会話。

——「君は喋り過ぎだぞ。隣の部屋に連れて行って、君の舌がそれでもまだしっかりとついているかどうか見てやろう。さあ行こう。」

——「いいだろう、だが君は恐らく一度も男と出会ったことがないのだから、予め君に言っておきたい。よく聞いておけ。君が言うとおり、これから隣の部屋で起こることの責任は君にある。もし私が屈伏しなければ、そんなことは何でもないだろう。ただ、そう出来る日がくれば、君の顔に公衆の面前で唾を吐きかけてやろう。しかしもし私が屈伏して、そのために解放されたときには、一年後であろうと、二十年後であろうと、君を殺す。君だけを殺す。」

——「この男を大事にしたまえ」と中尉が言った。「これは逞しい男だ。[*b]」

＊

Jの友人が、〈ヨーロッパが可能になるために〉自殺をする。ヨーロッパを〈作る〉ためには、犠牲の志願者が必要だ。

＊

Jには一度に四人の女がいる。その結果、〈空虚な〉生活を送っている。

＊

C・S——魂があまりにも大きい苦痛を受けると、不幸への志向が生じてきて、それが……

＊

コンバ運動の歴史を参照すること。

＊

隣人のラジオがくだらないことを捲し立てている間に、シャットは病院で死ぬ。

——心の病よ。もうすぐ死ぬわ。〈もし自殺をすれば、少なくとも私は主導権を握れるでしょうに。〉

＊

「ぼくが自殺をしたことを知るのは君だけだ。ぼくの主義は知ってるよね。ぼくは自殺を嫌ってた。自殺が〈他人に〉どう映るかわかるからだ。そうしたいのなら、物事を粉飾してもかまわない。寛大な心からね。どうして君にそんなことを話しているのかな？ 君が不幸を愛しているからだな。これが君に送るぼくからの贈り物。たっぷりおあがり！」

＊

J。躍動し、新たにされる生、人間と経験の多様さ、刷新と〔欲動〕の力（ローペ）——

＊

終末。母親は関節が節くれだった両の手をあげて、彼の顔を愛撫した。「お前、お前はとっても偉いよ。」暗い彼女の目（少し形の崩れた眉弓の下の）にはあまりにも愛情と崇拝の気持ちが溢れていたので、彼のうちの誰かが——それを知っていた誰かが——反抗した……その直後、彼は母親を両手で抱いた。この上なく洞察力に優れた母親は彼を愛していたのだ。彼女を受け入れなければならなかった。そしてこの愛を認識するために、彼は多少なりとも自分自身を愛さなければならなかった……。

＊

ムジールの主題——現代世界における精神の救済の探究——D：『悪霊』における〔交際〕と離別。

＊

拷問。連帯からの死刑執行人。私はこれまでどんな人間とも近づきになれなかった——今では私たちは肘を接している。

＊

キリスト教徒の状態——純粋であるという気持ち。

＊

本というものは未完で〈なければならない〉。例――「フランスに彼を連れ戻す船の上で……」

＊

嫉妬していながら、彼はそうでない振りをする。そして社交界の人間を演じる。そうするともう嫉妬が消える。

＊

四十歳にして、彼は道を示してくれ、叱責か賞賛の言葉をかけてくれる誰か、つまり父親が必要なことを認識する。力ではない権威を。

＊

Xはあるテロリストが……に発砲するのを見る。彼はその男が背後の暗い道を走って来る音を聞くが、じっと動かない、それから急に振り向き、足を出してその男を転ばせるとピストルが落ちる。彼は武器を取りあげ、相手を脅す。それから警察に引き渡すことはできないと考え、遠くの道路まで連れていって、自分の前を男に駆けさせ、それを背後から撃つ。

＊

捕虜収容所にいる若い女優。細い草の茎、石炭殻の真ん中に生えてくる最初の草、すると胸を刺すような幸福感が湧いてくる。惨めだが陽気である。後になって彼女はジャンを愛する――彼が〈純粋〉であるからだ。ぼく？　ぼくは君の愛に〔値しない〕。まさしくそうだ。たとえ実らなくても、愛を〔掻き立てる〕ものは世界の王であり、世界の正しさを立証する者だ。

＊

一八八五年十一月二十八日、ウレド＝ファイエトでC・バティスト（四十三歳）とコルムリイ・マリー（三十三歳）の息子C・リュシヤン誕生。彼は一九〇九年（十一月十三日）にサンテス・カトリーヌ（一八八二年十一月五日生まれ）と結婚。一九一四年十月十一日にサン＝ブリウーにて死亡。

＊

四十五歳のとき、日付を比べているうち、彼の兄が結婚の二ヵ月後に生まれたことを発見する。ところで彼に結婚式の様子を話してくれた叔父は細身のロングドレスのことを語る……

＊

家具が山積みにされている新しい家で、彼女に二番目の息子を分娩させたのは医師である。

＊

彼女は〈一四年七月に〉セイブーズ河の蚊に刺されて顔が腫れ上がった子供を連れて出発する。八月、動員。夫はそのままアルジェの〔軍隊に〕入隊する。ある晩、彼は抜け出してきて、二人の息子にキスをする。戦死の通知があるまで、二度と彼の姿を見ることはないだろう。

＊

退去を命ぜられたある入植者は葡萄畑をめちゃめちゃにする、塩水を撒き散らす……「もし私たちがここでしたことが罪になるのなら、それを消してしまわねばいけませんな……」

＊

ママン（Nについて）――お前が〈入学〉した日に――「お前が賞品をもらったとき」

＊

クリクランスキーとその禁欲的愛。

＊

彼は愛人にしたばかりのマルセルが国の不幸に関心がないのに驚く。「こっちにきて」と彼女は言う。そしてドアを一つ開ける——九歳になる彼女の子供——帝王切開で生まれ運動神経が麻痺(まひ)している——全身麻痺で口がきけず、顔の右側が左側より〈下がって〉いる。ものを食べさせ、体を洗ってやる等。彼はドアを閉める。

＊

彼は自分が癌(がん)であることを知っている。しかしそれを知っていることを口に出さない。他の人たちは芝居をしているような気になる。

＊

第一部——アルジェ、モンドヴィ。そして彼は一人のアラブ人に出会い、父親の話をしてもらう。父親とアラブ人労働者との関係。

＊

J・ドゥエ——レクリューズ。

＊

ベラルの戦死。

＊

彼とYとの関係を知ったときの、涙ながらのFの叫び声——「私だって、綺麗(きれい)よ。」そしてYの叫び——「ああ！　誰かが来て、私を連れてって欲しいわ。」

悲劇の後で、ずっと後で、FとMは再会する。

＊

キリストはアルジェリアには着陸しなかった。

＊

彼が彼女から貰(もら)った初めての手紙と彼女の手で書かれた彼自身の名前を前にしたときの感情。

＊

もしこの本が最初から終わりまで母親に宛(あ)てて書かれたとすれば、理想的だ――そして最後になって読者が彼女は字が読めないことを知れば――そうだ、それこそ理想的なのだが。[*c]

＊

また彼がこの世で最も強く望んでいたのは、彼の母が彼の人生と肉体がどのようなものであったのかをことごとく読み取ることであった。それは不可能であった。彼女の愛、彼女の唯一(ゆいいつ)の愛は永久に無言のままであろう。

＊

歴史から跡形もなく消え去ってしまうという貧者の定めからこの貧しい家族を引き離すこと。口をつぐむ人びと

彼らは私より偉大であったし、今でもそうだ。

＊

出産の夜から始めること。第一章、それに第二章――三十五年後、一人の男がサン＝ブリウーで列車を下りることになるだろう。

＊

私が父親のような存在として認め、私の本当の父が死んで埋葬された他ならぬその土地で生まれたＧｒ[*3]。

＊

マリーにたいするピエール。最初のうち、彼は彼女を抱くことができない――彼が彼女を愛し始めたのは〈それゆえ〉だ。反対にジェシカにたいするＪ。すぐに幸福になる。それゆえ、彼は本当に彼女を愛するには暇が掛かる――彼の肉体が彼女の姿を隠してしまう。

＊

高原地方「フィガリ」の霊柩車（れいきゅうしゃ）。

＊

ドイツの将校と子供の話――彼のために死ぬ理由はまったくない。

＊

『キエ』辞典のページ――その匂(にお)いと図版。

＊

樽(たる)工場の匂い。かんな屑(くず)はおが屑よりも〔　〕[*4]な匂いをもっている。

＊

ジャン、彼が絶えず持ち続けている満たされぬ思い。

＊

彼は〈青年〉になると〈独りで寝る〉ために家を離れる。

＊

イタリアでの宗教の発見――芸術を通して。

＊

第一章の終わり。この間にヨーロッパは戦争に同意した。大砲は六ヵ月後に鳴り響いた。母親は四歳の子供の手を引き、もう一人を腕に抱えて、アルジェにやってきた。下の子供はセイブーズ河の蚊に刺されて顔が膨らんでいた。彼女たちは貧民街の三部屋のアパートに住む祖母のところに姿を現した。「お母さん、私たちを受け入れてくれてどうもありがとう。」ぴんと背筋が伸び、明るいがきつい目をした祖母は彼女を見て言った。「すぐに働かなければいけないよ、お前。」

＊

ママン——ムイシュキンのように無知である。彼女は十字架の上の彼を除いて、キリストの生涯を知らない。それにもかかわらず、キリストにもっと近い者がほかにいるだろうか？

＊

朝、プロヴァンスのホテルの中庭で、Mを待ちながら。暫定的(ざんていてき)なもの、禁じられたものの中にしか今まで決して感じることのできなかった幸福感は——禁じられたものは禁じられているという事実によって、この幸福の永続を妨げてしまった——今のように朝方の軽やかな光の中で、まだ夜露を光らせているダリヤに囲まれているといった純粋な状態で認められるごく稀(まれ)な瞬間を除いて、大抵の場合は彼の心を暗くしてしまった。

＊

ＸＸの話。

彼女はやってきて、無理をしてみせる。「私はいま一人なの」等々。そして自由奔放な女の振りをする。それからベッドの中で裸になって、……に必要なすべてのことをし、最後に悪い〔*5〕不幸な男。

彼女は夫を捨てる——夫は絶望する等々。夫は相手の男に手紙を書く。「君には責任がある。このまま彼女に会い続けてくれ。さもなければ彼女は自殺してしまうだろう。」事実、挫折がはっきりする。彼女は絶対的なものに夢中になるが、このような場合、誰もが不可能なことを追い求めようとする——そこで彼女は自殺をする。夫がやってくる。「私が何の用でやってきたかわかるね。」——「ええ。」——「よろしい、私が君を殺すか、君が私を殺すか、選ぶ権利は君にある。」——「いや、選ぶ権利があるのは君だ。」——「殺してくれ。」事実、それは選ぶ余地のない例であって、犠牲者には本当は責任がない。しかし〔恐らく〕彼女は他のことに責任があり、それにたいしては彼女は責任を取っていない。愚劣だ。

＊

XX。彼女には破壊と死を好む性向がある。彼女は神に〔身を捧げて〕いる。

＊

ある自然回帰主義者——食物や空気等々について絶えず警戒心を呼び起こされてい

る。

＊

占領されたドイツで。

今日は、将校殿。

今日は、とJはドアを閉めながら言った。彼は自分の声の調子に驚く。そして多くの征服者がこんな口調で話すのは、彼らが征服し、占領することに気詰まりであるからに他ならないことを理解する。

＊

Jは生きていたくない。彼がすることは、彼の名を汚す。

＊

登場人物——ニコル・ラドミラル。

＊

父親の〈アフリカ的悲しみ〉。

＊

終末。彼の息子をサン＝ブリウーに連れて行く。小さな広場に、二人は向き合って立つ。どうやって生きているの、とその子が尋ねる。何が？　あなたは誰？　等々。

（幸せな気持ちで）彼は周囲で死の影が濃くなるのを感じる。

＊

Ｖ・Ｖ。この時代の、この町の、この国の我々は男も女も、締めつけられ、押し返され、ついには離ればなれになってしまう。しかしこの間ずっと、我々は共に戦い、苦しまねばならない人たちのあの素晴らしい共犯によって、絶えず助け合って生きてきた。ああ！　それこそ愛だ——万人のための愛なのだ。

＊

四十歳にして、それまでたいそうレアなステーキを注文してきたが、彼は実際にはミディアムが好きで、レアは少しも好きでないことに気がつく。

＊

芸術と形式に関する一切の配慮から解放されること。介在物のない直接的な把握、従って純粋無垢（むく）を取り戻すこと。ここでは、芸術を忘れること、〈それは自分を忘れること〉だ。美徳によらずに自己を諦（あきら）めること。反対に己の地獄を受け入れること。よりよい人間になりたい者は自分自身を選び取るし、享受（きょうじゅ）しようとする者も自分を選び取る。かの人間だけが、現在の自分、自分の自我を諦め、結果に伴って〈やってくるもの〉を受け入れる。その者はそのとき直接的把握を行う。

もう一度邪念なく読み返して、ギリシア人やロシア人の偉大さを再発見すること。恐れぬこと。何も恐れぬこと……しかし誰が私を助けにきてくれるだろう！

＊

今日の午後、グラースからカンヌに向かう道の上で、信じられないほど心が高ぶって、彼は突然、何年も関係をもった後、自分がジェシカを愛していることを、やっと人を愛せたことを発見した。すると世界のその他のものは、彼女に比較すれば、色褪せて見えるのであった。

＊

私は自分とは違ったところで、ものを言ったり、書いたりしていた。結婚をしたのは私ではない。父親であったのも、……であったのも私ではない、等々……

＊

アルジェリアの植民地化によって〈出現した子供たち〉に辛い思いをさせることになった数多くの記憶。そうだ。我々はみなここにいる。

ベルクールからグーヴェルヌマン広場までの朝の電車。その前部に運転手がいて、レバーがあった。

＊

ある怪物の話を物語ろう。

私がこれからしようとする話は……

＊

ママンと歴史――彼女は人工衛星の話を聞かされる――「まあ、そんな高い所は嫌だよ！」

＊

〈後退的〉章。人質に取られたカビリア地方の村。去勢された兵士――掃討等々、徐々に植民地化の最初の戦火が近づくまで。しかしなぜそこで止めるのか？　カインはアベルを殺した。手法の問題。ただ一つの章にするか、対位旋律にするか？

＊

ラスティユ――濃い口髭をたくわえた、胡麻塩頭の感じのよい入植者。

彼の父親――サン＝ドニの大工。彼の母親――上等の下着の洗濯女。

それにすべての入植者はパリっ子であった（二月革命の革命家）。パリには数多くの失業者がいた。憲法制定議会は〈植民団〉を送るために五千万フランの支出を可決。

植民者一人につき――

家一軒

二〜十ヘクタールの土地

種、栽培植物、等

食料の分配

鉄道はない（リヨンまでしか通じていなかった）。運河からの出発――引き船馬に引かれた〈平底船の上〉。「マルセイエーズ」、「出陣の歌」、聖職者の祝福、〈モンドヴィ〉で翻すための旗。

それぞれ百から百五十メートルの六隻の平底船。藁布団の上に詰め込まれる。女はシーツの下で下着を着替え、それを交代で使っていた。

一ヵ月近くの旅。

＊

マルセイユでは大検疫所（千五百名）で一週間。それから古い手漕ぎ軍艦〈ラブラドール号〉に乗船。ミストラルの吹く中を出港。五日と五夜――みんな気分が悪くなる。

ボーヌ――住民がみんな入植者たちを迎えに桟橋に集まる。

船倉に山積みにされていた荷物と失くなった荷物。

ボーヌからモンドヴィまでは〈道がない〉(軍の輜重車で進んだが、男たちは女子供に場所と空気を与えてやるために、歩いて行く)。ざっと見たところ、湿地帯の中や灌木の茂みには、吠え立てるカビリアの犬の群れを連れたアラブ人が、敵意を含んだ目で眺めている——四八年十二月八日。[*6]モンドヴィの村は存在せず、軍隊のテントがあった。夜、女たちは泣いていた——八日間もアルジェリアの雨がテントを叩いた。水無し川は水で溢れる。子供たちはテントの下で用を足す。大工が家具を保護するために、シーツで覆った簡単な物置を作る。セイブーズ河の岸辺のがらんどうの葦を切って、子供たちが中から外に小便ができるようにする。

〈テントの下で四ヵ月〉、それから板で囲った仮設のバラックができる。バラック二つ分に〈六家族〉が住まなければならなかった。

四九年の春、例年になく早く暑くなる。バラックの中では暑くて参ってしまう。マラリヤに続いてコレラ。毎日八人から十人の死人が出る。大工の娘のオーギュスティーヌは死に、それから妻も死んでしまう。義兄もまた死ぬ(凝灰岩の仕事台に入れて埋葬した)。

医師の処方——体を温めるために〈ダンス〉をしなさい。

そこで彼らは二つの埋葬の間に、下手なヴァイオリン弾きの伴奏で、毎晩ダンスをする。

土地の払い下げは一八五一年になって初めて行われることになったに違いない。

父親が死に、ロジーヌとウージェーヌは二人だけ残される。

セイブーズ河の支流に下着を洗濯に行くとき、兵士の護衛が必要であった。

軍隊によって建設された城壁と塹壕。小さな家と庭。彼らは自分たちの手で建設した。

村の周囲で五、六頭のライオンが吠えている(たてがみの黒いヌミディアのライオン)。ジャッカル、猪、ハイエナ。豹。

村の襲撃。家畜の盗難。ボーヌとモンドヴィの間で馬車が泥の中に嵌まってしまう。旅行者たちは、身重の女性を一人残して、応援を求めにいく。戻ってみると彼女の腹は切られ、両の乳房が抉り取られていた。

最初の教会、四方の壁は粗壁土で、椅子はなく、ベンチがいくつかある。

最初の学校——棒と枝の束でできたあばら屋。三人のシスター。

土地——散らばった小区画、みんな銃を肩に耕作していた。夜、村に帰る。

三千名のフランス軍の兵士たちの部隊が、夜、通りがかりに村を略奪する。

五一年六月——蜂起。袖なし外套姿の、百人ほどのアラブの騎兵が村の周囲に押し寄せる。小さな城壁の上にストーブの排煙管を並べて、大砲に見せかける。

＊

事実、パリっ子たちは畑仕事をしている。多くの者がオペラハットを被り、女どもは絹のドレスを着て畑に向かっていた。

＊

紙巻き煙草は禁止。蓋つきのパイプだけが許される（防火のために）。

＊

五四年に建設された家。

＊

コンスタンティーヌ県では、入植者の三分の二が鶴嘴や鋤にほとんど触ることなしに死んでいった。

入植者の古い墓。たいそう深い忘却。[*7]

＊

ママン。私は深く愛しているとしても、あのような言葉もなく、何の計画もない盲目的忍耐のレヴェルに生きることはできないというのが真相だ。私は彼女のような無知の生活を送ることはできなかった。それに私は世界を経巡り、建設し、創造し、人間たちを傷つけてきた。しかし毎日の日々は溢れ出さんばかりにはち切れていた——

しかし……のような心を満たすものは何もなかった。

＊

彼はふたたび立ち去り、またもや過(あやま)ちを犯し、知っていることを忘れてしまうだろうということはわかっていた。しかしまさしく彼が知っていたことは、彼の生の真実がこの部屋の中にあるということであった……恐らく彼はこの真実から逃げ出すだろう。誰が己の真実と共に生きることができよう？　しかしそこに真実があり、それを知り、その真実が彼の心の中に死と対決する、密(ひそ)かで、寡黙(かもく)な〔情熱〕を養っていくということを知るだけで充分だ。

＊

人生の終わりを迎えるママンのキリスト教。貧乏で、不幸で、無知な〔　〕[*8]女が彼女にスプートニクを見せる？　どうか十字架が彼女を支えてくれますように！

＊

七二年に、父方の始祖が住み着いたとき、彼らは後継者となる——

——パリコミューンの

——七一年のアラブ人の反乱の（ミティジァで最初に殺されたのは小学校の教師だ

った。)

アルザス出身者が〈叛徒〉の土地を占領する。

＊

時代の広がり

＊

母親の無知を歴史と世界のすべての［　　］[*9]に対位旋律として用いること。

ビル・ハキム――「それは遠い」あるいは「あっち」。

彼女の宗教心は目に見えるようだ。彼女は目で見たものを知っているがそれを解釈できずにいる。イエスとは苦悩だ、彼は転ぶ等々。

＊

戦う女。

＊

ふたたび真理を見出すために［　　］[*10]書くこと。

第一部　遊牧民

（1）引っ越しの最中の誕生。戦争の六ヵ月後。[*d] 子供。アルジェ、父親はアルジェリア歩兵となって、かんかん帽を被り、戦おうとしていた。
（2）四十年後、息子はサン＝ブリウーの墓場で父親を前にしている。彼はアルジェリアに戻る。
（3）〈騒乱〉のためにアルジェリアに到着。探索。モンドヴィへの旅。彼は子供時代を取り戻すが、父親は取り戻せない。彼は自分が最初の人間[*e]であることを学ぶ。

第二部　最初の人間

青年時代――鉄拳（てっけん）
　スポーツとモラル
壮年――（政治活動〈アルジェリア〉、対独抵抗運動（レジスタンス））

第三部　母親

愛

王国——昔のスポーツ仲間、旧友、ピエール、昔の教師、二つの契約の話

母親*11

最終部で、ジャックは母に向かって、アラブ人の問題と植民地文化と西欧の運命について説明する。「ああ、そうなの」と彼女は言った。それから包み隠しのない告白と終末。

＊

この男は神秘をうちに秘めていた。そしてそれは彼が解き明かそうとしている神秘であった。

しかし最終的には、人間たちを名もなく、過去もないものにしている貧困の神秘しかない。

＊

浜辺で過ごした青春。叫び声や太陽や激しい努力やうちに籠(こ)もるかあるいははじけるような欲望に満ち満ちた日々のあと。夕暮れが海に落ちかかる。空高く雨燕(あまつばめ)が鳴い

ている。そして不安が彼の心を締めつける。

＊

終い（しま）に、彼はエンペドクレスを手本にする。この哲学者〔＊12〕は独りで生きている。

＊

私はここで同じ血で結ばれているが、まったく異なる一組の男女の話を書いてみたい。彼女の方は地上の最良のものに似ていたが、彼は平然として怪物的である。彼は我々の歴史のあらゆる狂気の中に投げ込まれた。彼女はいつの時代も同じであるかのようにこの歴史を生きてきた。彼女は大抵の場合寡黙で、自分の意思を伝えるのに僅（わず）かな言葉しか使わない。彼は絶えず話すが、何千もの言葉をもってしても、彼女が沈黙の一つによって言わんとすることを見つけることができない……母と息子。

＊

どんな口調をも取りうる自由。

＊

ジャックはそれまですべての犠牲者と連帯してきたと感じていたが、いまは死刑執行人とも連帯していると感じている。彼の悲しみ。定義。

＊

自分自身の生の観察者として生きなければならないのだろう。自分の生を終わらせるという夢想を付け加えるために。しかし人びとは生きており、他者はこちらの生を夢想している。

＊

彼は彼女を眺めていた。すべてが止まり、時間はパチパチ音を立てながら流れていった。映画の上映の折りに、なにかの故障によって何も映らなくなったスクリーンを前に、真っ暗な室内に機械の音しか……聞こえてこないときのように。

＊

アラブ人が売っているジャスミンの花輪。黄色と白の〔　〕[*13]芳香のある数珠(じゅず)のような花。花輪はすぐに萎(しぼ)んでしまい〔　〕[*14]花は黄色くなる〔　〕[*15]、しかし貧相な部屋の中に、香りは長く残る。

＊

五月のパリの日々。マロニエの木の白い花芽がいたるところで風に舞っている。

＊

彼は母と息子を愛していた。それを選んだのは彼自身のなせる業ではなかった。しかし結局、すべてを疑い、すべてを再検討に付してみると、彼がそれまで愛してきたのは必要最小限度のものでしかなかった。運命が彼に押しつけた人間たち、現れたままの世界、これまでの人生において彼が避けることのできなかったもの、つまり病気、召命、栄光、貧困、あるいは彼の星がそれであった。その他のもの、彼が選択しなければならなかったものについては、彼は愛そうと努力をしてきた。しかしそれは違うことだった。おそらく彼は驚嘆や情熱や愛の瞬間すら経験したことだろう。しかし各瞬間とも彼を他の瞬間へ、それぞれの人間も他の人間へと駆り立て、ついに彼は自分が選んだものをまったく愛せなくなった。ただざまざまな状況を通じて、徐々に彼に押しつけられたものは、偶然か意思の力によって継続し、それが終いには必要最小限度のものに変わってしまった――ジェシカがそうだった。真の愛とは選択でもないし、自由でもない。心、特に心は自由ではない。それは必然的なものであり、必然的なものの認識である。そしてまさしく、彼が心の底から愛したものは必然的なものでしかなかった。今や彼にはもはや自分自身の死しか残っていなかった。

＊

明日、六億の黄色人種と無数の黄色人種や黒人や褐色の肌の人種がヨーロッパの岬に押し掛けるだろう……[*f]そしてうまく行けば、［ヨーロッパを改宗させるだろう］。そのとき人びとが彼や彼に似ている者から学んだすべてのこと、それにまた彼が学んだすべてのこと、彼と同じ人種、つまり今まで生き甲斐にしてきたすべての価値は、その日から、ことごとく無用となって消え失せてしまうだろう。そのときさらに価値を保ち続けるものはなんだろう？……母親の沈黙だ。〈彼は母の前では武器を置いた。〉

＊

Mは十九歳である。彼はそのとき三十歳だった。そして彼らは知り合いではなかった。彼は時を遡ることはできない、愛する者が存在し、形づくられ、耐え忍ぶことを妨げることはできないと悟る。誰も自分が選択したものを少しも所有できはしない。というのも、誕生の産声とともに選択をしなければならないのだし、我々は別々に生まれるのだから——母親から生まれるということは別にしても。誰も必要最小限度のものしか所有しない。だからそこに戻り（前述参照）、服従しなければならない。とはいえなんという郷愁を感じることか、なんという悔恨を感ずることか！

諦めなければならない。いや、不純なものを愛する術を学ぶことだ。

＊

終いに彼は母に許しを乞う——どうしてお前はよい子だったのに——しかし他のことについては彼女は自分が許しを与えることのできる唯一の人間だということを知ら

ないし、想像すらしえない［　］[*16]（？）

＊

時間を戻すのだから、若いときのジェシカを紹介する〈前に〉年を取った彼女を紹介すること。

＊

彼はMと結婚する。彼女がまだ男を知らなかったからだし、彼はそれに魅力を感じたからであった。要するに、彼は自分自身の欠点によって結婚する。その後、彼は自分に仕えてくれる女を愛する術を学ぶ――つまり――人生の恐ろしい必然性を愛する術を。

＊

一四年の戦争に関する一章。我々の時代の孵卵器（ふらんき）。母親から見て？　彼女はフランスもヨーロッパも世界も知らない。砲弾の破片は自然にやってくるものと信じている等々。

＊

母親の声を聞かせる章を交互に配置すること。同じ出来事を説明するとき、彼女の知っている四百の単語を限界とする。

＊

要するに、私は自分が愛した者たちについて語るだろう。そしてそれだけに限ろう。深い喜び。

＊

サドック＊[g]——

（1）——でもなぜそんな結婚式をあげるんだ、サドック？

——フランス風の結婚式をあげなければいけないのかい？

——フランス式であろうと、何であろうと構いはしない！　どうして君は、自分で愚かで、残酷だと判断している伝統に従おうとするのだ＊[h]？

——私の民衆はその伝統に同化しているからさ。彼らは他に伝統をもっていないし、それに嵌(は)まり切っているので、その伝統から離れることは民衆から離れることになる。だからこそ私は明日あの部屋に入って、見知らぬ女を裸にし、銃がカチャカチャ鳴る中でその女を犯すだろう。

——分かった。それまで泳ぎに行こう。

（2）——それで？

——彼らは、目下のところ、反ファシズム戦線を強化して、フランスとロシアが協力して防衛戦線を張らなければならないと言っている。

——フランスもロシアも自国に正義を君臨させることによって、自国を防衛することはできないだろうか？

——彼らの言に従えば、それはもっと後のことで、待たなくてはいけないだろう。

——ここでは正義は待ってはくれない。君だってそのことはよく知っているだろう。

——彼らはもし君が待てないのなら、客観的に見て、君はファシズムの味方をすることになるだろうと言っている。

——だからこそ君たち昔の同志にとって、牢獄はよいものとなるんだ。

——彼らもそれは残念なことだと言っている。だけど他にどうしようもないのさ。

——彼らがああ言う、こう言うと言うが、君自身は黙っているじゃないか。

——私は黙っている。

彼は相手を眺めた。暑くなり始めていた。

——それじゃあ、君は私を裏切るんだね？

彼は「君は我々を裏切る」とは言わなかった。そして彼は正しかった。というのも裏切りは肉体に、個人だけに係わることだからだ……

——違う。ただ私は今日離党する……

(3)——一九三六年を思い出せ。

——コミュニストのためにテロリストになったわけではない。私はフランス人に反対してテロリストになったのだ。

——私もフランス人だし、あの女だってそうだ。

——わかっている。お生憎さまだな。

——それじゃ君は私を裏切っている。

サドックの目は熱を帯びたように光っていた。

＊

もし最終的に私が年代順的配置を選んだら、マダム・ジャックや医師はモンドヴィの最初の入植者の子孫となるだろう。

こぼすのは止めよう、と医師は言った。ただ私たちの最初の両親たちはここで……を想像してみたまえ等々。

＊

(4)——そしてマルヌで戦死したジャックの父親。このよくわからない生涯から何が残っているのだろう？　何もない。漠然とした思い出だけだ——森の火事で焼かれた蝶々の羽根のように軽やかな灰。

＊

アルジェリアの〈二つの〉民族主義。三九年から五四年にかけてのアルジェリア（反乱）。アルジェリア的意識の中でフランス的価値を持つに至ったもの。最初の人間の価値。二つの世代の年代記は現在の悲劇を説明する。

＊

ミリアナにあるヴァカンスのための林間学校。朝も夕も兵舎のトランペットが聞こえる。

＊

愛——彼はできることなら、彼女たちがみな過去も男も忘れて欲しかった。そして彼が出会った唯一の人、実際に唯一であった人は、彼に自分の生活を捧げたが、彼自身は決して忠実でいることはできなかった。そこで彼は女たちが自分自身と違うものであって欲しいと願っていた。ありのままの彼の姿は彼を自分に似ている女たちの方に向かわせた。そこで彼は彼女たちを愛し、猛り狂ったように自分のものにするのであった。

＊

青春。彼の生きる力。生に寄せる彼の信仰。しかし彼は喀血する。従って人生はそのようなものとなった。つまり病院、死、孤独、こうした不条理。そこから分散が生じてくる。そして心の奥底では——違う、違う、人生とはこんなものじゃない。

＊

カンヌからグラースに向かう途中の啓示……

そして彼が悟ったのは、たとえ今まで絶えず生きてきた無味乾燥な生活に立ち戻らなければならないにしても、自分の生命を、心を、心底からの感謝の気持ちを捧げることだった。それは一度だけ、恐らく唯の一度だけだろうが、しかし一度だけ……に近づくことを可能にしてくれることだろう。

＊

次のようなイマージュで最終部を始めること——

何年もの間辛抱強く水汲み水車の周りを、鞭で打たれるのを我慢しながら、またきつい自然や太陽や蠅に耐えながら、ぐるぐる回る盲目のロバ。一見不毛のように思われる単調で、痛ましいその丸い歩みによって、絶えず水がほとばしり出る……

＊

一九〇五年。L・C*17のモロッコ戦争。しかしヨーロッパの反対側ではカリヤーエフ。

＊

L・Cの生涯。まったく意のままにならない生涯。ただ生きて、頑張りたいという意思を除いて。孤児院。妻と結婚を余儀なくさせられた農場労働者。かくして意に反して作り上げられた生涯――それから戦争で殺される。

＊

彼はグルニエに会いに行く。「私にはわかったんだが、私のような人間は人の言うことに従わなくてはいけない。そんな人間にとってはうむを言わせぬ規則等々が必要だ。宗教、愛等々がね――つまり私には不可能なことだ。だから私は君にたいしては従順であろうと決めたのだ。」その他諸々（中編小説）。

＊

結局、自分の父親がどんな人間であるか彼にはわからない。しかし彼自身はどういう人間なのか？　第二部。

＊

無声映画。字幕を祖母のために読んでやる。

＊

いいや、僕は良い息子ではないよ――良い息子っていうのは家に残っている息子のことだよ。僕は世界中を駆け回ってきた。僕は虚栄や栄光に溺れ、たくさんの女を作って彼女を裏切った。

――でも、お前は彼女しか愛さなかったんじゃなかったのかい？

――なに！　ぼくが彼女しか愛さなかったって？

＊

彼が父親の墓の傍で、時間が霧散するのを感じたとき――この新たな時間の秩序は書物のそれである。

＊

彼は度を越す人間である――女等々。

従って、彼のうちの〔過度〕が罰せられる。その後、彼は悟る。

＊

素早い夕暮れが海や高原や変化に富む山々に落ちかかるときのアフリカの不安。それは聖なるものの不安、永遠を前にしたときの恐れだ。デルフォイで、夕暮れが同じような効果を生んで、神殿を浮き上がらせるときにも、同じ不安がある。しかしアフリカの土地では神殿は破壊されてしまった。そして残っているのは心にのし掛かる巨大な重みだけだ。そのとき彼らはどのように死んでいくのか！　黙って、すべてに背を向けて。

＊

彼らが彼を好きになれなかったところ、それはアルジェリア人気質であった。

＊

彼と金との関係。一方では貧困のため(彼は自分のためには何も買わなかった)、他方では矜持(きょうじ)から——彼は決して値切らなかった。

＊

最後に母への告白。

「お母さんにはぼくの気持ちがわからないけど、お母さんはぼくを許してくれることのできる唯一の人なんだ。そうしようと申し出る人は多い。また大勢の人たちが色んな風にぼくは罪深いと声高に言うけれど、彼らがそう言うときぼくには罪がないのさ。他人がぼくにそう言う権利はあるし、それは正しい。だからぼくは彼らに許しを乞(こ)わなければならない。しかしみんなが許しを乞うのは、許してもらえるとわかっている人たちにたいしてなのさ。許すってことはただこういうことなんだよ。許しに値するとか、猶予(ゆうよ)とかを要求する訳ではない。〔しかし〕ただ彼らにすべてを打ち明け、語ないことなんだ。ぼくが許しを乞うことができる人は、男でも女でも、心の中のどこかで、善意をもっているにもかかわらず、許すことも、許す術をも知らない人たちなのさ。ぼくを許すことができる人は独りしかいない。しかしぼくはその人にたいして決して罪を犯さなかったし、ぼくの心をそっくり捧げてきた。とはいえぼくはその人の方に行くことだってできたろうし、事実黙ってよくそうしてきた。でもその人は死んでしまったし、ぼくはたった独りだ。お母さんだけがそうすることができるんだけど、しかしお母さんはぼくのことを理解しないし、ぼくの気持ちを読み取ることもできない。だからぼくはお母さんに話をするし、手紙も書く、お母さんだけにね。そしてそれが終わったときには、何の説明もなしに許しを求めるし、お母さんはぼくに笑いかけてくれるだろう……」

＊

ジャックは地下出版の編集室から逃亡したとき、追いかけてきた者を殺す（彼は顔を歪め、よろめき、少し前のめりになった。そのときジャックは恐ろしい怒りが込み上げてくるのを感じた。彼はその男をもう一度「喉のところを」上から下へと殴りつけた。するとたちまち首の根っこのところに大きな傷口ができ泡みたいな血が滲み出た。それから嫌悪と怒りとで、彼はまたもや、自分がどこを殴っているのかを見もせずに、目のあたりを〔　〕[*18] まっすぐに殴りつけた……）……それから彼はワンダの家に行った。

＊

貧乏で無知なベルベル人の農夫。入植者。兵士。土地をもたない白人。（彼はそんな彼らを愛していた。だが尖(とが)った黄色い靴を履き、スカーフを巻き、ただ西欧の最悪のものだけを身につけたあの混血児たちを愛することはなかった。）

＊

最終部。

土地、誰のものでもない土地を返したまえ。売りものでもなく、買うためのものでもない土地を返したまえ（そうだ、キリストは決してアルジェリアに上陸しなかった。ここでは聖職者さえ所有地と払い下げ地をもっているのだから）。

それから彼は母の方を、次いでみんなの方を見ながら、叫んだ。

「土地を返したまえ。貧乏人に、何ももっておらず、あまりにも貧乏なので何かをもとうとか所有しようとは決して望んだことのない人たちに、この国での彼女のように、ほとんどがアラブ人で、何人かはフランス人からなる悲惨な人たちの巨大なグループを構成し、世界で価値のある唯一の名誉、つまり貧者の名誉をもって、執拗(しつよう)に耐えながらここで生活をし、生き延びる人たちに土地を与えたまえ。聖なる者に聖なるものを与えるのと同じように、彼らに土地を与えたまえ。そのとき、私は再び貧乏になって、最悪の追放を受けながら、世界の端で微笑み、満足して死ねるだろう。私の誕生の太陽の下で、やっと私があれほど愛した土地と私が崇めた人たちが、男も女もみな一つになるということを知りながら。

（そのとき深い匿名性は豊かなものになるだろうし、それはまた私にも及ぶだろう――そのとき私はこの国に帰国しよう。）

＊

反抗。『アルジェリアの明日』、四八ページ参照、セルヴィエ。

戦争名をターザンとしたＦＬＮの若い政治局委員たち。

そうだ、私は命令を下し、人を殺し、太陽と雨に打たれながら山の中で生きている。

君が私に提案する最良のものは何だ――ベチュヌの作戦だろう。

そしてサドックの母、一一五ページ参照。

＊

世界のもっとも古い歴史の中で、……に対決する我々は最初の人間である――［　］[*19]の新聞の中で叫ばれているように衰退していく人たちではなく、定かならぬ、目新しい黎明期の人たち。

＊

神もなく、父親もない子供、我々に押しつけられる教師たちは我々をぞっとさせる。我々は正当性をもたぬまま生きている——矜持。

＊

いわゆる新しい世代の懐疑主義といわれるもの——嘘だ。嘘つきの言うことを信じるのを拒む正直な人間は、いつから懐疑主義者となったのか？

＊

作家という職業の高貴さは圧政への抵抗のなかに、従って孤独への同意の中にある。

＊

私が逆境に耐えるために力を貸してくれたものは、恐らく最大の幸運を手にする助けとなるだろう——そして私を支えてくれたもの、それは先ず私が芸術にたいして抱く偉大な観念、はなはだ偉大な観念である。私にとって芸術はすべてのものの上にあるわけではないが、芸術は誰からも引き離されることがないからである。

＊

［古代］は別として。

作家は隷属状態によって書き始める。

作家は自分の自由を獲得していく――それは［　　］[*20]の問題ではない。

☆

K・H――誇張されたものはことごとく無意味である。しかしK・H氏は誇張される前に無意味である。彼は両立させることに汲々としている。

二通の手紙

一九五七年十一月十九日

親愛なるジェルマン先生へ

胸襟を開いてお話をしに伺う前、この何日かの間、私を取り巻いていた喧しさが少々下火になるのを待っておりました。私はつい最近、自分で求めた訳でも、願い出た訳でもないのに、あまりにも大きな名誉を与えられました。しかしその報せを受けたとき、私は母の次に、あなたのことを考えました。あなたがおられなかったら、貧乏な子供であったときの私にあなたが差し延べられた愛の手がなかったら、あなたの教育がなかったら、またあなたというお手本がなかったなら、このようなことが私の身に起こるはずがなかったでしょう。私はこの種の名誉を大袈裟(おおげさ)に考えているわけではありません。でも今回のそれは少なくとも、あなたがどういう方であったか、今もなお私にとってどんな方であるのかを述べ、あなたの努力、あなたの仕事、そしてあなたがそこに注いでおられた寛大な心が、あなたの小さな小学生の一人のうちにつねに生き続けてきたことを確認していただく機会にはなるでしょう。その小学生は、年を取ったにもかかわらず、常にあなたに感謝している生徒なのです。心の底からあなたにキスを送ります。

アルベール・カミュ

アルジェ、一九五九年四月三十日

親愛なる君へ

君が自分の手で送ってくれたあの本、ご親切にも著者のJ＝Cl・ブリスヴィル氏が私に献辞を書いてくれた『カミュ論』を確かに受け取りました。

この君の親切な行為がどれほど私を喜ばせたかを表現することはできないし、またどのようにお礼を言ったらよいかもわかりません。できることなら、今は大きくなってしまっていても、あいかわらず私にとっては〈小さなカミュ〉であり続けるであろう君を力いっぱい抱き締めていることでしょう。

最初の数ページを除いて、まだこの本を読んではいません。カミュとは誰か？　君の人間性に足を踏み入れようとする者は、あまり成功しないような気がします。君は自分の性質や感情を明るみに出すことに、いつも本能的な恥じらいを表してきました。君が単純で、控えめだからこそ、そのようなことができるのです。おまけに君は人がよいときている！　クラスの君はそのような印象を私に与えていました。自分の職業を良心的に行おうとする教育者は自分の生徒や子供たちを知る機会を何一つ逃しはしません。それにそんな機会はたくさんあるのです。一つの答え、一つの行為、一つの態度はそれだけで充分にものを言うのです。ですから私はかつての君がそうであったおとなしい小さな坊やをよく知っているものと信じてきました。それに子供というものは、大抵の場合、後の大人の姿の萌芽を宿しているものです。授業を受ける君の喜びはいたるところに表れていました。また君の顔にはオプティミスムが表れていました。だから君を教えながら、私は君の家族の実情を推量することはまったくできなかったのです。私がそれを垣間見たのは、お母さんが奨学生の候補者リストに君の名前がのったことで、私に会いに見えたときだけでした。しかもそれは君が私から去っていこうとしているときに起こったことです。しかしそれまでの君は、君の仲間たちと同じ境遇にあるように私には見えていました。君はいつも必要なものはもっていたし、君の兄さんと同じように、こざっぱりとした服装をしていました。ですから私は君のお母さんについては、最高の賛辞を捧げられるように思っています。

話をブリスヴィル氏の本に戻すなら、この本にはたくさんの肖像が含まれています。そして私は、彼の肖像画を通じて、私がいつも〈自分の仲間〉とみなしていた気の毒な君のお父さんのことを知って、とても大きな感動に襲われました。ブリスヴィル氏はご親切にも私のことに言及してくれています。このことについてはお礼を言っておくつもりです。

君に捧げられるか、君のことを語るかする本の数が絶えず増えつつあるのは目にしてきました。また君の名声(これは紛れもない真実です)が君をのぼせ上がらせなかったことを確認したとき、私はたいそう深い満足感を味わいました。君はあいかわらずカミュでした。たいしたものだ!

私は君が翻案をして上演した戯曲『悪霊』の複雑な筋の展開を興味深くたどりまし

た。私は君があまりにも好きなので、大成功を願わずにはいられません。君はそれに充分に値するものです。マルローはまた君に劇場を一つ与えようと願っているようですね。それが君の大好きなことであることはわかっています。しかし……そうした色々な活動を正面切ってうまくやりとげることができるでしょうか？　君が力を使い切ってしまいはせぬかと心配です。だから君の旧友にその点を指摘することを許してください。君には優しい奥さんと二人の子供がいて、彼らは夫と父親を必要としているのです。この件については、私たちの師範学校の校長がときどき話していたことを君にも話すとしましょう。彼は私たちにたいしてはとても、とても厳しかったので、私たちは彼が私たちを〈本当に〉愛していることを見抜けなかったし、感じ取れもしなかったのです。「自然は大きな本を持っていて、そこに君たちが冒すあらゆる過激をことごとく詳細に書き込む。」この箴言は幾度となく、私がそれを忘れようとするときに、私を引き止めてくれました。だから、いいかね、君の手元にある「自然の大きな書物」のページを白いままにしておくように努めたまえ。

アンドレが、テレビの文芸番組、それも『悪霊』に関する番組で君の姿を見、君の声を聞いたときのことを思い出させてくれました。質問に答える君の姿は感動的でした。しかし我知らず、そのうち私が君に会い、君の声を聞くことになるということを君が考えていないのではないかという皮肉っぽいことを考えてしまいました。それは君がアルジェにいないことの埋め合わせにはなりました。もう随分前から会っていませんね……

この手紙を終える前に、非聖職者の小学校教師として、私たちの学校にたいして企まれている危険な計画を前にして、私が感じている心配を話しておきたいと思います。私は教師としての生涯の間、子供の中にある最も神聖なものを大切にしてきたと思っています。つまり自分の真実を探す権利を尊重するということです。私は君たちみなが好きでした。ですから、出来る限り私の考えを表明しないように、君たち若い知性を押し潰さないようにしてきたつもりです。神のことが問題となると（それはカリキュラムの中にありました）、神を信じる者もいるし、信じない者もいると言ってきました。またみんなそれぞれの権利を存分に行使して、好きなように行動してよいとも言ってきました。同様に、宗教に関する章についても、私は実際に存在する宗教、それに惹かれる者が入信している宗教を列挙するに留めました。でも公正を期するために、いかなる宗教も実践しない人たちもいるということを付け加えておきました。それをよしとせず、小学校教師を宗教のセールスマンに、もっとはっきり言えば、〈カトリック〉のそれにしようと願っている人たちがいることはよくわかっています。

アルジェの師範学校（当時はガラン公園にありました）では、私の父も、彼の仲間たちと同様に、毎日曜日、ミサに行き、聖体拝領をすることを〈義務づけられて〉いたのです。ある日、父はこの拘束に苛立って、〈聖別された〉パンをミサ典書の間に挟んだまま本を閉じてしまったのです！　校長はこの事実を知らされると、迷うことなく父を退学にしてしまいました。〈自由学校〉の推進者たちがやったことがこれです（彼らと同じように考えるという自由……）。現在の下院の構成メンバーを見ると、同じ悪いことが起こるのではないかと心配です。「カナール・アンシェネ」紙が指摘するところによると、ある県においては、非宗教学校の百ばかりのクラスが壁に十字架を掛けたまま授業を行っているそうです。私はそこに子供たちの良心にたいする忌まわしい侵犯を見るのです。このままでは事態はどうなるのでしょう？　そう考えると、深い悲しみに襲われます。

　親愛なるちび君、これでもう四ページ目の終わりにさしかかった。君の時間を無駄にするようだが、許してくれたまえ。こちらはすべて順調だ。義理の息子のクリスチャンは明日二十七ヵ月目の兵役を迎える！

　手紙を書かないときでも、私はしばしば君たちみんなのことを考えていることをどうか知って欲しい。

ジェルマン夫人と私は君たち四人全員に心からキスを送る。愛情をこめてみんなへ。

ジェルマン・ルイ

同じ時期に聖体拝領を行ったクラスの仲間と一緒に、君が私の家に訪ねてきたときのことを思い出しています。君は明らかに嬉しそうだったし、そのとき着ていた服と祝ったばかりの式を得意そうにしていました。君の喜ぶ姿を見て、私も素直に喜んだものです。君たちが聖体拝領を行うのは、君たちがそれを望んだからだと考えたからでしょうか？　しかし……

原注

第一部　父親の探索

二輪馬車の上で……

a　(個性のない土地の様子を付け加えること。大地と海)

b　ソルフェリノ

✣　使い古して亀裂(きれつ)の入った

c　大きな靴を履いた

d　あるいは山高帽の一種？

e　小さな男の子

f 夜なのではないか？
g 私はモロッコ人と戦った（曖昧な目つきをして）。モロッコ人はよくない。
1 一五ページと矛盾する――「四歳の男の子が彼女にもたれかかるようにして眠っていた」
h ある種の細胞が顕微鏡の下で見せるような

サン＝ブリウー
a 最初から、ジャックの怪物ぶりを打ち出しておかなければならないだろう。
✣ 生気のない
b 展開すること
c 一四年の戦争について詳述すること

3 サン＝ブリウーとマラン（J・G）
a 書いておくが、後で削除する章
1 この三つの段落（七行目から一六行目まで）は横線で消されている
b 私はしばしば返ってこないとわかっている金を自分にはどうでもよい人たちに

c　貸してやります。でもそれは私が断れないのと同時に、苛々するからなんです。ジャック／私は最初から、つまりごく小さい頃から、何が善で何が悪かを、自分一人で見つけようと努めてきました――だって私の周囲にいる人たちは誰もそれを教えてくれなかったんですから。それから今ではわかったことですが、すべてが私を見捨てたとはいえ、私には道を示してくれる誰かが、私を叱ったり、褒めたり、それも力によってではなく権威によってそうしてくれる誰かが必要なのです。父親を必要としているのです。

私はその人を知り、掌中に収めたものと思っていました。まだ「わからない？」のです。

4　子供の遊び

a　十歳頃

b　この二冊の厚い書物は新聞紙と同じ紙に印刷され、けばけばしい色彩の表紙がついていた。そしてそこには表題や著者の名前より大きく値段が印刷されていた。

c　極端なまでの清潔さ

箪笥が一つと大理石の板の上にのった木製の化粧台が一つ。ベッドの脇に置くための、使い古され、汚れて、縁がささくれている結び織りの絨毯。そして片隅には、房のついたアラブの絨毯を巻き付けた大きなトランクが一つ。

1　以下の著者の説明を参照されたい。

d　郵便局で働くやはり戦争未亡人の息子のピエールは彼の友達であった。

e　巧みなディフェンスと単数にするか

f　〈殴り合い（ドナド）〉が行われたのも野原である。

g　オマルはこの夫婦の息子である——父親は市の清掃人。

h　三つの種を合わせてその上にもう一つ種をのせてピラミッドを作る。そして一定の距離から種を一つ投げてピラミッドを崩そうとする。成功した者は四つの種を貰う。的を外すと、その種はピラミッドの所有者のものになる。

i　ガルーファ

✣　偉大な

j　木々の名前を述べること

k　二スー

l　もしお前が溺れたら、お前のかあちゃんかんかんになって怒るぜ——そんな風にすっぽんぽんになっちゃって恥ずかしくないのか。お前のかあちゃんに言ってやるぞ。

m　母の弟

5　**父親・その死　戦争・テロ**

a　日曜日

1　エルネストになるだろう

b　展開すること

2　判読できない二つの符号

c　その下に暗く、熱っぽい目が光っている骨ばって光沢のある眉弓(びきゅう)

d　父親――質問――一四年の戦争――テロ

e　一四年

f　いずれにしてもくたばっちまえ、と軍曹は言っていた。

g　一八一四年にアルジェで発行された新聞〔ママ〕

✣　八月

h　彼はそれまで一度もフランスを見たことがなかった。フランスを見て、殺された。

i　発展させること

j　彼女は砲弾の破片はひとりでにやってくるものだと考えていた。

k　アパートの中の変化

l　彼は自分の母親に会いに来る前にその男に会ったのだろうか？

——〈ケスー〉のテロについては、第三部で書き直すこと。その場合、ここでは簡単にテロのあったことを述べるに留めること。

——もっと後で

3　〈呻き声 souffrance〉までのこの二つの段落は疑問符で囲まれている。

6　家族

a　彼女は接続法を使ったことは一度もない。

b　兄のアンリとの関係——喧嘩

c　食べていたもの——臓物のシチュー——鱈のシチューとヒヨコ豆等々。

d　展開すること

1　一八ページでは、ジャック・コルムリイの母親の名前は〈リュシイ〉であった。

今後彼女はカトリーヌと呼ばれることになる。

❖

e　そこには恥辱と嫌悪が混じり合っていた。

f　これはおかしい。というのも彼はすでに金を通りでなくしたと主張していたのだから、彼は別の言い訳を見つけることを余儀なくされるはずである。

g　彼女の姪たち

h　リヴェッツィオ

i　貧困の印となるものを付け加えること――失業――ミリアナにあった夏期休暇用の林間学校――ラッパの音――解雇――彼女に話す勇気がない。話す。「じゃあ、今晩はコーヒーでも飲もう。たまには気分が変わるよ。」彼は彼女を見つめる。彼はよく貧乏に関する物語を読んだが、そこでは女は健気である。彼女は微笑まなかった。彼女は気丈にも席を立って台所に行った――諦めはしない。

〈前に〉〈年を取った〉エルネストを登場させること――ジャックと彼の母がいる部屋の中の彼の肖像。あるいは彼を〈後で〉登場させること。

エティエンヌ

1　名前はあるときはエルネスト、あるときはエティエンヌと変わるが、つねに同じ人物のことである。ジャックの叔父。

a　九歳

b　彼が貯めておいて、ジャックに渡した金。

c　中背で、ややがに股、厚い筋肉のついた背が少し丸まっていた彼は、その痩せた体に似合わず、並外れて男らしい力の持主のように見えた。とはいえ彼の顔は青年の顔のままだったし、これからもずっとそうであるに違いない。細面の端正な顔に姉と同じ栗色の美しい目とやや［　］をもち、真っ直ぐに鼻筋が通り、眉弓には毛がなく、形のよい顎をもち、固い、いやかすかにウエーヴのかかった綺麗な髪の毛をしていた。障害があるにもかかわらず、彼がいくつか浮名を流したのはひとえにこの風采のよさのせいであった。それは結婚にいたることはなく、必然的に短期間に終わるものではあったが、しかし彼が界隈のある商店の人妻ともった関係のように、ときどきは、一般的に恋と呼ぶことのできるようなものに彩られていた。彼はときどきジャックを土曜日の晩に、海に面したブレッソン公園で開かれるコンサートに連れていってくれた。軍楽隊が野外音楽堂で「コルヌヴィルの鐘」とかラクメの曲を演奏すると、［　］

の周りで夜の散歩を楽しむ群衆の中で、晴着姿のエルネストは、薄物のチュソールを着た件のカフェの女将さんと擦れ違えるように、手筈を整えた。そして二人は親しげな微笑みを交わしあうのであったが、夫の方もときどき、エルネストが恋敵になどなりえないと考えていたものだから、友情のこもった短い言葉をかけてきた。

d　洗濯場、菓子のムーナ〔この二つの単語は著者によって線で囲まれている。編者による注〕

e　浜辺、白く塗った木の切れっ端、栓、腐食した土器のかけら……コルク、葦

f　狩り？　省略してもよい。

g　この本にさまざまな事物を書き込み、肉付けをして、重みを与えなければならないだろう。

h　注意、名前を変えること。

i　トルストイかゴーリキ（Ⅰ）『父』。この環境からドストエフスキー（Ⅱ）が現れた。『息子』。これが源となって、当時の作家（Ⅲ）が生まれた。『母』

j　ジェルマン氏——リセ——宗教——祖母の死——エルネストの手に関する文章で終わる？

k 小悲劇

l 祖母の死後のエルネストとカトリーヌの〈夫婦のような生活〉。

✣ どうしようもないいとおしさから生まれる涙。

m 彼をもっと前から登場させること——リュシヤンのではない戦い。

n なぜなら、老いはすぐに訪れようとしていたからだ——その頃のジャックは母が老けていると思っていた。しかし彼女は今の彼自身とほぼ同じ歳であった。しかし青春というものはさまざまな可能性の集合体である。そして人生が寛大でいてくれた彼にとって……〔線で消された部分あり。編者による注〕

o 怒りの前に樽工場を、また最初にエルネストの肖像を置く方がよいかもしれない。

p 道具の名前を確認すること。

q 小樽を完成させること。

3 判読不能な人名

r オルレアンヴィルの地震の間のミッシェルを再び描くこと。

s 第二部6のために

t そしてフランシスも死んでしまっていた（最後の覚書を参照すること）。

u ドニーズは十八歳のとき一旗あげに彼らのもとを去る——二十一歳で、財をなして戻る。そして宝石を売って、父親の厩舎(きゅうしゃ)を建てかえる——流行病で死ぬ。
v 娘たちか?
4 判読不能な人名
w しかし実際に、これは怪物どもか? (いや、怪物は彼だった。)
x 夜の美しさを誇りに思う、慎ましやかな君主。

6乙 小学校

1 補遺の三四二〜三四四ページを参照されたい。ノートⅡは著者が原稿の六八、六九ページに挟んでおいたものである。
a 6との繋(つな)がり?
b 異国情緒、豆のスープ
2 この名の由来はこの作業を引き受けた最初の人間にある。彼は本当にガルーファという名前であった。
3 ママ
c 長くして、非宗教学校のよさを強調すること。

4　ここで著者は小学校教師に実名を与えている。

d　この本を参照すること。

❖　小説

e　〈罰〉

f　あるいはある者たちを罰するものは他の者たちを喜ばせる。

g　そしてお前の祖先も淫売（いんばい）だ。

5　ここで段落が切れている。

6　この段落はここで終わっている。

h　先生はぼくをアカアシサギにした。

i　奨学金

7　欄外に、判読不能な三行の文章が書かれている。

j　『アルジェリアにおける死』

8　一語判読不能

k　公教要理を参照すること。

9　原稿ではこの後にいかなる語も書かれていない。

l　奨学金の制度を確認すること。

7 モンドヴィ――植民地化と父親

a 馬車、汽車、船、飛行機

1 二語判読不能

2 アラブ語で、「それは書かれていた（運命のなかに）」の意。

b 発展させること

c 四八年〔著者が神聖視していた数字、編者による注〕

3 一語判読不能

✣ 見知らぬ

✣ 心配

✣ アルジェ

第二部　息子あるいは最初の人間

1 リセ

a 子供の肉体的描写

b　リセの卒業とその後の当然の結果から始めるか、あるいは怪物的な大人ぶりを紹介することから始めて、続いてリセの卒業から発病までに戻ること。

1　ママ

c　立ち戻ること。

✣　受給する。

2　ママ

d　後に彼が死んだとき再び取り上げること。

e　一九四〇年の祖国の発見。

f　リセの生徒の制帽

g　ロープとベル

h　彼も他の人たちと同じように。

i　ズラビア、マックルー

j　グルニエがくれた「アルジェリアの雀（すずめ）たち」を参照すること。

k　ベルナール氏は好かれ、尊敬されていた。最良の場合でも、リセの教師たちはただ尊敬されるだけだった。誰もあえて好きになろうとはしなかった。

l　誰かを述べるか？　そして発展させるか？

3　一語判読不能

4　一語判読不能

m　通学生が帰ったために、授業を受ける人数は減っていた。

n　発展させること

o　ホモの襲撃

p　リュシヤン――一四年ＥＰＳ――一六年保険

鶏小屋と鶏の首切り

1　ジャックの兄はあるときはアンリと、あるときはルイと呼ばれている。

a　形の歪(ゆが)んだ

b　その翌日、生の鶏を炙(あぶ)る匂(にお)い。

木曜日とヴァカンス

a　リセでは殴り合いとは言わずに喧嘩と言った。

1　ジャックのこと

b　この施設の名前だろうか？

c その燃えるような色彩

✣ 子供たち

d それと他の大きな木

e 時間的配列に置き直すこと。

f 彼らを普段の環境から引き離すこと。

2 一語判読不能

g 実際に彼らはダルタニャンかパッスポワルであるかのように戦った。誰も厳密に言って、アラミスやアトスやポルトスにはなりたがらなかった。

h 『キエ』辞典のページ。図版の匂い。

i 先生、ジャック・ロンドンは面白いですか？

j 発展させること

k 彼のために（エルネスト叔父に）白木で小さな机を作らせていた。

l 運の悪い人たちは、心のどこかで、自分が悪いせいだと思い込むことを止めることができない。そして彼らはこの大きな罪に小さな過(あやま)ちを付け加えてはならないと感じている。

✣ 滑り落ちる。

m　『海で働く男たち』

n　彼女はリセを見たこともなく、息子の日々の生活も何も知らなかった。彼女は両親のために準備された式典には出席していた。リセはそのようなところではなかった、それは……

❖

o　歩道

p　前者には玩具（がんぐ）や回転木馬や有益な贈り物がある。

q　褐色

❖

r　サブレットの浜？　また他の夏の過ごし方。

s　雨

t　リセで——会員カード——〈毎月の手続き〉——「会員です」と答えるときの陶然とした気持ち、そして無事に確認を終える。

u　母親が口を出す——「この子は疲れてしまいますよ。」

3　読書を前にするか？　山の手？

v　カラーのボタン、取外しのできるカラー

著者が線で囲った一節。

郵便局の作業？

w 夏、バカロレアの後の勉強――彼の前のぼうっとした顔。

x 港湾労働者の事故？ 新聞を参照すること。

2 自己にたいする不可解さ

1 一語判読不能

a リストを増やすこと

2 一語判読不能

補遺の注

ノート1

1 文章はここで終わっている。

ノートⅢ

1 数字は原稿のページを表す。

2 原稿は一四四ページで終わっている。

ノートⅣ

a 祖母の死

最初の人間（覚書と筋書）

❖関連している

a 『植民地化の歴史』を参照すること。

1 ある工場に爆弾をしかけたコミュニストの闘士。アルジェリア戦争の間にギロチンにかけられた。

2 判読不能の語

b （彼は武器をもたないその男と出会い、決闘を〔挑む〕）

c T・Iは強調されている。

3 グルニエ

4 一語判読不能

5 一語判読不能

6 著者は線で囲んでいる。

7 〈たいそう深い忘却〉は著者によって線で囲まれている。

8 一語判読不能

9 一語判読不能

10 二語判読不能

d 四八年のモンドヴィ

e 一八五〇年のマオン出身者――七二～七三年のアルザス人――一四年

11 この段落は全体が著者によって線で囲まれている。

12 一語判読不能

13 六語判読不能

14 二語判読不能

15 二語判読不能

f 彼は昼寝のときにこんな夢を見ている。

16 一語判読不能

g こうしたすべてを叙情的な〔実感されていない〕文体で書き、写実的な文体をまさしく避けること。

h フランス人の言い分は正しい。しかし彼らの理性は我々を苦しめる。私がアラブの狂気を、虐げ（しいた）られた者の狂気を選ぶのはそのためだ。

17 恐らく父親であるリュシヤン・カミュ

18 四語判読不能

19 一語判読不能

20 四語判読不能

訳者あとがき

本書はアルベール・カミュの遺作『最初の人間』(Cahiers Albert Camus 7『*Le Premier homme*』1994, Gallimard) の全訳である。

一九六〇年一月四日午後一時四五分、ミッシェル・ガリマールの運転するファセル・ヴェガがサンスからパリに向かう国道五号線のヴィルブルヴァンでスリップし、時速一四五キロで道路脇のプラタナスに激突、大破した。助手席に座っていたカミュは首の骨を折って即死、ミッシェル・ガリマールも九日に病院で死んだ。現場は見通しのよい直線道路だったので、事故の原因はスピードの出し過ぎか、タイヤのパンクか、あるいはなんらかの車体の故障によるものか、さまざまに取り沙汰されたが未だに判明していない。カミュは年末を家族と一緒にルールマランの家で過ごし、遊びにきたミッシェル・ガリマール一家とパリに戻る途中であった。最初カミュは夫人のフランシーヌと二人の子供と一緒に汽車で帰るつもりで、切符も買ってあったが、ミッシェルの誘いで予定を変更して同乗したのであった。フランシーヌたちは予定通り汽車で帰った。カミュはスピードを出すのが嫌いで、運転には慎重であったし、他人の車に乗せてもらうときでもゆっくり運転するよう注意を促していたという。今年刊行された回想記『カミュ——太陽の兄弟』の中でカミュの親友であったエマニュエル・ロブレスは、「自動車事故で死ぬほど愚かなことは何もない」というカミュの言葉を伝えている。そのカミュが他ならぬその自動車事故で死んだことは、運命の悪戯としか言いようがない。

車の残骸が散らばるなか、カミュが愛用していたマチのある牛革の鞄が近くの畑の土を被って見つかった。その中に大学ノート一五〇ページにぎっしりと書き込まれた『最初の人間』の原稿があった。駆けつけたマルローの秘書が先ず原稿をプチ・ヴィルブルヴァンの市役所の金庫に保管し、後にフランシーヌの手に渡した。ガリマール社はこの未完の小説をすぐにでも刊行しようという意向であったが、フランシーヌから相談を受けたジャン・ブロック＝ミッシェルやルネ・シャールやジャン・グルニエらカミュの友人たちはこぞって反対した。なによりもこの作品の形式の不備が問題となったのである。maintenant（今や）、déjà（すでに）、ne～plus（もはや～でない）といった副詞や内容の繰り返しが多く、さらに一つの章の中で同一の登場人物の名前が違うなど、推敲されていない文章を公にすることは、五八年の『裏と表』の再刊に寄せた「序文」に書かれている通り、なによりも芸術作品の形式を重んじるカミュにとっては不本意であろうというのがその主たる理由であった。それにサルトル、ブルトン、モーリヤックらとの論争がまだ尾を引いており、カミュの歴史観の曖昧さを巡って酷評が相次ぎ、カミュの時代は終わったとまで言われるほど、周囲の状況がカミュにとって不利であったこともある。そこでブロック＝ミッシェル、ブリス・パラン、ルネ・シャール、モーリス・ブランショ、ジャン・グルニエからなる「遺作管理委員会」が結成され、フランシーヌが委員長を務めることになった。その後長い間遺作の刊行は見送られてきたのだが、一九六八年になって、フランシーヌが『幸福な死』の刊行の話をもちだした。ガリマール側も乗り気で、ロベール・ガリマール、ジャック・ルマルシャン、ロジェ・グルニエが加わって、刊行すべき作品の選考を始め、その結果、資料集として「カイエ・アルベール・カミュ Cahiers Albert Camus」を逐次刊行する決定をした。一九七一年の「La Mort heureuse」（邦訳『幸福な死』新潮社、一九七二年）に始まり、「Ecrits de jeunesse d'Albert Camus」1973（『直観』新潮社、一九七四年）、『*Fragments d'un combat 1938-1940 Alger Républicain*』1978、『*Caligula*』1984、『*Actes du colloque du Centre Culturel International de Cerisy-la-Sall*』1985、『*Albert Camus éditorialiste à l'Expresse*』1987と続き、第七巻として一九九四年に刊行されたのが、本書『Le Premier homme』である。このうち遺作と呼べるものは『幸福な死』と『最初の人間』だけだが、いずれも作品の完成度という点では難があり、特に『幸福な死』はカミュが生前刊行を許可しなかったものである。ちなみにこの資料集とは別に、カミュの死後にブランシュ版としてガリマール社から刊行されたのは、『*Journaux de voyage*』1978（『アメリカ・南米紀行』新潮社、一九七九年）、『*Albert Camus, Jean Grenier Correspondance 1932-1960*』1981（『カミュ＝グルニエ往復書簡』国文社、一九八七年）、『*Carnets 3, mars 1951-décembre 1959*』1989（『カミュの手帖』全、新潮社、一九九二年）である。

　本書のテキストを確定したのは、カミュの娘のカトリーヌ・カミュであるが、彼女は従来の問題点をどのように解決したのであろうか。まず死後三四年を過ぎて、社会情勢の変化もあり、カミュにたいする拒否反応がなくなったことが考えられる。また相変わらずカミュの小説はよく売れており、『異邦人』は刊行以来七〇〇万部を越えたという事実もあり、さらに近年のカミュ研究の高まりに伴って、大学の研究者を中心に刊行の要請が強まったこともある。カトリーヌもその点では障害がなくなったと判断したようだ。ただカミュが自己を裸のままに曝すことを極端に恥じらっていたことからして、筆の赴くままに書かれたこの未完の小説をそのまま公表することには躊躇いがあった。その点に触れて、カトリーヌは「アンフォマタン」紙が一九九四年四月一三日に試みたインタヴューのなかでこう述べている。「最近でもまだ数多くのカミュの友人たちが、『最初の人間』を公表するよう勧めてくれています。しかしその人たちの意向に沿うには完成された小説でなければなりません。『最初の人間』はそうではありません。私にとって、それはなによりもまたとない資料なのです。そこで未完成の作品であるということを強調するために、私は〈カイエ・アルベール・カミュ〉の一冊として刊行することにこだわったわけです。」

確かに先に述べた不備な点を除いても、筆の流れるままに走り書きした解読の難しい文章には句読点があまりなく、カミュが後から手を入れた形跡はないという。カトリーヌは三年掛かりで、フランシーヌが部分的に作成したタイプ原稿を参照しながら、句読点を復元したと言うが、それでも不明の箇所が残っている。本書の原稿の複写からも分かるとおり、悪筆のカミュの原稿を解読できるのは夫人のフランシーヌと秘書のシュザンヌ・アニュリイだけだと言われていたが、今では二人とも故人となってしまった。結果として、公表されたままの『最初の人間』は、文体の統一がとれていない。例えば第一章のジャックの誕生の場面は比較的これまでのカミュの文体に近いが、その後では短い文章が羅列されるかと思うと、二ページ以上にわたって終止符のない文章があったりする。カミュがここで新しい文体の試みをしているとするむきもあるようだが、今回の翻訳にあたっては従来のカミュの文体に近い形で、等位接続詞を終止符に変えるなど、適宜文章の長さを調節した。

『最初の人間』の公表によって、もう「カミュの引出しはからっぽだ」と言われている通り、後はルネ・シャールやエマニュエル・ロブレスらとの往復書簡以外には遺作は残っていない。

カミュは早くから創作すべき作品を五つの系列に分け、それぞれテーマを記しており、事実その計画を忠実に実行してきた。不条理をテーマとする第一の系列には『異邦人』、『シーシュポスの神話』、『カリギュラ』および『誤解』が入り、反抗をテーマとする第二の系列には『ペスト』と『反抗的人間』と『正義の人びと』が分類されている。『最初の人間』は『転落』とともに愛をテーマとする第三の系列を構成している。第四、第五の系列についてはそれぞれの作品のための覚書が『手帖』に書き留められているとはいえ、執筆された形跡はない。作品のための覚書であり、日記でもある『手帖』には、一九四二年に「貧しい少年時代」として、カネット・ヴァンガの話や叔父の家で自分の家の生活とのレヴェルの違いを発見することが書き留められている。しかしこうしたエピソードがすでに『最初の人間』のための覚書として記されたものかどうかははっきりしない。初めて『最初の人間』という書名が書かれるのは一九四七年に作品の構想を記したときでしかない。その後『最初の人間』に使われているエピソードが少しずつ書き留められていくが、一九五三年になって初めて具体的構想が記されることになる。補遺に記されている全体の構想とはまた違った面があるのでここに引用しておこう。

「『最初の人間』構想?

(1)父親の探索。

(2)少年時代。

(3)幸福な時代(一九三八年の発病)。嬉々(きき)として自然に溢(あふ)れ出るような行動。それが終わったときの強烈な解放感。

（4）戦争とレジスタンス（ビル・ハキムと地下出版とを交互に体験）。
（5）女たち。
（6）母親。
無関心な男。万能の人物。度量が広く、女泣かせの遊び上手。短気であり、自分を知っているという気持ちから、愛されることを拒む。後ろめたいことにおいては、優しさと善良さを示す。美徳においてはシニカルで容赦しない。

彼は自殺を覚悟しているので、どんなことでもやってのける。青酸カリ。そこで彼はレジスタンスに入り、信じられないほど勇敢に働く。しかし彼は青酸カリを使うべき日に使わずに済ます。」

これはほぼカミュの伝記と一致するし、その後の覚書の内容からしても、恐らくこの方向で作品の構想が進んでいったものと思われる。事実この頃カミュは執筆中の作品に触れて、友人のメゾンスールに、「まだどんなものになるのかは分からない。私には満足できない出来ばえだ。すでに何ページも破り捨ててしまった。なかなか捗(はかど)らない」と述べている。また『最初の人間』のジャックが怪物的人間であるという示唆(しさ)はいたるところにあるものの、その実体はつかみにくいのだが、右の構想の「無関心な男」はある程度その輪郭を与えてくれるのではなかろうか。この後『手帖』には一九五五年に『最初の人間』に関する覚書が頻出し、一九五九年には「『最初の人間』の第一部を書き進める」とある。ただマリー・ロール・ル・フーロンはこの作品は最後の数ヵ月の間に集中的に書かれたと述べている。しかし一九五九年にはカミュはひどい鬱状態にあり、『手帖』には厭世的な覚書を多く残し、仕事が進まないことが強調されている。最後の数ヵ月に書かれたものだとすれば、『転落』（一九五六年）以後の執筆不能状態を乗り越えて、創作に希望を取り戻したものと解釈できるのだが。カトリーヌの証言にあるように、原稿は一気に書かれ、句読点がなく、線を引いて消した箇所も少ないとすれば、集中的に書かれたことを裏書きすることになるが、だがそうするとメゾンスールにカミュが語ったことと矛盾してくる。集中的に書かれたにせよ、それまで何回か書き直しがあったのではないだろうか。その点に関しては今後の研究の成果を待ちたい。

この小説が出版されるや、これが自伝であるのかどうかが論議を生んだ。確かにロットマンの『カミュ伝』等の伝記に記されているような自伝的要素が多いことは否定しがたい。独裁的な祖母、父親代わりをつとめた叔父のエティエンヌ、寡黙な母親、小学校教師ルイ・ジェルマン、遊び友達のピエール、リセの同級生のディディエ等、これまでの作品や研究書でお馴染みの人物たちである。ただ少年時代のジャックを左右する特権的イマージュとして書かれているレストランの主人の発砲事件は、プラハで遭遇した事件として一九三五年に『手帖』に書き留められているし、『幸福な死』でもそのように扱われている。また平墓石の上で宿題をしている利発そうな少年のエピソードはジャン・グルニエの『Xの回想』からの借用である。さらにジャックの誕生の場面は完全な創作である。第一部はジャックの少年時代の回想という枠のなかにぴったり収まっているので、小説全体を自伝的作品と受け止めるむきが多いようだが、この作品が未完であり、レジスタンスから愛人ジェシカとの葛藤(かっとう)へ、さらにアラブ人問題へと展開されていくことを考えると、この自伝的要素はそのまま保たれたかどうかは疑問である。フランスでの数多くの書評のうち、もしカミュが『最初の人間』を完成させていれば、自伝的要素を自ら消したのではないかとする評者は多い。それは先ずなによりもこの作品がたんなる自伝に終始するのではなく、時代的、歴史的広がりをもつことにある。カミュは一九四九年末の『手帖』に、「トルストイは一八二八年に生まれた。一八六三年から一八六九年の間に『戦争と平和』を書いた。三五歳から四一歳にかけてだ」と書いている。この頃から『手帖』にはトルストイの小説や日記からの引用や覚書が数多く記されていく。その読書は『戦争と平和』に始まり、『懺悔(ざんげ)』、『書簡集』、『生と死について』、『トルストイによるトルストイ』、『日記』、

『幼年時代』、『われら何をなすべきか』と続く。とくに『幼年時代』はジャックの回想の表現に大きな影響を与えたようだ。トルストイのような大河小説を念頭に置きながら、カミュは『最初の人間』を通して、一二〇年あまりにわたりアルジェリアのフランス人という曖昧な身分にあった入植者たちの記録を克明に調べることによって、その不安と苦悩をつぶさに描き出し、移民生活の一大絵巻を作り上げることをも目指していたようだ。本書の「補遺」の「覚書と筋書」には本書に語られているエピソードのための覚書が多く、将来の展望があまり見えてこないが、第九番めの章の「モンドヴィ」からはその方向が読み取れるように思うし、また『手帖』の中にもアルジェリア移民の動向が覚書として記されている。従ってこの小説には部分的にしか知られていなかったカミュの幼少年時代の姿が赤裸々に認められるとはいっても、たんなる回顧録の枠を越えて、もっと壮大な意図をもった作品となるはずであったようだ。『最初の人間』の第一部は「父親の探索」と名付けられており、事実四〇歳になったジャックがアルジェリアに帰国して、さまざまな手段で父親の生きた軌跡を辿ろうとするのだが、その結果はこれまで『裏と表』や『異邦人』や『ペスト』や『転落』に描かれていた父親像を大きく変えるものではない。実際にカミュはモンドヴィに赴いて調査をしたらしいが、古い記録は存在せず、誕生の場面の執筆に使えるような具体的事実はなかったようだ。カミュは「力によるのではなく、権威によって影響を与えるような」父親に憧れていたようだが、果たしてリュシヤン・カミュがそのような人物であったかどうかは定かではない。ただ小学校教師のルイ・ジェルマンだけは、人生のほんの一時期であったとはいえ、カミュに父親を思わせる唯一の人間であった。それだけにジャックは〈最初の人間〉にならざるをえなかったわけである。少々奇妙なこの最初の人間という言葉の意味だが、カトリーヌ・カミュは先に述べたインタヴューの中でこう述べている。「貧乏な人たちは人知れず、忘れ去られていく運命を余儀なくされています。この匿名性によって次の世代を背負う人たちはそれぞれ〈最初の人間〉となるのです。この小説では、息子も父親も二人とも〈最初の人間〉なのだと思います。父親は孤児院の出身ですし、若死にしたので、息子に何一つ伝えてやれなかったのです。それにこんな言葉もあります。つまりアルジェリアは忘却の土地であり、そこでは誰もが〈最初の人間〉であると。」経済的にも文化的にも何一つ引き継ぐものがなく、頼れる人間もいないままに、自分一人で成長していく人間、それが「最初の人間」であるといってもよいだろう。とはいえ、最初の人間であるはずのジャックは父親の探究を続ける間に何回となく母親のもとに引き戻されていく。父親の探究を通じてジャックはむしろ母親にたいするほとんど動物的な愛着を確認していくことになる。一九五四年一二月の日付をもつ『手帖』のページには、「『最初の人間』はいままでの道程を逆に辿り、自分の秘密を見つけようとするためのものだ。彼が最初の人間であるわけではない。人間は誰でも最初の人間であり、また誰も最初の人間ではない。それゆえ、彼は母親の足下に身を投げ出すのだ」とある。

『最初の人間』についてのフランスでの評価について簡単に述べておこう。概して言えば、いま手元にある三〇ばかりの書評はすべて好意的である。カトリーヌらが懸念した敵意ある批評はひとつもない。ガリマール社もそれを見越してこの種の本としては異例なことに、一二万五〇〇〇部を刷ったが、一九九四年四月一三日に発行されるや、翌週には売上のベストテンのトップに躍り出てしまった。やはり三四年という歳月は読者層を大きく変えていたのである。マルローの『希望』もサルトルの『自由への道』ももはや読まれなくなったいま、カミュの人気は高まる一方で、「ル・モンド」紙によれば、毎年二〇万人の新しい読者が増え続けているという。だが一方でカミュはもう身近に感じられる作家ではなくなっており、そのため「リーブル」誌や「オプセルヴァトゥール」誌の特集を初め、各紙の書評も、カミュの紹介に重点をおいている。なによりも顕著なのはカミュは参加の作家といわれながら、イデオロギーが猛威をふるっていた当時分類しがたい作家であったことに注目していることである。「ロワジール」誌では、アンドレ・ムーリイが、「世界は東と西と二つに分裂しており、カミュは選択を強いられていた。それに答える形で、彼は一九五一年に『反抗的人間』を書いた。しかしアメリカのマッカーシズムにもソヴィエトのスターリニズムにもともに背を向けた。ハンフリー・ボガートばりの横顔をもち、自らを〈官能的ピューリタン〉と呼び、サッカーと演劇に情熱を燃やし、つねに鬱状態に近いまでに落ち込みやすいこの男はいったい何者なのだろうか？」と述べている。全体主義国家の崩壊に伴う現状にあって、生きるための縁を探すことが新しい世代の関心の的となっていることを考えれば、ジャックリーヌ・レヴィ＝ヴァランシの「相変わらず、カミュには熱狂的な若者の読者がいます。それは恐らく、カミュが本質的な問題、つまり〈いかに生きるか〉という問題に答えているからではないでしょうか」という方向で、カミュの作品を読んでいくのが最良の道ではないだろうか。

評者がこぞって認めているのは、『最初の人間』の形式が不備であるだけに、かえってカミュの生の声が聞かれ、初めてありのままの姿のカミュに接することができるという点である。ジャン・ダニエルは初めてカミュの作品に近づく者から相談を受けたら、躊躇（ちゅうちょ）なく『最初の人間』を初めに読むよう勧めるだろうと述べている。この小説には『結婚』に比すべき光の世界の中の陶酔と、『裏と表』に比すべき貧困の世界がある。

最後に本書の翻訳の機会を与えて下さった新潮社の大門武二氏に感謝を申しのべたい。

一九九六年七月

大久保 敏彦

この作品は平成八年八月新潮社より刊行された。

Title : LE PREMIER HOMME
Author : Albert Camus

最初の人間

新潮文庫　カ－2－11

Published 2012 in Japan
by Shinchosha Company

平成二十四年十一月一日発行

訳者　大久保敏彦（おおくぼとしひこ）

発行者　佐藤隆信

発行所　株式会社新潮社

郵便番号　一六二―八七一一
東京都新宿区矢来町七一
電話　編集部（〇三）三二六六―五四四〇
　　　読者係（〇三）三二六六―五一一一
http://www.shinchosha.co.jp

価格はカバーに表示してあります。

乱丁・落丁本は、ご面倒ですが小社読者係宛ご送付ください。送料小社負担にてお取替えいたします。

印刷・大日本印刷株式会社　製本・株式会社大進堂

ISBN978-4-10-211411-7　C0197